Buch

Mrs. Nightingale ist ein Engel. Dieser Meinung sind nicht nur die Haushälterin, der alte und der junge Gärtner, sondern auch die anderen Leute in und um Myfleet Manor. So liebenswürdig, so hilfsbereit, so freigebig; und nun ist Elizabeth Nightingale tot, einfach erschlagen im Wald, mit einem stumpfen Gegenstand, den Chief Inspector Wexford und Inspector Burden nun suchen wie die sprichwörtliche Stecknadel. Denn ohne Tatwerkzeug können sie nur Vermutungen über Motiv und Täter anstellen. Kannte sie ihn möglicherweise sogar? Warum ist sie so spät in der Nacht noch durch den Park in den Wald gegangen? Hat es eine Auseinandersetzung mit einem Liebhaber, dem überraschend hinzugekommenen Ehemann oder einem möglichen Erpresser gegeben? Und was hat es mit den mysteriösen Päckchen auf sich, die Nelleke immer zur Post gebracht hat?

Jeder auf seine Weise gehen Wexford und Burden den Hinweisen und Spuren nach. Burden rational und pragmatisch, Wexford erfahren und intuitiv. Doch dieses Mal brauchen sie Hilfe von ganz unerwarteter Seite.

Autorin

Ruth Rendell, auch unter dem Pseudonym Barbara Vine bekannt und in Großbritannien als »Königin der Kriminalliteratur« gefeiert, wurde 1930 in South Woodford/London geboren. Unbestreitbar ist sie eine der großen Autorinnen des modernen englischen Kriminalromans. Sie arbeitete einige Jahre als Journalistin, bevor sie sich ganz dem Schreiben von Kriminalromanen und -geschichten widmete. Ihr erstes Buch erschien 1964; seitdem hat sie schon über dreißig Romane und vier Bände mit Kriminalgeschichten verfaßt. Für ihre in fünfzehn Sprachen übersetzten Bücher hat Ruth Rendell allein dreimal den begehrten Edgar-Allan-Poe-Preis und viele andere internationale Ehrungen erhalten.

Außerdem von Ruth Rendell bei Goldmann:

Die Brautjungfer. Roman (41240) • Das geheime Haus des Todes. Roman (42582) • Die Werbung. Roman (42015) • Stirb glücklich. Stories (41294) • Eine entwaffnende Frau. Roman (42805) • Der Mord am Polterabend. Roman (42581) • Mord ist ein schweres Erbe. Roman (42583) • Der Krokodilwächter. Roman (43201) • Ruth Rendell/Helen Simpson: Das Haus der geheimen Wünsche/Die Sünden des Fleisches. Zwei Romane in einem Band (41169)

Ruth Rendell

Der Liebe böser Engel

ROMAN

Aus dem Englischen
von Denis Scheck

GOLDMANN VERLAG

Die englische Originalausgabe erschien unter dem Titel
»A Guilty Thing Surprised« bei Hutchinson Ltd., London

Umwelthinweis:
Alle bedruckten Materialien dieses Taschenbuches
sind chlorfrei und umweltschonend.

Der Goldmann Verlag
ist ein Unternehmen der Verlagsgruppe Bertelsmann

Genehmigte Ausgabe 9/96

Umschlaggestaltung: Design Team München
Umschlagmotiv: Dante Gabriel Rossetti
Druck: Elsnerdruck, Berlin
Verlagsnummer: 42454
JP · Herstellung: sc
Made in Germany
ISBN 3-442-42454-0

3 5 7 9 10 8 6 4

Für meinen Cousin Michael Richard,
in Liebe

Die Zitate aus den lyrischen Werken William Wordsworth' wurden den Übersetzungen von Ludwig Goldscheider und Wolfgang Breitwieser entnommen.

Ahnung, die unsre sterbliche Natur
Staunend erzittern ließ als sündig Ding;
    Den ersten Leidenschaften
    Und jenen schattenhaften
Erinnerungen: die, was immer sonst, sind doch
Das Quellenlicht all unsrer Tage noch...

William Wordsworth

1

Wenn Quentin Nightingale morgens aus dem Haus ging, um nach London zu fahren, schlief seine Frau in der Regel noch. Die Haushälterin bereitete ihm das Frühstück, öffnete die Haustür für ihn und reichte ihm Hut und Regenschirm, während das Au-pair-Mädchen die Zeitung für ihn holte. Als nächstes begegnete er – wie immer – den beiden Gärtnern, die ihn mit einem ehrerbietigen »Guten Morgen, Sir« zu grüßen pflegten, dann vielleicht seinem Schwager, der eilig die friedliche Abgeschiedenheit des ›Old House‹, dem Stammhaus, aufsuchte, wo er sich in Ruhe seiner schriftstellerischen Arbeit widmen konnte. Nur Elizabeth fehlte, doch falls Quentin daran Anstoß nahm, ließ er sich nie etwas anmerken. Selbstsicher ging er wie ein glücklicher Mensch zu seinem Auto.

An diesem besonderen Morgen Anfang September war alles so wie immer, nur daß Quentin keinen Regenschirm mitnehmen mußte. Der Garten von Myfleet Manor lag fast ganz unter goldenen Nebelschleiern verborgen, die auf einen wunderschönen Tag hoffen ließen. Quentin schritt über die Steinstufen vor der Haustür und blieb einen Moment an der Hecke stehen, um Will Palmer daran zu erinnern, daß die Matricarien, die sie für die Kingsmarkhamer Blumenausstellung hegten und pflegten, heute ihren Flüssigdünger bekommen sollten. Daraufhin ging er zwischen den alten Remisen den Weg zum

Hof entlang, wo ihn sein Auto erwartete, dessen Windschutzscheibe Sean Lovell soeben gereinigt hatte.

Quentin war heute ein wenig zu früh dran. Statt in den Wagen einzusteigen, schlenderte er zu der niedrigen Mauer und ließ den Blick über das Kingsbrooktal schweifen. Die Aussicht bereitete ihm stets aufs neue Vergnügen. Fast kein anderes Haus war zu sehen, nur grüne Wiesen, durchsetzt mit dem Goldgelb der frischgemähten; durch das Tal schlängelte sich der Bach, zu beiden Seiten von Weiden gesäumt; Baumgruppen krönten die Kuppen der niedrigen runden Hügel, und dort, zu Quentins Linken auf der anderen Straßenseite, stand der große Tannenwald. Er erstreckte sich über eine ganze Hügelkette, im morgendlichen Nebel sah er wie ein dunkles Samttuch aus, das man achtlos über die Landschaft geworfen hatte. Quentin dachte sich immer Metaphern für den Wald aus, verglich ihn mit anderen Dingen und sah ihn in romantischem Licht. Manchmal stellte er ihn sich nicht als Wald oder Samttuch vor, sondern als ruhendes Tier, das im Schlaf die Felder bewachte, und jene sich speichenförmig ausbreitenden Pflanzungen als ausgestreckte, mächtige und schutzgewährende Tatzen.

Nun wandte er den Blick dem eigenen Anwesen zu, richtete ihn auf die näher gelegenen Gartenanlagen, den gepflegten nebelverhüllten Rasen und die Rosenbeete, die im Morgendunst ganz fahl aussahen, und gerade überlegte er, ob er eine Rose abschneiden sollte, eine Iceberg oder vielleicht eine Superstar, als ihn ein Finger an der Schulter stupste und eine ruhige Stimme sagte:

> »Der Schönheit nahe hat gebracht
> Natur den Geist, der mich beseelt;
> Was Mensch aus Menschen hat gemacht,
> Das sann ich tief gequält.«

»Guten Morgen, Denys«, begrüßte ihn Quentin herzlich. »Kein sonderlich fröhliches Zitat für einen heiteren Morgen wie heute. Wordsworth, oder?«

Denys Villiers nickte. »Falls ich nicht fröhlich bin, muß das daran liegen, daß in zwei Tagen die Schule beginnt, dann werde ich bis Weihnachten nicht mehr zum Arbeiten kommen. Ich habe übrigens etwas für dich.« Er klappte seinen Aktenkoffer auf und zog ein Buch hervor, neu und druckfrisch, offenbar direkt aus der Binderei. »Ein Vorausexemplar«, sagte er. »Ich dachte, du hättest es vielleicht gerne.«

Quentins Gesicht strahlte vor Freude. Er las den Titel: *Der verliebte Wordsworth*, von Denys Villiers, dann schlug er mit kaum verhohlener Erregung die Widmung auf, die er laut vorlas. »›*Für meinen Schwager Quentin Nightingale, ein wahrer Freund und Gönner.*‹ Also Denys, das ist wunderbar! Ich komme mir vor wie Southampton.«

Auf Villiers Miene tauchte eines seiner seltenen Lächeln auf. »Dem einzigen Erzeuger dieser nachfolgenden Essays, Mr. Q. N....« Er runzelte die Stirn, wie über die eigene Schwäche. »Hauptsache, es gefällt dir. Aber auf mich wartet Arbeit, und du hast sicherlich auch zu tun...«

»Ja, ich muß los. Paß auf dich auf, Denys. Ich kann es kaum erwarten, nach Hause zu kommen und damit anzufangen.« Er tippte auf das Buch, klopfte Villiers auf die Schulter und ging. Villiers drückte die Tür in der Mauer des Stammhauses auf und trat in den dämmrigen Innenhof, der nie Sonne hatte und in dem Linden und Zypressen wuchsen. Immer noch lächelnd, das Geschenk neben sich auf dem Beifahrersitz, fuhr Quentin nach London.

Elizabeth Nightingale verbrachte eine Stunde damit, sich für die Blicke der Welt zurechtzumachen. Der angestrebte Eindruck sollte ein Bild schlichter Jugend vermitteln, rein und frisch, leicht geschminkt, Kleidung von lässiger Korrektheit oder korrekter Lässigkeit. Die Leute meinten, sie sähe nicht älter aus als fünfundzwanzig. Ach, sagte Elizabeth zu ihrem Spiegelbild, mit fünfundzwanzig kannten die mich eben nicht! Manchmal sagte sie auch, heutzutage brauche sie doppelt so lange, um halb so gut auszusehen.

Umgänglich wie immer nahm sie den morgendlichen Kaffee mit dem Personal in der Küche. Am oberen und unteren Ende des Tisches saßen die beiden Gärtner, Elizabeth hatte den Platz gegenüber Nelleke Doorn. Mrs. Cantrip trank ihren Kaffee im Stehen und erteilte dabei Anweisungen.

»Falls dir Alf Tawney über den Weg läuft, Will, dann denk daran, ihm zu sagen, daß ich für heute abend ein Hähnchen bestellt habe, und das will ich vormittags haben, nicht fünf Minuten vor Essenszeit der gnädigen Frau. Und du, Sean, nimm gefälligst die Ellbogen vom Tisch. Das sage ich dir jetzt schon mindestens zum fünfzigstenmal. Sobald du ausgetrunken hast, Nelke, kannst du Mr. Villiers seinen Kaffee bringen. Der glaubt bestimmt schon, uns hätte alle der Schlag getroffen. Und mach um Himmels willen das Radio aus. Die gnädige Frau will dieses Gedudel bestimmt nicht hören.«

»Oh, Popmusik gefällt mir aber, Mrs. Cantrip«, sagte Elizabeth.

Sean hob den Kopf. »Man sieht schon auf den ersten Blick, daß Sie nicht zu diesen Spießern gehören.«

»So spricht man doch nicht mit der gnädigen Frau!« erwiderte Mrs. Cantrip schockiert.

»Ich fasse es als großes Kompliment auf«, sagte Elizabeth.

Sean errötete erfreut und lächelte sein Honigkuchenpferdlächeln, wobei ebenmäßige weiße Zähne zwischen den roten Lippen zum Vorschein kamen. Durch die Ermutigung seiner Arbeitgeberin beflügelt, musterte er erst Mrs. Cantrip, dann Will Palmer. Nelleke kicherte, doch ihr schenkte er keine Beachtung. »Ihr alten Knacker seid doch alle gleich«, sagte er. »Bewegt euch immer im selben Trott.«

»Dein Trott ist die Gartenarbeit, merk dir das. Aus dir wird nie ein Sänger.«

»Und weshalb bitte nicht?« Doch Seans aggressive Stimmung war in Hoffnungslosigkeit umgeschlagen. »Ich muß die Sache jetzt in die Hand nehmen, ich darf es nicht mehr länger aufschieben. Die Zeit vergeht, habe ich neulich zu meiner Alten gesagt, nächsten April werde ich dreiundzwanzig. Was wäre denn, wenn die Beatles erst mit dreiundzwanzig angefangen hätten?«

»Was dann wäre?« sagte Mrs. Cantrip. »Ein wenig mehr Ruhe und Frieden gäbe es auf der Welt, weiter nichts.«

»Laß dich davon nicht aus dem Konzept bringen, Sean«, tröstete ihn Elizabeth und lächelte freundlich. »Du weißt, was ich versprochen habe. Ich werde es nicht vergessen.« Sean nickte eifrig und warf Elizabeth einen hingerissenen Blick zu. »Was ich sagen wollte, Will, Mr. Nightingale hat da einen Anzug, den er nicht mehr braucht und der dir passen könnte. Und weil ich gerade in Spendierlaune bin, habe ich ein Päckchen für deine Mutter gepackt, Nelleke. Ein paar von den Keksen, die sie in Holland nicht kaufen kann. Es liegt auf dem Garderobentisch neben einem Päckchen von mir. Könntest du sie vielleicht zur Post bringen?«

»Die gnädige Frau«, sagte Mrs. Cantrip, als Elizabeth gegangen war, »ist ein Engel. Ein Jammer, daß es nicht mehr von ihrer Sorte gibt.«

Nelleke kicherte.

Der Nebel hatte sich gehoben, und Licht strömte in die Zimmer von Myfleet Manor – heller spätsommerlicher Sonnenschein, der die kleinste Spur von Staub sichtbar macht. Doch da war kein Staub; Mrs. Cantrip und Nelleke hatten ganze Arbeit geleistet. Elizabeth ging über die dicken, weichen sonnenüberfluteten Teppiche von Zimmer zu Zimmer, sah nach, ob die Blumen in den Kupferkannen und chinesischen Porzellanvasen noch nicht verblüht waren, und zog in manchen Räumen die Vorhänge vor, um den alten empfindlichen Satin vor der Sonne zu schützen. Vom Fenster ihres Schlafzimmers aus beobachtete sie, wie Nelleke mit den beiden Päckchen in den plumpen rosa Händen, dem nach Holland und dem nach London, die Dorfstraße Myfleets überquerte. Elizabeth seufzte. Fast alle ihre Freunde oder Bediensteten hätten angenommen, sie seufze, weil Nelleke beide Gartentore – schmiedeeiserne Tore, deren Muster geflügelte Drachen mit nach oben gereckten Schnauzen zeigte, die sich am Schloß hätten berühren müssen – sperrangelweit offen gelassen hatte. Auf dem gleißend weißen Straßenbelag zuckte Nellekes schwarzer Schatten lebhaft hin und her, von den Ausbuchtungen der beiden Päckchen leicht entstellt.

Elizabeth ging nach unten und schloß die Gartentore. Sie stieg in den Lotus, mit dem sie zunächst nach Queens Waterford fuhr, um mit Lady Larkin-Smith die Vorbereitungen zum Tanzabend des Country Clubs zu besprechen, dann nach Pomfret, wo sie sich von Mrs. Rogers den Erlös der Sammlung für die Krebshilfe aushändigen ließ, und schließlich nach Kingsmarkham zum Friseur. Die Wagenfenster hatte sie ganz heruntergekurbelt, das Verdeck zurückgeschlagen, und ihr blondes Haar wehte im Fahrtwind wie das weiche Haar eines jungen Mädchens.

Um dreizehn Uhr dreißig servierte Mrs. Cantrip im Eßzimmer das Mittagessen. Nellekes Stellung berechtigte sie, die Mahlzeiten im Kreis der Familie einzunehmen, doch in Abwesenheit Quentin Nightingales sprach sie nur wenig. Die Frau und das Mädchen verzehrten den Spargel mit Schinken und die Brombeertörtchen wortlos, nur Elizabeth brach von Zeit zu Zeit das Schweigen, um genüßlich das Essen zu loben. Als sie beim Nachtisch angelangt waren, sagte Nelleke, Dampfnudeln wären ihr lieber gewesen.

»Da mußt du Mrs. Cantrip zeigen, wie man die macht.«

»Vielleicht würde ich es ihr heute nachmittag zeigen«, sagte Nelleke, die Schwierigkeiten mit dem Futur hatte.

»Prima Idee!«

»Wenn Sie sie probieren, würden Sie vielleicht nie wieder Brombeeren mögen.« Nelleke stocherte Samenkerne zwischen den Zähnen hervor.

»Das wollen wir abwarten. Ich gehe jetzt nach oben und lege mich hin. Falls jemand vorbeikommt oder anruft, vergiß nicht, daß ich nicht gestört werden will.«

»Ich würde es nicht vergessen«, sagte Nelleke.

»Hast du vor, heute abend auszugehen?«

»Ich bin mit einem Jungen in Kingsmarkham verabredet. Vielleicht würden wir ins Kino gehen.«

»*Werden* wir ins Kino gehen«, korrigierte Elizabeth sie sanft. »Würden ist Konjunktiv, das Futur bildet man mit werden. Wenn du möchtest, kannst du ein Auto nehmen, aber den Lotus lieber nicht. Deiner Mutter wäre es bestimmt nicht recht, wenn du einen schnellen Sportwagen fährst.«

»Dann würde ich den Mini nehmen, ja?«

Elizabeth zuckte resignierend die Schultern. »Aber gern.«

Nelleke räumte den Tisch ab und stellte das Geschirr zusammen mit dem Glas und den Tellern von Denys Villiers' Servierbrett in die Spülmaschine. »Jetzt zeige ich Ihnen, wie man Dampfnudeln macht«, erklärte sie Mrs. Cantrip, die sich mit einer Tasse Tee und dem *Daily Sketch* gerade zehn Minuten Pause gegönnt hatte.

»Dürfte ich vielleicht mal erfahren, was das sein soll? Du weißt doch, daß es auf Wunsch der gnädigen Frau keine Nudeln in diesem Haus gibt.«

»Sind keine Nudeln. Macht man aus Mehl, Hefe, Milch und Butter. Wir haben Mehl, ja? Wir haben Hefe? Kommen schon, Mrs. Cantrip, sind kein Frosch.«

»Es kann der Frömmste nicht in Frieden leben...«, seufzte Mrs. Cantrip und wuchtete sich aus dem Schaukelstuhl. »Trotzdem wird es mir ewig ein Rätsel bleiben, was es eigentlich an einem guten englischen Nachtisch auszusetzen gibt. Mr. Villiers hat nicht einen Krümel auf dem Teller gelassen. Kein Wunder, diese Bücherschreiberei macht einem kräftigen Appetit.«

Nelleke holte Milch und Butter aus dem Kühlschrank. »Ich fragen mich oft«, sagte sie nachdenklich, »weshalb er nicht arbeitet bei sich zu Hause. Wo er doch auch eine Frau hat, ist merkwürdig, sehr komisch.«

»Darf ich mal fragen, was dich das eigentlich angeht, Nelke? Mr. Villiers hat schon immer dort oben gearbeitet, da ist überhaupt nichts Komisches dabei. Es muß schon vierzehn oder fünfzehn Jahre her sein, seit Mr. Nightingale das ›Old House‹ für Mr. Villiers zum Arbeiten hat herrichten lassen. Es ist ruhig dort, verstehst du? Außerdem hat Mr. Nightingale schon immer einen Narren an Mr. Villiers gefressen.«

»Er hat einen Narren gefressen?«

»O diese Ausländer! Er kann ihn gut leiden, wollte ich sagen, er hat eine Schwäche für ihn. Vermutlich ist er stolz darauf, einen Schriftsteller in der Familie zu haben. Jetzt kannst du den Quirl einschalten.«

Während sie die Hefe mit der Milch verrührte und nach und nach das Mehl zugab, sagte Nelleke: »Mrs. Nightingale mag ihn überhaupt nicht. Während der Ferien arbeitet er jeden Tag dort oben, und nie, kein einziges Mal nicht, kommt Mrs. Nightingale ihn besuchen. Ist komisch, den eigenen Bruder nicht zu mögen.«

»Vielleicht ist es nicht so leicht, ihn zu mögen«, gab Mrs. Cantrip zu bedenken. »Falls die beiden Krach haben – und das will ich wohlgemerkt nicht behaupten –, dann liegt es jedenfalls nicht an der gnädigen Frau, soviel steht fest. Mr. Villiers hat eine komische Art an sich, eine sehr komische Art. Mit ihm ist nicht gut Kirschen essen, er hat so eine sarkastische Ader. Unter uns gesagt, Nelke, mir wäre nicht wohl dabei, wenn ich einen Sohn in der Schule hätte, an der er unterrichtet. Und jetzt schalte den Quirl aus, sonst können wir mit dem Teig Mauerrisse flicken.«

Elizabeth erschien nicht zum Tee.

Der Himmel war wolkenlos wie ein Mittelmeerhimmel, und die Sonne schien um fünf noch so heiß wie am Mittag. Draußen im Park zündete Will Palmer an dem Tor zur Straße nach Kingsmarkham ein Unkrautfeuer an und verpestete die warme, wohlriechende Luft mit beißendem Qualm. Von Zeit zu Zeit warf er frischgemähtes Gras darauf und half mit einem Spritzer Paraffin den Flammen nach. Schwitzend und murrend schob Sean den Rasenmäher über die Grasterrassen.

Mrs. Cantrip deckte den Tisch und stellte ein kaltes Abendessen auf dem Servierwagen bereit. Ob Regen oder Sonnenschein, ohne Hut setzte sie nie einen Fuß vor die Tür. So auch heute, als sie sich auf den Heimweg zu ihrem Häuschen am anderen Ende des Dorfes begab.

Im ›Old House‹ tippte Denys Villiers noch drei weitere Sätze über Wordsworth und das Hervortreten der Natur als Quelle künstlerischer Inspiration, dann ging auch er nach Hause. Langsam und vorsichtig fuhr er zu seinem Bungalow nach Clusterwell. Eine halbe Stunde später fuhr Nelleke Doorn, die den Mini mit überdrehtem Motor und quietschenden Reifen über die Dörfer nach Kingsmarkham jagte, in die gleiche Richtung.

Elizabeth lag mit lotiongetränkten Eyepads auf den Augen im Bett und pflegte ihre Schönheit. Als sie den Jaguar in der Einfahrt hörte, begann sie, sich zum Abendessen umzuziehen.

Sie trug einen hellgrünen Kaftan mit einem Besatz von Halbedelsteinen am Ausschnitt und an den Bündchen.

»Wie geht's meiner schönen Frau?«

»Ausgezeichnet, Liebling. Hast du einen angenehmen Tag gehabt?«

»So lala. Die Luft in London ist zum Schneiden. Möchtest du einen Drink?«

»Nur einen kleinen Tomatensaft«, sagte Elizabeth. Quentin schenkte ihr den Saft ein, für sich nahm er einen doppelten Whisky. »Danke, Liebling. Wirklich heiß heute, nicht?«

»Nicht so heiß wie in London.«

»Nein, so heiß wohl nicht.«

»Nicht annähernd so heiß«, bestätigte Quentin. Er lächelte; sie lächelte. Schweigen machte sich breit.

Quentin brach es. »Ist Nelleke nicht da?«

»Sie ist mit dem Mini nach Kingsmarkham gefahren.«

»Dann sind wir also ganz unter uns. Oder kommt jemand zum Cocktail?«

»Heute abend nicht. Wie du gesagt hast, wir sind ganz unter uns.«

Quentin seufzte und lächelte. »Eigentlich eine angenehme Abwechslung, einmal ganz unter uns zu sein.«

Elizabeth gab keine Antwort. Diesmal war das Schweigen lastend und von längerer Dauer. Quentin stand am Fenster und schaute in den Garten.

»Wir können ruhig schon essen«, sagte Elizabeth schließlich.

Im Eßzimmer entkorkte er eine Flasche *Pouilly Fuissé*. Elizabeth trank nur ein Glas.

»Endlich kühlt es ein wenig ab«, sagte Quentin, während sie die Vichyssoise löffelten. »Bald werden die Nächte wohl länger werden.«

»Vermutlich.«

»Ja, ganz gleich, wie heiß es um diese Jahreszeit auch ist, man spürt doch immer einen Hauch von Frost in der Luft.« Elizabeth verzehrte schweigend das kalte Hähnchen. »Aber im großen und ganzen war es ein guter Sommer«, fügte Quentin verzagt hinzu.

»Im großen und ganzen.«

Schließlich gingen sie wieder in den Salon.

»Wieviel Uhr ist es?« fragte Quentin von der Terrassentür her.

»Kurz vor acht.«

»Wirklich? Ich hätte gedacht, es sei viel später.« Er ging auf die Terrasse hinaus, um nach seinen Matricarien zu sehen. Elizabeth nahm das *Queen Magazine* zur Hand und blätterte die Illustrierte gleichgültig durch. Quentin kam zurück und setzte sich ihr gegenüber. »Ob Denys und Georgina wohl noch auf einen Sprung vorbeikommen?«

»Ich glaube kaum.«

»Ich überlege mir, ob ich mal bei Denys anrufe und frage, ob sie Lust auf eine Partie Bridge haben. Was meinst du dazu?«

»Wenn du möchtest, Liebling.«
»Nein, nein, es liegt ganz bei dir.«
»Mir ist es wirklich so oder so recht.«
»In dem Fall rufe ich einfach mal bei ihm an«, sagte Quentin und machte seinem aufgestauten Atem in einem langen Seufzer Luft.

Die Villiers kamen, und sie spielten Bridge bis um zehn. »Es sollte nicht zu spät werden, Georgina«, sagte Villiers mit einem Blick auf seine Uhr. »Ich muß noch ein oder zwei Stunden in der Schulbibliothek arbeiten, ehe ich zu Bett gehe.«
»Was, schon wieder?« fragte Georgina.
»Ich habe dir doch schon gesagt, daß ich noch etwas nachschlagen muß.«
Seine Frau warf ihm einen aufsässigen Blick zu.
»Denys widmet sich eben ganz seiner Arbeit«, sagte Quentin, der Friedensstifter. Er lächelte Georgina freundlich an, als die Frauen aus dem Zimmer gingen. »Apropos widmen«, fuhr er an seinen Schwager gewandt fort. »Würdest du mir etwas in das Buch schreiben?«
Mit einem kaputten alten Kugelschreiber schrieb Denys Villiers auf das Vorsatzblatt:

Gedenken unsrer vergangnen Jahre nährt
Mein unablässig Preisen …

Quentin las, und freudige Röte überzog seine Wangen. Er legte Villiers die Hand auf die Schulter. »Jetzt noch signieren« bat er.
Und so schrieb Villiers unter das Zitat: *In brüderlicher Zuneigung, Denys Villiers.*
»Eigentlich müßte es ›schwägerliche‹ Zuneigung heißen – wo doch Ungenauigkeit sonst gar nicht deine Art ist.«

»Man muß nicht immer alles so verdammt genau nehmen«, fuhr ihn Villiers an und schüttelte die Hand ab.

Als die Frauen zurückkamen, nestelte Georgina am Verschluß ihrer unförmigen Handtasche herum.

»Vielen Dank für das Geschenk, Elizabeth«, sagte Georgina. »Das ist riesig nett von dir.«

»Keine Ursache, Liebes. Ich habe keine Verwendung mehr dafür.« Zum Abschied küßte Elizabeth sie herzlich auf die Wange.

Villiers zeigte sich unwirsch. »Wenn ihr endlich ausgeturtelt habt, kommen wir vielleicht heute noch weg.«

»Ich glaube, ich gehe gleich zu Bett«, sagte Quentin. »Ich kann es kaum erwarten, mit dem neuen Buch anzufangen. Möchtest du noch ein Weilchen aufbleiben?«

»Der Abend ist so wunderschön«, sagte Elizabeth. »Ich glaube, ich mache noch einen Spaziergang im Park, ehe ich schlafen gehe.«

»Zieh dir aber etwas Warmes über, Liebes. Also dann, gute Nacht.«

»Gute Nacht, Liebling.«

Elizabeth holte sich eine Jacke, dunkelgrün und aus weicher, leichter Angorawolle. Im Mondschein nahm sie den gleichen Farbton an wie die Zypressen in dem italienischen Garten. Die spätblühenden Rosen, eigentlich rosa, aprikosenfarbig und zitronengelb, sahen an diesem Abend alle weiß aus. Über den Rasen zwischen den Rosenbeeten in Sechseck-, Halbkreis- und Rautenform ging sie zu dem gepflasterten Weg, über den sie zwischen Eibenhecken hindurch zu einem Tor in der Ziegelsteinmauer gelangte. Der Rauch von Wills Feuer stieg in einer dünnen grauen Säule empor.

Elizabeth schloß das Tor auf und trat auf den Grasstreifen hinaus, der unter den überhängenden Zweigen der zum Herrenhaus gehörenden Buchen zwischen der Mauer und der Straße nach Pomfret lag. Als Autoscheinwerfer aufleuchteten und an ihr vorüberglitten, zog sie sich für einen Augenblick in den Schatten des Gartens zurück. Nelleke in dem Mini, auf dem Nachhauseweg von Kingsmarkham. Dann war die Straße wieder leer, nur vom Mond erleuchtet. Elizabeth schloß das Tor hinter sich, überquerte die Straße und schlug einen abzweigenden sandigen Weg ein, der in den Cheriton Forest führte.

Sobald sie von der Straße aus nicht mehr zu sehen war, setzte sie sich auf einen Baumstamm und wartete. Schließlich steckte sie sich eine Zigarette an, die dritte von den fünfen, die sie an diesem Tag rauchen sollte.

Die Nightingales schliefen in getrennten, zur Auffahrt liegenden Zimmern im ersten Stock von Myfleet Manor. Quentin zog sich aus und schlüpfte rasch ins Bett. Er knipste die Nachttischlampe an und schlug das neue Buch seines Schwagers auf: *Der verliebte Wordsworth.*

Wie es seine Gewohnheit bei Villiers' Büchern war, nahm er sich zuerst voller Stolz und Vergnügen die Lobpreisung des Verlags auf den Verfasser und seine Werke vor, um dann kritisch die Porträtaufnahme seines Schwagers auf der Rückseite des Schutzumschlags zu betrachten. Als nächstes sah er sich der Reihe nach alle Illustrationen an, die Abbildungen der Gemälde von Wordsworth, seiner Schwester Dorothy und das von Stirling Castle aus aufgenommene Foto des ›verschlungnen Forth‹, dem von Wordsworth so geliebten Fluß. Erst dann begann er mit der eigentlichen Lektüre.

Quentin las wie ein Wissenschaftler, schlug gewissenhaft sämtliche Quellenangaben nach und las jede Fußnote. Gerade war er bei der Begegnung des Dichters mit seiner französischen Geliebten angelangt, als er Schritte auf der Treppe hörte. Kam Elizabeth von ihrem Spaziergang zurück? Doch nein…

Die Schritte hörten nicht auf, sondern setzten sich immer weiter nach oben fort, bis sie von direkt über ihm kamen. Demnach war es nicht Elizabeth, sondern Nelleke, die im obersten Stock schlief.

Es war halb zwölf und wurde kühl. Er hatte früher am Abend schon gesagt, ein Hauch von Frost läge in der Luft. Elizabeth würde draußen im Garten frieren. Die Schiebefenster klirrten in den Rahmen, als Wind aufkam. Quentin legte sein Buch beiseite, stand auf und schaute zum Fenster hinaus.

Der Mond war hinter einer Wolkenbank verschwunden. Er streifte sich seinen Morgenmantel über, öffnete die Schlafzimmertür und blieb verwirrt einen Augenblick stehen, ehe er sich zur Treppe wandte.

2

Detective Inspector Burden hatte seinen freien Tag. Er lag im Bett bis um neun. Dann stand er auf, badete und machte sich an die Arbeit, die er sich für diesen freien Tag vorgenommen hatte: seinem Bungalow einen neuen Außenanstrich zu geben.

In der Nacht war ein heftiger Sturm aufgekommen, der Ausläufer eines karibischen Hurrikans, dem die Amerikaner den Namen Caroline gaben. Leitern brauchte Burden keine; die Dachtraufe seines Bungalows lag dafür zu niedrig, doch heute wäre er die Sprossen auch nicht gern hinaufgeklettert. Natürlich dachte er auch nicht daran, dies seinem elfjährigen Sohn John zu erlauben, der über die Schulferien zu Hause war und sich als begeisterter Helfer andiente.

»Du kannst dir die Haustür vornehmen, John«, sagte er, wobei er sich im klaren war, daß er ihm damit eine besondere Gunst erwies. Alle Anstreicher, insbesondere Heimwerker, sehnen den Moment herbei, wenn die letzte Lackschicht, ein aufregend kontrastierender Farbton, auf die Haustür aufgetragen wird.

»Verdammt, echt?« fragte John.

»Sag nicht immer ›verdammt‹. Du weißt, ich höre es nicht gern, wenn du fluchst.«

John, der normalerweise heftig widersprochen hätte, zog los, um einen jungfräulich unberührten Topf ›Flamingorosa‹ aus der Garage zu holen. Dort begegnete er seiner Schwester Pat, die vor einem Schuhkarton kauerte, in dem sie eine Schwärmerraupe gefangenhielt und mit Lindenblättern fütterte. John lag schon eine provokante Bemerkung auf den Lippen, irgend etwas Abschätziges über die Dummheit derjenigen, die Pflanzenschädlinge heranziehen, als seine Mutter an der Hintertür nach ihm rief.

»John, sag bitte Daddy, er wird am Telefon verlangt.«

»Wer ist dran?«

Mrs. Burden antwortete im Ton resignierter Verzweiflung: »Dreimal darfst du raten.«

John benötigte nur einen Versuch. Mit der Farbdose in der Hand ging er zu seinem Vater zurück, der gerade den ersten Pinselstrich des Decklacks auf den Rahmen des Panoramafensters aufgetragen hatte.

»Dein Typ wird am Telefon verlangt – das Revier«, sagte er.

Burden fluchte nie, weder vor seinen Kindern noch sonst. Sorgfältig stellte er den Pinsel in ein Marmeladenglas mit Terpentinersatz und ging ins Haus.

Sein Bungalow hatte selten so behaglich auf ihn gewirkt wie an diesem Morgen. Mit roten Dahlien gefüllte Keramikvasen schmückten Diele und Wohnzimmer; die neuen Gardinen hingen vor den Fenstern; aus der Küche kam der köstliche Duft einer Steak-and-kidney-Pastete, die es zu Mittag geben sollte. Burden seufzte, dann nahm er den fleckenlos saubergeriebenen Hörer des weißen Telefons zur Hand.

Detective Chief Inspector Wexford klang sauer. »Sie haben sich verdammt lange Zeit gelassen.«

»Tut mir leid. Ich war am Malen.«

»Künstlerpech, Picasso. Sie werden Ihr Meisterwerk ein anderes Mal fertigstellen müssen. Die Pflicht ruft.«

Burden war nicht so dumm, seinen Chef an seinen freien Tag zu erinnern. »Was gibt's, Sir?«

»Kennen Sie eine Mrs. Elizabeth Nightingale?«

»Vom Sehen. Jeder kennt sie. Ihr Mann ist Versicherer bei Lloyds. Hat Geld wie Heu. Was hat sie denn getan?«

»Sich ermorden lassen, das hat sie getan.«

Burden verstieß gegen seine Regel, nie zu fluchen. »Allmächtiger!«

»Ich bin in Myfleet Manor. Kommen Sie so schnell wie möglich, Mike.«

»Und ich stehe jetzt mit dieser riesengroßen Pastete da«, sagte Jean Burden. »Versuch doch, zum Mittagessen wieder hier zu sein.«

»Ausgeschlossen.« Burden zog sich um und schnappte sich den Autoschlüssel. John saß auf der Gartenmauer und wartete auf letzte Anweisungen. »Lassen wir das mit der Haustür lieber noch ein paar Tage, John. Tut mir wirklich leid.«

»Ich käme auch allein zurecht.«

»Sei lieb und widersprich nicht.« Er kramte in seinen Taschen nach einem Fünfzigpencestück. »Hast du nicht etwas von einer neuen Batterie für das Radio gesagt? Und kauf dir auch ein paar Süßigkeiten.« Er stieg in das Auto. »Hör mal, John – unterrichtet an eurer Schule nicht ein Mr. Villiers, der Bruder von Mrs. Nightingale?«

»Der alte Ablabs?« fragte John. »Ich weiß nicht, wessen Bruder er ist. Er gibt Latein und Griechisch. Weshalb fragst du?«

»Nur so«, sagte Burden.

Das Haus war ein Ziegelsteinbau, stammte aus der Zeit der Queen Anne und sah aus, als lauere es sprungbereit dicht über der Straße; die Fenster starrten mit Argusaugen auf das Dorf hinunter. Die Fundamente überwucherte dichtes grünes Gesträuch, das im Wind raschelte. Burden parkte sein Auto hinter dem größeren Dienstwagen, in dem Wexford vorgefahren war, drückte die schmiedeeisernen Tore mit den geflügelten Drachen auf und ging über die Stufen zur Haustür. Detective Sergeant Martin öffnete, ehe er noch Gelegenheit zum Klingeln hatte.

»Der Chief Inspector ist im – äh, im Damenzimmer, Sir. So heißt das hier.«

Das Haus war voller Leute, dennoch schien ein dumpfes, atemloses Schweigen über ihm zu liegen, die Stille des Unglaublichen, die Stille des Schocks. Burden klopfte an die Tür zum Damenzimmer und trat ein.

Das kleine, geschmackvoll eingerichtete Zimmer war mit einer in Creme- und Blautönen gehaltenen Täfelung ausgestattet. Auf einem breiten Sims, der parallel mit der Bilderleiste lief, standen blaue Delfter Teller mit Blumenmotiven. Zwischen Sims und Bilderleiste hingen Aquarelle, zarte Gemälde mit ländlichen Sujets – die Myfleeter Mühle, die Kirche von Forby, die Flußbrücke bei Flagford.

Eingezwängt in ein mit cremefarbenem Satin bezogenes Sesselchen, wirkte Wexford noch hünenhafter als sonst. Sein grobschlächtiges Gesicht zeigte eine würdevoll ernste Miene, doch seine Augen waren hellwach und aufmerksam auf die Frau gerichtet, die gegenüber dem Kamin saß. Mit einem Blick auf das gepflegte weiße Haar, das rötliche, von Tränen zerfurchte freundliche Gesicht und die saubere blaue Nylonschürze ordnete sie Burden als ergebene Dienerin ein, ein altes und treues Faktotum.

»Nur herein«, sagte Wexford. »Setzen Sie sich. Das ist Mrs. Cantrip. Sie hat Mr. und Mrs. Nightingale den Haushalt geführt, seit sie vor sechzehn Jahren geheiratet haben.«

»Stimmt, Sir«, bestätigte Mrs. Cantrip und fuhr sich mit einem Taschentuch über die zugeschwollenen Augen. »Und einen liebenswerteren Menschen als Mrs. Nightingale werden Sie hier auf Erden nicht finden. Sie hatte ein Herz aus Gold, für jemand Gütigeren habe ich noch nie gearbeitet. Wenn das auch nicht sehr respektvoll klingen mag, habe ich doch oft bei mir gedacht, wie schade es ist, daß ich und nicht sie irgendwann einmal vielleicht eine Empfehlung braucht. Ich hätte sie in den höchsten Tönen gelobt, das können Sie mir glauben.«

Burden ließ sich behutsam auf einem der anderen satinbespannten Sessel nieder. Sämtliche Möbel waren blitzblank und von erlesenem Geschmack, angefangen bei dem schimmernden Porzellan bis hin zu dem Kaminschirm der gnädigen Frau, bemalte ovale Scheiben auf langen Stützen.

»Ich weiß gar nicht, was Sie von uns halten müssen, Sir«, sagte Mrs. Cantrip, die seine Miene falsch auslegte. »Wo's hier noch so unordentlich aussieht, weil heute morgen noch nicht saubergemacht wurde. Aber ich und

Nelke haben uns nicht in der Lage gefühlt, auch nur den Staubwedel in die Hand zu nehmen. Es war ein solcher Schlag für mich, als man es mir sagte, da kann ich mich nur wundern, daß ich nicht gleich in Ohnmacht fiel.« Sie wandte sich an Wexford und kämpfte mit den Tränen. »Wie Sie gesagt haben, Sir, möchten Sie mit jedem im Haus sprechen, da will ich Sie nicht länger aufhalten, jetzt, wo der andere Herr gekommen ist.« Sie zählte die anderen an ihren abgearbeiteten Fingern ab. »Zunächst wäre da der alte Will Palmer, er hat auch die arme Tote gefunden, dann Sean Lovell und Nelke...«

»Wer ist Nelke?«

»Die junge Ausländerin, Sir. Sie arbeitet hier als Au-pair-Mädchen. Nelke finden Sie in ihrem Zimmer im obersten Stock. Und dann ist da natürlich auch noch der arme Mr. Nightingale, der sich in seinem Arbeitszimmer eingeschlossen hat und niemandem aufmacht.«

»Zuerst möchte ich mit Mr. Palmer sprechen«, sagte Wexford.

»Wie lange sind Sie schon hier?« fragte Burden. Wegen der Grabesstille in dem Haus flüsterte er.

»Seit halb acht«, antwortete Wexford ebenso leise, während sie Mrs. Cantrip einen langen Flur entlang und durch die Küche in den Garten folgten. »Vielen Dank, Mrs. Cantrip. Ich glaube, Mr. Palmer kommt uns schon entgegen.«

Polizisten in Uniform und in Zivil durchsuchten die Gartenanlagen. Will Palmer trat hinter einer Wacholderhecke hervor, blieb in der Mitte des Rasens stehen und beobachtete mit griesgrämiger Miene, wie Constable Gates in den Blumentöpfen eines der Gewächshäuser herumstocherte und Constable Bryant mit aufgewickelten Hemdsärmeln beide Arme in die grünen Tiefen des Wasserlinsenteichs steckte.

»Die Leiche wurde fotografiert und weggebracht«, sagte Wexford. »Jemand hat Mrs. Nightingale einen Schlag auf den Kopf versetzt. Weiß der Himmel, mit was. Nach der Waffe wird noch gesucht. Es war alles voller Blut.« Er sprach lauter. »Mr. Palmer! Könnten Sie bitte einmal zu uns herüberkommen?«

Palmer war ein großer, hagerer alter Mann mit einem ernsten, ausgemergelten Gesicht, das durch Wind und Wetter die Farbe von Rosenholz angenommen hatte. Dunkelrot leuchtete auch die Halbglatze auf seinem Kopf hervor.

»Ich habe mir schon gedacht, daß Sie mit mir reden wollen«, sagte er bekümmert. »Wozu soll dieses Herumgestocher in meinem Garten gut sein?«

»Wir suchen nach der Waffe, mit der Mrs. Nightingale getötet wurde«, sagte Wexford aufrichtig.

»Die werden sie wohl kaum in meinen Fuchsien finden.«

»Das bleibt abzuwarten.« Wexford deutete mit dem Finger auf eine Rauchsäule. »Wie lange brennt dieses Unkrautfeuer schon?«

»Seit gestern nachmittag, Sir.«

»Verstehe. Können wir irgendwo allein mit Ihnen sprechen, Mr. Palmer? Vielleicht in der Küche, oder ist dort Mrs. Cantrip?«

»Höchstwahrscheinlich, Sir, und wenn's drauf ankommt, hat sie gewaltig große Lauscher. Wir könnten aber in den italienischen Garten gehen, der ist schön geschützt vorm Wind.«

Sie setzten sich auf eine lange Metallbank mit Schnekkenverzierungen, die neben einem künstlich angelegten Teich stand, dessen Wasser von der Untersuchung des Grunds durch Wexfords Leute noch immer trübe war. Am anderen Ende des Teichs befand sich ein in kunstvollem Barockstil gestaltetes Monument mit einer Nische, in der ein bronzener Junge stand und Wasser aus einem Krug in eine Schale goß. Dieser Gartenteil maß ungefähr zehn mal sieben Meter und war von im Wind zitternden Zypressen umsäumt.

»Also, das war so«, setzte Palmer an. »Während der Nacht ist dieser Wind aufgekommen, und der hat so einen Radau gemacht, daß ich aufgewacht bin. So gegen halb fünf ist das gewesen. Mein erster Gedanke waren Mr. Nightingales Matricarien, wo wir die doch für die Blumenausstellung züchten. Die standen nämlich eingetopft im Freien, und da hab ich mir gedacht: Bei dem Sturm kippen die garantiert um. Deshalb hab ich mich aufs Rad geschwungen und bin so schnell wie möglich hierhergefahren, zum Haus.«

»Um welche Zeit sind Sie hier angekommen, Mr. Palmer?«

»Gegen fünf.« Palmer sprach langsam und mit sichtlichem Vergnügen. Offenbar begann ihm die Sache Spaß zu machen. »Die Matricarien haben sich alle prächtig gegen den Wind behauptet, aber ich hab sie trotzdem ins Gewächshaus gestellt, um auf Nummer Sicher zu gehen. Dann fiel mir auf, daß etwas nicht stimmte. Ich hab meinen Augen nicht getraut. Eine der Terrassentüren stand sperrangelweit offen. Einbrecher, hab ich mir gedacht. Hier ist schon mal eingebrochen worden. Ich wußte nicht, was ich jetzt am besten tun sollte. Vielleicht war's der Sturm, hab ich mir gedacht, und sie haben bloß vergessen, die Tür zuzumachen. Trotzdem hab ich es für meine Pflicht gehalten, Mr. Nightingale zu wecken, deshalb bin ich ins Haus und nach oben gegangen, wo ich mir an seiner Schlafzimmertür dann fast die Finger wundgeklopft hab. Der muß einen verdammt tiefen Schlaf haben, hab ich zu mir gesagt, und so hab ich mir die Freiheit genommen, in das Zimmer zu gehen und nachzusehen.«

»War er dort?«

»Nein, war er nicht. Sein Bett war leer. ›Mr. Nightingale‹, hab ich gerufen. ›Sind Sie da, Sir?‹ Ich hab mir nämlich gedacht, er sei im Bad, weil doch die Tür zu war...«

»Aber nachgesehen haben Sie nicht?« unterbrach ihn Wexford, als er innehielt, um Luft zu holen.

»Ich will doch hoffen, daß ich weiß, was mir zukommt, Sir. Außerdem...« Palmer richtete den Blick auf seine gestopften und abgewetzten Hosenknie. »Außerdem waren sie verheiratet, auch wenn sie getrennt geschlafen haben, und...«

»Da haben Sie ganz logisch angenommen, daß er während der Nacht vielleicht in Mrs. Nightingales Zimmer geschlafen hat, war es so?«

»Na ja, Sir, annehmen hab ich gar nichts wollen. Ich hab schon immer gesagt, daß die Herrschaften komische Eigenheiten haben, die unsereiner nie begreifen wird.« Ohne sich angesichts dieser möglicherweise unabsichtlichen Einordnung von Wexford und Burden unters gemeine Volk irgendeine Spur von Verlegenheit anmerken zu lassen, fuhr Palmer fort. »Weil ich also von Mr. Nightingale keine Antwort bekam, hab ich mir erlaubt, bei der gnädigen Frau anzuklopfen. Als niemand aufmachte, kriegte ich richtig Bammel, das kann ich Ihnen sagen. Ganz aus dem Häuschen war ich. Keine zehn Pferde hätten mich sonst dazu gebracht, mir nichts, dir nichts in das Schlafzimmer einer Dame hereinzuplatzen, so als einfacher Gärtner und noch dazu in meinem Arbeitszeug. Wie auch immer, sie war ebenfalls nicht da, und das Bett war unberührt.«

»Daran gedacht, das Au-pair-Mädchen zu rufen, haben Sie nicht?«

»Ist mir nie in den Sinn gekommen, Sir. Was hätte Nelke schon tun können, das ich nicht selbst erledigen konnte? Ich habe dann die Runde durch den Park gemacht und das Tor in der Mauer offenstehen sehen. Das beste wird sein, wenn du selber die Polizei rufst, Will, hab ich mir gedacht, aber als ich wieder ins Haus kam, war Mr. Nightingale auf den Beinen. Im Bad ist er gewesen, hat er gesagt, und als er sich abgetrocknet hat und herausgekommen ist, sei ich schon weg gewesen.«

»Was geschah dann?« fragte Burden.

Palmer kratzte sich am Kopf. »Mr. Nightingale sagte, der gnädigen Frau müsse draußen im Park was passiert sein, aber ich erklärte, daß ich den Park durchsucht hätte. Doch dann«, fuhr er fort und steigerte die Spannung wie ein routinierter Erzähler, »als mir wieder das offene Tor und der düstere alte Wald einfielen, krampfte sich mir das Herz im Leib zusammen. ›Ich glaube, sie ist in den Wald gegangen, und dort ist ihr was zugestoßen‹, hab ich zu dem armen Mr. Nightingale gesagt. Deshalb sind wir in den Wald, das Herz schlug uns beiden bis zum Hals. Ich bin vorausgegangen und hab sie dann gefunden. Mit dem Gesicht nach unten lag sie auf dem Boden, und ihr wunderschönes goldenes Haar war ganz voller Blut. Aber Sie haben sie ja selbst gesehen, Sir. Das wissen Sie bereits.«

»Vielen Dank, Mr. Palmer. Sie haben uns sehr geholfen.«

»Ich bin stets bemüht, meine Pflicht zu tun, Sir. Mr. Nightingale war wirklich gut zu mir, und die gnädige Frau auch. Ich könnte da einige nennen, die das ausnutzen würden, aber so einer bin ich nicht. Ich gehöre eben noch zur alten Schule, wenn ich mal so sagen darf.«

Wexford blickte auf und sah zwischen den Zypressen die Silhouette eines Mannes, der sich auf einen Spaten lehnte. »Hat Sean Dingsda das ausgenutzt?« fragte er leise.

»Lovell, Sir, Sean Lovell. Na ja, das hat er sozusagen schon. Die Leute wissen eben nicht mehr, wo sie hingehören, wie noch in meiner Jugend, und dieser Lovell – das ist ein ganz ordinärer Kerl. Von seiner Mutter kann man auch nicht mehr erwarten, und einen Vater er nie gehabt, glaube ich. Wenn Sie sehen könnten, wie's in ihrem Haus aussieht, würde es Ihnen glatt den Magen umdrehen. Aber er kam sich als ebenbürtig mit der gnädigen Frau vor, falls Sie so was schon mal gehört haben. Elizabeth hier und Elizabeth da, hat er zu mir hinter ihrem Rücken gesagt. Aber dem hab ich Bescheid gestoßen! Freundchen, hab ich gesagt, laß mich bloß nicht mehr hören, daß du so von der gnädigen Frau sprichst.«

»Wie hat er sie denn nun ausgenutzt?« fragte Burden ungeduldig.

»Er bildet sich ein, in so einer Popgruppe singen zu können. Wissen Sie, die gnädige Frau war sehr höflich, und wenn er mit seiner Singerei anfing, hat sie immer gelächelt und mit Engelsgeduld zugehört. Er hat ihr tatsächlich vorgesungen...« Palmer verzog den Mund zu einer angewiderten Grimasse, wobei braune Zahnstummel zum Vorschein kamen. »Immer wenn sie ein Fenster offenstehen hatte, stellte er sich darunter und sang eines dieser Schundlieder, die er aus dem Fernsehen hatte. Und das mit einer plumpen Vertraulichkeit, einfach unglaublich! Eines Tages hab ich ihn überrascht, wie er mit der gnädigen Frau hier am Teich stand, in einem fort auf sie einredete und dabei seine dreckige Pfote auf ihren Arm gelegt hatte. Ich sah gleich, daß die gnädige Frau es nicht mochte. Sie ist richtig zusammengefahren und wurde ganz rot, als ich ihn anschrie. ›Eine teuflische Freiheit nimmst du dir da heraus‹, hab ich zu ihm gesagt, als wir allein waren. ›Elizabeth und ich verstehen uns eben‹, antwortet der mir doch ins Gesicht. So eine Frechheit!« Palmers alte Knochen knackten, als er sich erhob und einen finsteren Blick in Lovells Richtung warf. »Da kann ich nur sagen, hoffentlich muß ich es nicht mehr erleben, daß diese Gleichmacherei noch schlimmer wird, als sie schon ist.«

Durch einen fachmännischen Umbau und die Verwendung von Raumteilern war die größte Dachstube in ein Einzimmerapartment für das Au-pair-Mädchen umgewandelt worden. Freistehende Regale aus poliertem Buchenholz, auf denen Bücher und Zimmerpflanzen standen, trennten das Wohnzimmer vom Schlafbereich. Alle Möbel waren modern. Das Sofa und die beiden Sessel waren mit zinnoberrotem Tweed bezogen; der Teppich war apfelgrün und die Vorhänge aus rotem Kordsamt.

»Sie beherrschen unsere Sprache recht gut, nicht wahr, Miss Doorn?« fragte Wexford, als sie ihnen die Tür öffnete.

»O nein, ich bin sehr schlecht«, antwortete die junge Holländerin kichernd. »Alle sagen mir, wie sehr, sehr schlecht ich bin.« Sie lächelte ihn strahlend an.

Sie gehörte zu dem klassischen Typ Holländerin, überlegte Wexford mit Bewunderung, jenem Typ, der in Holzschuhen und Bauerntracht zwischen Windmühlen und Tulpen auf Werbeplakaten posiert, die Hollands Vorzüge als Urlaubsland anpreisen. Sie hatte goldblondes langes Haar, hellblaue Augen und eine Haut, die es an Elfenbeinglanz mit jeder Tulpe im Blumenpark des Keukenhofs aufnehmen konnte. Wenn sie lachte – und sie schien ständig zu lachen –, breitete sich strahlende Röte auf ihrem Gesicht aus. Ihrem Aussehen nach war sie um die Zwanzig, schätzte Wexford.

»Wie lange wohnen Sie schon hier bei Mr. und Mrs. Nightingale?« fragte er.

»Ein Jahr. Fast ein Jahr und ein halbes.«

»Demnach kannten Sie sie gut? Sie gehörten zur Familie?«

»Es gibt hier keine Familie«, antwortete Nelleke und verzog die vollen rosa Lippen zu einer empörten Grimasse. »Bloß ihn und sie.« Sie zuckte mit den Achseln. »Und jetzt ist sie tot.«

»Allerdings. Deshalb bin ich hier. Sicher hatten Sie zu Mrs. Nightingale einen guten Kontakt, so wie eine erwachsene Tochter vielleicht?«

Nelleke lachte. Sie schlug die Beine übereinander und wippte hin und her. Schließlich legte sie sich die Hand auf den Mund und unterdrückte ihr Gekicher. »Ach, ich darf nicht lachen, wo doch alles so traurig ist! Aber was Sie sagen, ist so komisch. Eine Tochter! Ich glaube, Mrs. Nightingale würden das gar nicht gern hören. Nein, sie denken, sie sein junges Mädchen, sehr jung und hübsch in kurzen Miniröcken und mit getuschten Wimpern, so!«

Burden bedachte sie mit einem mißbilligenden Blick, dem sie mit großen unschuldigen Augen standhielt. Wexford bohrte hartnäckig weiter. »Sie haben aber dennoch ihr Vertrauen genossen?«

»Wie bitte?«

Burden kam ihm zur Hilfe. »Hat Sie mit Ihnen über ihr Leben gesprochen?« fragte er.

»Mit mir? Nein, nie, nichts. Beim Mittagessen sitzen wir so, sie dort, ich hier. Wie geht es deiner Mutter, Nelleke? Ob es heute noch regnet? Jetzt lege ich mich hin und ruhe mich ein bißchen aus. Aber sprechen? Nein, miteinander *sprechen* tun wir nicht.«

»Sie müssen einsam gewesen sein.«

»Ich?« Ein weiterer Lachanfall war die Folge. »Vielleicht sollten ich einsam sein...« Sie hielt inne und quälte sich mit dem Konditionalsatz ab. »Wenn ich den ganzen Tag bei ihm und ihr zu Hause bleibe, und den ganzen Abend auch, dann würde ich vielleicht sein einsam. Nein, ich habe meine Freunde in Kingsmarkham, viele, viele Freunde, und auch Freundinnen. Warum soll ich bleiben hier mit alten Leuten?«

»Sie waren doch beide erst in den Vierzigern«, widersprach der sechsunddreißigjährige Burden heftig.

»Jetzt sagen ich Ihnen mal was«, erwiderte Nelleke ungerührt. »Ich bin jung, sie alt. Mr. Nightingale, der bringt mich zum Lachen. Er ist ein netter Mann und erzählen Sachen, die mich zum Lachen bringen, aber er ist alt, alt, älter als mein Vater in Gouda.«

Sich selbstgefällig im unbestreitbaren Besitz ihrer strahlenden Jugend sonnend, lächelte sie Wexford an, dann fiel ihr Blick auf Burden und blieb an ihm heften. Nelleke musterte ihn, als überlege sie, ob er wohl noch zu haben sei. Sie kicherte.

Burden wurde rot und fragte schneidend: »Was haben Sie gesehen, als Sie gestern abend nach Hause kamen?«

»Ich bin ins Kino gegangen mit meine Freund, der ist Kellner im *Olive and Dove.* Erst sehen wir Film an, schwedische Film, sehr sexy, hat mich ganz scharf gemacht, Sie verstehen?«

»Äh, ja«, sagte Burden und blickte zu Boden.

»Das ist natürlich, wenn man jung ist«, meinte Nelleke schlicht. Sie streckte die langen unbestrumpften Beine aus und ließ in den weißen Sandalen die Zehen wackeln. »Danach möchte ich mit meinem Freund auf sein Zimmer, aber es gehen nicht, weil in dem Hotel ein Direktor ist, ein sehr herzloser Mensch, der nicht erlaubt, daß er Mädchen mit nach oben nimmt. Deshalb sind wir traurig, und mein Freund führt mich statt dessen ins *Carousel Café*. Dort wir trinken Kaffee und essen ein oder zwei Kuchen.«

»Um wieviel Uhr war das?«

»Viertel vor zehn sind wir aus Kino gegangen. Wir trinken Kaffee und sitzen dann im Auto, aber Küssen und Schmusen sein sehr traurig, weil können nicht gehen auf sein Zimmer. Mein Freund muß sehr früh aufstehen am Morgen, deshalb gehen er zurück ins Hotel und ich nach Hause. Ich glaube, jetzt ist es elf.«

»Haben Sie Mrs. Nightingale den Park verlassen sehen?«

Nelleke schob sich eine Locke in den Mundwinkel. »Ich sehen sie im Licht von Scheinwerfer, wie sie aus Tor kommt, in der Nähe der Stelle, wo Unkrautfeuer brennen. Und sie sehen auch mich. Das weiß ich, weil sie rasch das Tor zumacht und sich versteckt, bis ich weg bin. Sehr komisch, denke ich bei mir. Deshalb fahre ich die Straße ein Stück weiter, mache das Auto aus und gehe sehr leise, sehr heimlich zurück, um zu sehen, ob sie wieder herauskommen.« Plötzlich richtete sich Nelleke kerzengerade auf, ließ die Beine hervorschnellen und streckte dem verlegenen Burden ihre Oberschenkel entgegen. »Und sie kommen tatsächlich wieder heraus!« erklärte sie frohlockend. »Ich sehe, wie sie die Straße überquert und in den Wald geht. Und sie gehen sehr leise und sieht sich immer wieder um, ungefähr so.« Nelleke vollführte eine geschickte, merkwürdig tierhafte Pantomine. »Da weiß ich, was sie vorhat. Häufig, sehr viele Male bin ich auch so gegangen, wenn ich verabredet sein in Wald mit meine Freund, weil der herzlose Mann uns nicht erlaubt, auf sein Zimmer zu gehen. Sehen mich immer um, weil ich sichergehen will, daß mir niemand folgt und uns dabei beobachtet, wie wir…«

»Schon gut«, unterbrach sie Wexford barsch. »Das habe ich alles verstanden.« Er wagte es nicht, einen Blick auf Burden zu werfen. Es hätte ihn gar nicht weiter überrascht, wenn der Inspector so wie der Mann in *Bleakhaus* sich durch einen Selbstverbrennungsvorgang in Luft aufgelöst hätte. In mehr als ironischem Ton sagte er: »Sie waren bemerkenswert offen mit uns, Miss Doorn.«

»Bin ich gut, ja?« sagte Nelleke mit beträchtlicher Genugtuung. Sie kaute begeistert auf ihrem Haar herum. »Ich erzählen Sachen, die helfen? Ich weiß alles über Vernehmung durch Polizei. Als ich in Amsterdam bei den Provos war, stellen mir die Polizei viele Fragen, deshalb weiß ich alles über Polizei und habe gar keine Angst.« Sie schenkte ihnen ein strahlendes Lächeln, das Burden gegenüber ganz besonders herzlich ausfiel. »Ich glaube, ich jetzt machen Kaffee und erzählen Ihnen, wie wir in Amsterdam Rauchbomben werfen, während dieser alte Polizeichef sich mit dem armen Mr. Nightingale unterhält.«

Burden hatte nun gänzlich die Fassung verloren, und während er noch stotternd zu erklären versuchte, daß er bereits Kaffee getrunken habe, ergriff Wexford gewandt das Wort: »Danke, vielleicht ein andermal.« Als Polizeichef tituliert zu werden störte ihn nicht, aber das Adjektiv schmerzte. »Wir werden Sie noch einmal sprechen wollen, Miss Doorn.«

»Ja, das glaube ich auch«, sagte Nelleke kichernd. Selbstgefällig nahm sie es als gegeben, daß die meisten Männer, die sie einmal kennengelernt hatten, noch einmal mit ihr sprechen wollten. Sie machte es sich in dem Sessel bequem und sah ihnen mit funkelnden Augen nach.

»Und jetzt zu Nightingale«, sagte Wexford auf der Treppe. »Ich habe bereits kurz mit ihm gesprochen, aber da habe ich noch nichts von seinen morgendlichen Waschungen gewußt. Er muß aus dem Arbeitszimmer herauskommen, Mike. Martin besorgt auf meine Anweisung hin gerade einen Durchsuchungsbefehl für das Haus.«

3

Er besaß das, was Frauen ein »distinguiertes Aussehen« nennen. Sein Haar war silberweiß ohne eine einzige schwarze Strähne, und er trug einen kleinen silbergrauen Schnurrbart, der ihn wie einen Diplomaten oder hochrangigen Militär aussehen ließ. Obwohl er groß und von ebenso schlanker Gestalt wie Sean Lovell war, straffe Kinnmuskeln und eine faltenlose Haut besaß, wirkte er wegen dieses frühzeitigen Ergrauens nicht jünger als die fünfzig Jahre, die er zählte.

Von einer hübschen Frau erwarten die Leute, daß sie entweder mit einem gutaussehenden oder mit einem reichen Mann verheiratet ist. Andernfalls erscheint ihnen die Ehe unerklärlich, und sie glauben, die Frau habe sich weggeworfen. Elizabeth Nightingale war ungewöhnlich hübsch gewesen, und ihr Witwer war ungewöhnlich reich und zudem noch gutaussehend genug, um ihrer Schönheit etwas entgegensetzen zu können. An diesem Morgen sah er mit seinem verhärmten und sorgenvollen Gesicht jedoch beinah häßlich aus.

Es hatte einer gehörigen Portion Überredungskunst und schließlich entschiedener Beharrlichkeit bedurft, um Nightingale zu veranlassen, ihnen die Tür zum Arbeitszimmer zu öffnen, doch als Wexford nun drinnen war, löste sich sein Zorn in ungeduldiges Mitleid auf. Quentin Nightingale hatte geweint.

»Bedaure, Sir, aber ich muß auch Sie wie alle anderen befragen.«

»Das sehe ich ein.« Seine Stimme klang leise, kultiviert und rauh. »Es war kindisch von mir, mich hier einzuschließen. Was möchten Sie von mir wissen?«

»Dürfen wir uns vielleicht setzen?«

»Oh, aber natürlich... Entschuldigen Sie, ich hätte...«

»Dafür habe ich volles Verständnis, Mr. Nightingale.« Wexford nahm in einem Ledersessel Platz, der seinem eigenen Sessel auf dem Polizeirevier ähnelte, und Burden setzte sich auf den hohen Holzschemel, der neben dem Bücherregal stand. »Zunächst sollten Sie mir etwas über den gestrigen Abend erzählen. Haben Sie und Mrs. Nightingale ihn allein verbracht?«

»Nein. Mein Schwager und seine Frau sind auf eine Partie Bridge vorbeigekommen.« Ein bewundernder Ton schlich sich in seine Stimme, als er fortfuhr: »Wissen Sie, er ist der renommierte Verfasser der Werke über Wordsworth.«

»Tatsächlich?« erwiderte Wexford höflich.

»Sie kamen gegen halb neun und gingen um halb elf. Mein Schwager meinte, er wolle noch etwas in der Schulbibliothek recherchieren, ehe er zu Bett gehe.«

»Verstehe. Welchen Eindruck machte Ihre Frau gestern abend auf Sie?«

»Meine Frau...« Quentin zuckte bei dem Wort zusammen, und es fiel ihm sichtlich schwer, es selbst aussprechen zu müssen. »Meine Frau war ganz normal, lieb und lustig wie immer.« Seine Stimme versagte, doch er brachte sie wieder unter Kontrolle. »Sie war eine überaus freundliche Gastgeberin. Ich weiß noch, daß sie meiner Schwägerin gegenüber besonders nett war. Sie machte ihr irgendein Geschenk, das Georgina hellauf begeisterte. Eine großzügigere Frau als Elizabeth gab es nicht.«

»Was war das für ein Geschenk, Sir?«

»Ich weiß nicht«, antwortete Quentin, der mit einemmal wieder sehr matt wirkte. »Ich habe nur gehört, wie Georgina sich dafür bei ihr bedankte.«

Burden rutschte unruhig auf dem Schemel hin und her. »Weshalb ist Ihre Frau in den Wald gegangen, Mr. Nightingale?«

»Das weiß ich auch nicht. Bei Gott, ich wollte, ich wüßte es. Sie ging häufig im Park spazieren. Am späten Abend, meine ich. Es wäre mir nicht im Traum eingefallen, daß sie in den Wald gehen könnte.«

»Führten Sie eine glückliche Ehe, Sir?«

»Gewiß doch. Wunschlos glücklich. Da können Sie alle unsere Bekannten fragen. Lieber Himmel, würde ich denn jetzt so vor Ihnen stehen, wenn wir nicht glücklich gewesen wären?«

»Bitte regen Sie sich nicht auf, Mr. Nightingale«, sagte Wexford beruhigend. »Ich möchte, daß Sie sich die Antwort auf meine nächste Frage sehr sorgfältig überlegen. Sie wissen, daß Palmer kurz nach fünf Uhr heute morgen in Ihr Schlafzimmer kam, Sie dort aber nicht finden konnte? Würden Sie so freundlich sein, mir zu erklären, wo Sie waren?«

Dunkle Schamröte stieg Quentin ins Gesicht. Er legte sich die Hände auf die Wangen, als hoffe er, durch die kalte Berührung das Blut vertreiben zu können. »Ich war im Bad«, antwortete er gepreßt.

»Eine ungewöhnliche Zeit für ein Bad.«

»Hin und wieder tun wir alle etwas Ungewöhnliches, Chief Inspector. Wegen des Sturms bin ich sehr früh aufgewacht. Ich konnte nicht mehr einschlafen, deshalb habe ich ein Bad genommen.«

»Na schön, Mr. Nightingale. Ich würde dieses Haus jetzt gern durchsuchen, wenn es Ihnen recht ist.«

»Wie Sie möchten«, sagte Quentin. Er sah aus wie ein zum Tode Verurteilter, der Vollstreckungsaufschub erhalten hat, sich jedoch darüber im klaren ist, daß damit die Hinrichtung nur zeitweilig ausgesetzt ist. Nervös drehte er einen Briefbeschwerer in den Händen, einen mit Silber eingefaßten dunkelblauen Stein, dann sagte er: »Sie werden doch vorsichtig sein?«

»Wir sind keine Vandalen«, erklärte Wexford barsch, doch etwas rücksichtsvoller setzte er hinzu: »Hinterher werden Sie gar nicht merken, daß wir hier waren.«

Im Vergleich mit anderen Landsitzen war Myfleet Manor nicht sonderlich groß, doch um mit Burden zu sprechen, konnte man es auch nicht gerade eine Sozialwohnung nennen. Insgesamt waren es fünfzehn Zimmer, jedes geschmackvoll und mit Liebe eingerichtet, fast wie Museumsräume voller Kunstgegenstände. Nichts wirkte fehl am Platz, nicht ein Fleck auf den Teppichen, nicht eine Knitterfalte in den Kissen. Zweifellos hatte hier niemals ein Kind und schon gar kein Hund herumtoben dürfen. Nur die von den Blumenarrangements abgefallenen Blätter zeugten von der halbtägigen Vernachlässigung.

Doch trotz der mit Dahlien gefüllten Vasen und der hellen Sonnenstrahlen, die der Wind über Satin und poliertes Holz flimmern ließ, ging von dem Haus eine kühle Grabesstimmung aus. Man kam sich fast wie in einer Kirche vor, meinte Wexford, als sie die Treppe hinaufgingen.

Die Seele von Myfleet Manor, sein Herz und einziger Quell seines Lachens, befand sich über ihnen in dem Apartment des Au-pair-Mädchens. Mit einem ausgesprochen sehnsüchtigen Blick auf die nach oben führende Treppe trat Wexford in Quentins Schlafzimmer, dicht gefolgt von Burden.

Das Bett war gemacht. Auf dem niedrigen Nachttisch daneben lag ein Buch, auf das Wexford kommentarlos einen Blick warf. Er zog Schubladen auf und begutachtete den wohlversehenen Kleiderschrank, während sich der Detective Inspector das Bad vornahm.

»Das Badetuch ist noch feucht, Sir«, rief Burden. »Es hängt aber über einem beheizten Handtuchhalter, und...« Wexford stapfte ins Bad und fand Burden dabei vor, wie er nachdenklich auf seine Uhr sah. »Sieben Stunden braucht es wohl kaum zum Trocknen, oder?«

Wexford schüttelte den Kopf. »Entweder hat er zweimal gebadet, oder nur einmal, und zwar um neun oder zehn Uhr heute morgen.«

»Wollen Sie damit sagen, daß er sich beim erstenmal in Wirklichkeit nur die Spuren abwaschen wollte? In diesem Fall müßte am Handtuch oder sonstwo Blut zu sehen sein, aber da ist nichts.«

»Wir werden Mrs. Cantrip nach der schmutzigen Wäsche fragen. Gehen wir mal nach nebenan.«

Das Schlafzimmer der Toten war in Lila und Silber gehalten; das Tapetenmuster aus Rosenblüten und -knospen wiederholte sich genau gleich auf dem Satin der Vorhänge. Zwischen den beiden Fenstern stand eine Frisierkommode mit einem dreiteiligem Spiegelaufsatz. Weißer Tüll umhüllte die Beine der Kommode. Auch das riesige weiche Bett war weiß und wurde zu beiden Seiten von weißen Bettvorlegern aus Fell flankiert, die wie Schneeflecken auf der smaragdgrünen Teppichfläche lagen.

Während Burden die Frisierkommode durchsuchte und die Schreibplatte eines Sekretärs umklappte, sah Wexford den Kleiderschrank durch. Mrs. Nightingale hatte genug Kleider besessen, um eine Boutique damit auszustatten, ja, der einzige Unterschied zwischen diesem Kleiderständer und dem in einer Boutique war der, daß alle diese Kleider dieselbe Größe hatten, Damengröße 36, und sie alle derselben Frau gehört hatten.

»Kein Tagebuch«, sagte Burden, der sich mit dem Schreibtisch befaßte. »Ein paar quittierte Schneiderrechnungen von einem Laden in der Bruton Street, London, *Tanya Tye* heißt das Geschäft. Die bezahlten Rechnungen belaufen sich auf etwas über einhundertfünfzig und zweihundert Pfund, die dritte ist über fünfundneunzig Pfund und steht noch offen. Für uns ohne Belang, würde ich sagen.«

Wexford nahm sich die Frisierkommode vor. Von der Tischplatte hob er nacheinander Cremetöpfchen, Lotiontuben und schließlich einen Flakon mit Flüssigkeit hoch, deren erklärter Zweck es war, Gesichtsmuskeln zu straffen und ihnen neuen Halt zu geben. »Wird aus den Verdauungssäften von Kühen gewonnen«, meinte er mit starrem Gesicht. »So heißt es zumindest.« Seine Miene kam in Bewegung, und Trauer wurde erkennbar. »Warum auf deines Hauses mürbe Scherben«, zitierte er, »o kurzer Pächter, wendest du so viel?«

»Wie bitte?«

»Nichts, bloß ein Sonett, das mir gerade in den Sinn kam.«

»Ach?« sagte Burden. »Ich persönlich dachte mir auch gerade, was für eine Geldverschwendung das doch ist, wo man doch ohnehin alt wird. Für ihren Mann hat sie sich meiner Meinung bestimmt nicht soviel Mühe gemacht, was meinen Sie?«

»Nein, da muß es noch einen anderen Mann gegeben haben.«

Burden nickte. »Vermutlich der Mann, mit dem sie gestern nacht verabredet war. Wie lautet Ihre Theorie, Sir? Daß Nightingale Verdacht schöpfte, ihr in den Wald folgte und sie umbrachte? Und seine Kleider dann in Palmers Feuer verbrannte?«

»Ich habe keine Theorie«, sagte Wexford.

Gemächlich gingen sie nach unten. Die Treppe war lang, nicht sehr steil und hatte einen breiten Absatz in der Mitte. Ein Fenster, dessen karmesinrote Samtvorhänge zu den in einer Kupferschale auf dem Sims stehenden Etoile-de-Hollande-Rosen paßten, ging von dort in den Garten. Der Wind, nach wie vor heftig und wechselhaft, ließ ein Kräuseln durch die Hecken gehen, so daß sie wie grüne Bäche wirkten.

»Da hätten wir schon einen Kandidaten für die dritte Seite unseres Dreiecks«, sagte Wexford und deutete hinüber zum Gewächshaus.

»Sean Lovell?« Burdens entschiedene Ablehnung dieser Vermutung und ihrer sämtlichen Folgerungen schlug sich in einem aufgebrachten Stirnrunzeln nieder. »Der Gärtnergehilfe? Der ist doch höchstens zwanzig, und sie... Also, so was wäre mir in meinem ganzen Leben noch nie untergekommen!«

»Quatsch mit Soße«, fuhr ihn Wexford an. »Selbstverständlich ist Ihnen so was schon mal untergekommen. Selbst Sie müssen mal von Lady Chatterley gehört haben, falls Sie es nicht sogar gelesen haben.«

»Ach so, ein Buch«, meinte Burden sichtlich erleichtert, daß der Chief Inspector für das, was seiner Ansicht nach eine abscheuliche Perversion darstellte, statt eines Beispiels aus dem wirklichen Leben eines aus der Literatur gewählt hatte. »Wirklich kühl hier drin, finden Sie nicht? Muß wohl am Wind liegen.«

»Gehen wir uns im Gewächshaus ein wenig aufwärmen.«

Sean Lovell öffnete ihnen die Tür, und dampfende tropische Hitze schlug ihnen entgegen. Vom Dach hingen fahle, grüne und zitronengelbe Orchideen in mit Moos ausgeschlagenen Körbchen, und auf den Regalen standen Kakteen mit fleischigen, lilienförmigen Blüten. Auf dem kalten Glas hatte sich duftender Wasserdampf niedergeschlagen, und ständig war ein leises Tröpfeln zu hören.

Die duftgeschwängerte Luft, die Hitze und die Farben paßten zu Seans fast exotischem Aussehen. Das pechschwarze Haar und die goldbraune Haut ließen auf italienische oder griechische Abstammung schließen, wenn es sich wahrscheinlich auch um das Erbgut von Zigeunervorfahren handelte. Statt Jeans und Sweater hätte er ein Korsarenhemd tragen müssen, dachte Wexford, dazu ein rotes Stirnband und goldene Ohrringe.

»Sie war eine nette Frau, eine echte Dame«, erklärte Sean mürrisch. Gereizt riß er ein dickes Blatt von einer Pereskie ab. »Stets darauf bedacht, einem zu helfen. Und ausgerechnet die wird nun einfach umgebracht. Meine Alte hat schon recht, wenn sie sagt, daß immer die Besten jung sterben.«

»So jung war Mrs. Nightingale nicht, Lovell.«

Glühende Röte flog über die olivbraunen Wangen. »Sie war um die dreißig, allerhöchstens.« Er biß sich auf die Lippe. »Das kann man doch nicht alt nennen.«

Wexford ließ es darauf beruhen. Elizabeth Nightingale hatte sich mit ihren Cremes und Hautstraffern so viel Mühe gegeben, daß es kleinlich schien, ihre Bewunderer nun nach ihrem Tod zu desillusionieren.

»Ich möchte gern wissen, was Sie gestern abend alles gemacht haben. Um wieviel Uhr haben Sie hier Feierabend, und wo sind Sie dann hingegangen?«

»Feierabend hab ich um fünf«, antwortete Sean verdrossen. »Ich bin zum Tee nach Hause gegangen. Ich lebe bei meiner Alten im Dorf. Da habe ich meinen Tee getrunken und den ganzen Abend vor der Glotze gesessen.«

»Haben Sie keine Freundin?«

An Stelle einer Antwort fragte Sean zurück: »Haben Sie die Mädchen hier in der Gegend schon mal gesehen?« Er sah Wexford so verschlagen an, daß er wie ein griechischer Pirat aussah. »Manchmal sitze ich vor der Glotze, manchmal geh ich in die Stadt und laß die Musikbox im *Carousel* laufen. Was kann man sonst schon in so einem Drecknest tun?«

»Fragen Sie mich nicht, Lovell. Ich stelle hier die Fragen. Sie haben also die ganze Zeit ferngesehen, bis Sie ins Bett gingen?«

»Genau. Ich habe keinen Fuß mehr vor die Tür gestellt. Da können Sie meine Alte fragen.«

»Sagen Sie mir, welche Sendungen Sie gesehen haben.«

»Erst die Hitparade, dann das Hollywoodmusical bis um zehn.«

»Um zehn Uhr sind Sie ins Bett gegangen?«

»Kann mich nicht mehr erinnern. Ich kann nicht mehr genau sagen, was ich gesehen habe und wann ich ins Bett gegangen bin. Wie sollte ich auch? Ich glaube, wir haben uns auch danach noch was angesehen. Klar, was mit Sammy Davis Junior, jetzt weiß ich's wieder.« Auf seinem gebräunten Gesicht breitete sich plötzlich fast andächtige Ehrfurcht aus. »Mein Gott, so wie der wär ich gern. Ich würde jederzeit mit ihm tauschen.« Als Wexfords frostiger Blick auf ihn fiel, sah er zur Seite und sagte rasch: »Ich muß jetzt gehen. Muß weitermachen. Sonst krieg ich Ärger mit dem alten Will.«

Er schlängelte sich an Wexford vorbei und bog im Bemühen, sich aus dem Staub zu machen, unachtsam einige Kaktusstacheln um. Plötzlich tauchte Mrs. Cantrip in der Tür auf.

»Dein Essen wartet fix und fertig in der Küche auf dich,

Sean. Ich habe überall nach dir gesucht. Los jetzt, sonst wird's eiskalt.« Dankbar marschierte Sean aus dem Gewächshaus und steuerte, als ihn niemand zurückrief, im Laufschritt die Küche an.

»Merkwürdig«, sagte Wexford. »Sammy Davis war für gestern im Fernsehprogramm angekündigt, aber die Sendung wurde im letzten Moment verschoben. Statt dessen kam ein alter Spielfilm.« Er klopfte Burden auf die Schulter. »Sie machen jetzt erst einmal Mittag, Mike. Sobald es geht, komme ich nach.«

Er sah Burden einen Augenblick nach, dann verfiel er beinahe selbst in Laufschritt, um Mrs. Cantrip einzuholen. »Wohnt oder arbeitet sonst noch jemand in diesem Haus, mit dem ich noch nicht gesprochen habe?«

»Nein, Sir.« Ihre Miene verriet ihm, daß sie immer noch ein wenig unter Schock stand und die Zügel des Haushalts noch nicht wieder fest in der Hand hielt. »Möchten Sie vielleicht einen kleinen Imbiß?« fragte sie mit bebender Stimme. »Sie und der andere Herr von der Polizei?«

»Nein, vielen Dank.« Wexford faßte sie mit fester Hand am Ellbogen, als sie auf der Terrassentreppe stolperte. »Sie können mir aber vielleicht noch eine Auskunft geben. Mit wem war Mrs. Nightingale befreundet? Wer kam sie hier besuchen?«

Diese Anerkennung ihrer Stellung als geschätzte Hausangestellte, die das Vertrauen der gnädigen Frau genoß, schien sie zu freuen. »Mrs. Nightingale war nie eine von diesen Klatschbasen, Sir, und sie hing auch nicht den ganzen Tag an der Strippe. Die Damen kamen sie sozusagen geschäftlich besuchen, da ging es um die Organisation von Wohltätigkeitsbasaren und Reitturnieren, wenn Sie wissen, was ich meine. Daneben ...« Ein traurig bedeutungsvoller Ton schlich sich in ihre Stimme. »Daneben hatten sie nur *gemeinsame* Freunde, Sir George und Lady Larkin Smith, das Ehepaar Primero und der übrige Landadel eben, Sir.«

»Irgendwelche Freunde? Bitte fühlen Sie sich durch meine Frage nicht beleidigt, Mrs. Cantrip. Heutzutage kann eine Dame Freunde haben, ohne daß daran etwas... ah, unrecht wäre.«

Mrs. Cantrip schüttelte energisch den Kopf. »Ihre Freunde waren auch seine Freunde, Sir«, sagte sie und fügte mit einem Anflug von Sarkasmus hinzu: »Kann ich Ihnen vielleicht sonst noch mit einer Auskunft dienen?«

»Bloß noch eine Frage wegen der Wäsche. Wer hat die Aufgabe, die Wäsche im Haus zu wechseln, die – äh, Laken und Handtücher?«

»Ich, Sir«, antwortete Mrs. Cantrip verblüfft.

»Haben Sie zufällig heute morgen feuchte Handtücher aus Mr. Nightingales Schlafzimmer entfernt?«

»Nein, Sir, bestimmt nicht. Ich war heute morgen nicht sonderlich erpicht auf Arbeit, das können Sie mir glauben.« Mrs. Cantrip reckte tugendhaft das Kinn in die Höhe. »Außerdem ist heute nicht der richtige Tag dafür. Ich wechsle die Laken Montag morgens und die Handtücher montags und donnerstags. So halte ich das immer schon, seit ich hier bin, jahraus, jahrein.«

»Angenommen, jemand anders hätte...?« setzte Wexford vorsichtig an.

»Ausgeschlossen«, widersprach Mrs. Cantrip. »Die schmutzige Wäsche wird in einem Korb im hinteren Teil der Küche aufbewahrt, und da war heute niemand auch nur in der Nähe. Dafür verbürge ich mich. Wenn Sie mich jetzt bitte entschuldigen würden, Sir, ich muß das Mittagessen servieren. Ob Mr. Nightingale der Sinn nach einem Imbiß steht, wage ich zwar nicht zu beurteilen, aber dann ist da noch das Tablett für Mr. Villiers drüben... Ach du lieber Gott! Mr. Villiers! Den habe ich ganz vergessen.«

Wexford starrte sie an. »Wollen Sie damit sagen, daß Mr. Nightingales Schwager hier im Haus wohnt?«

»Nein, ›wohnen‹ kann man nicht sagen, Sir«, erklärte Mrs. Cantrip, die sich mit einer roten Hand an ihre Wange gefaßt hatte und in dieser Pose wie vor den Kopf geschlagen erstarrt war. »Er kommt jeden Tag, um im ›Old House‹ zu schreiben. Und... ach, Sir, ich glaube, es hat ihm noch gar niemand gesagt!«

»Mr. Villiers muß uns doch bemerkt haben.«

»Wohl kaum, Sir. Wegen der vielen Bäume kann man vom ›Old House‹ aus praktisch nichts sehen, das Haus selbst sieht man von außerhalb ja auch nicht. Ich muß rüber und es ihm sagen. Da kann ich nur Gott dafür danken, daß sie sich nicht sehr nahegestanden haben. Für ihn wird es kein schwerer Schlag sein, wenigstens ein Segen.«

Im Laufschritt trabte sie davon. Wexford sah ihr nach, wie sie unter einem Bogen in der Hecke verschwand, über dem goldgelb verfärbte Lindenblätter hingen. Ein Flachdach vor dem Hintergrund des weißgefleckten blauen Himmels war alles, was über den Bäumen vom ›Old House‹ zu sehen war.

Er gab ihr fünf Minuten, dann schlug er den gleichen Weg ein, den sie genommen hatte. Er führte ihn auf einen kleinen gepflasterten Innenhof, dessen Mitte ein viereckiger künstlicher Teich einnahm. Unter den leuchtenden Flößen der Lilienblätter schwammen Karpfen in dem dunklen klaren Wasser.

Die den Hof säumenden Bäume spendeten viel Schatten. Ihre Wurzeln hatten den Rabatten die Nährstoffe entzogen, denn außer ein paar kränklichen, blütenlosen Pflanzen, die sich verzweifelt einem Platz an der Sonne entgegenreckten, wuchs dort nichts. Mrs. Cantrip mußte durch die angelehnte Eichentür in das uralte Haus gegangen sein, das auf Wexford den Eindruck machte, als zähle es mindestens vierhundert Jahre. Neben der Stufe stand ein Fußabstreifer, ein Hahn mit ausgebreiteten Flügeln aus schwarzem Metall. Wexford ließ den Blick über die mit Kletterpflanzen überwucherten Gitterfenster nach oben schweifen und entdeckte dabei sein Gegenstück, einen krähenden Hahn auf der Wetterfahne.

Als er ins Haus trat, fiel ihm auf, daß der Wind sich gelegt hatte.

4

Der Raum, in dem sich Wexford wiederfand, wurde offenbar als Lager genutzt. An den Wänden waren Birkenklötze zu Pyramiden aufgeschichtet; die darüber angebrachten Regale erwarteten die Apfel- und Birnenernte des Guts. Alles machte einen sehr sauberen und ordentlichen Eindruck.

Da es hier unten kein anderes Zimmer und auch sonst keinen Anhaltspunkt gab, der auf Denys Villiers' Gewerbe hätte schließen lassen, ging Wexford die Treppe hinauf. Auch sie war aus Eiche und führte in einer Art steil ansteigenden Gang in der dicken Mauer nach oben. Hinter der Tür am Treppenaustritt drang leises Stimmengemurmel zu ihm hervor. Er klopfte. Mrs. Cantrip öffnete die Tür einen Spalt breit und flüsterte:

»Ich hab's ihm beigebracht. Brauchen Sie mich noch?«

»Nein, danke, Mrs. Cantrip.«

Sie kam mit hochrotem Gesicht heraus. Ein Sonnenstrahl bohrte sich in das Düster des unteren Raums, als sie die Tür öffnete und hinausging. Wexford zögerte kurz, dann ging er in Villiers' Schreibzimmer.

Der Lehrer für klassische Philologie blieb an seinem Schreibtisch sitzen, doch er wandte Wexford das Gesicht zu, auf dem sich nüchterner Ernst abzeichnete, und sagte: »Guten Morgen, Chief Inspector. Was kann ich für Sie tun?«

»Das ist eine böse Geschichte, Mr. Villiers. Ich werde Sie nicht lange aufhalten. Nur ein paar Fragen, wenn es Ihnen recht ist.«

»Gewiß. Möchten Sie nicht Platz nehmen?«

Ein großes, ein wenig kühles Zimmer mit dunklen Holzpaneelen. Die Fenster waren klein, und wegen der Blattbüschel drang nur wenig Licht nach innen. Auf dem Boden lag ein quadratischer Teppich. Das Mobiliar, ein mit Haartuch bezogenes Sofa, zwei viktorianische Lehnstühle mit ledernen Sitzflächen und ein Klapptisch, war offenbar aus dem eigentlichen Herrenhaus verbannt worden. Auf Villiers' Schreibtisch breitete sich ein wüstes Durcheinander aus Papieren, aufgeschlagenen Lexika, Schachteln mit Heftklammern, Kugelschreibern und leeren Zigarettenschachteln aus. An einem Ende lag ein Stapel Bücher, alle identisch mit dem, das Wexford auf Nightingales Nachttisch gesehen hatte: *Der verliebte Wordsworth*, von Denys Villiers, Verfasser von *Wordsworth in Grasmere* und *Zu zeigen Schönres nicht*.

Ehe er sich setzte, nahm Wexford das oberste dieser Bücher zur Hand, so wie er auch schon das Exemplar in dem Schlafzimmer kurz angesehen hatte, doch statt rasch den Text auf dem Schutzumschlag zu überfliegen, drehte er es um und betrachtete Villiers' Porträt auf der Rückseite. Das Foto war entweder sehr schmeichelhaft oder vor langer Zeit entstanden.

Sein Gegenüber, der diese Musterung ungerührt über

sich ergehen ließ, schien Ende Vierzig zu sein. Früher, dachte Wexford, mußte er attraktiv und gutaussehend gewirkt haben und seiner toten Schwester verblüffend ähnlich gewesen sein, doch Zeit oder Krankheit vielleicht hatten dies fast spurlos getilgt. Ja, wahrscheinlich eine Krankheit. Krebskranke Männer sahen aus wie Villiers. In ihren Gesichtern hatte Wexford den gleichen faden, ausgedörrten Ausdruck gesehen, gelblich graue, abgehärmte Gesichter, blaue Augen, die zu einem öden Grau ausgebleicht waren. Villiers war spindeldürr und hatte blutleere Lippen.

»Ich bin mir darüber im klaren, daß dies ein schwerer Schlag für Sie sein muß«, begann Wexford. »Es ist bedauerlich, daß Sie nicht früher davon erfahren haben.«

Villiers zog die dünnen, farblosen Augenbrauen ein wenig hoch. Der Ausdruck auf seinem Gesicht war unfreundlich und herablassend. »Offen gestanden«, sagte er, »spielt das keine große Rolle. Meine Schwester und ich hingen nicht sonderlich aneinander.«

»Darf ich fragen, warum?«

»Sie dürfen, und es macht mir nichts aus, Ihnen darauf zu antworten. Der Grund war, daß wir nichts gemeinsam hatten. Meine Schwester war eine hohlköpfige frivole Frau, und ich – nun, ich bin kein hohlköpfiger frivoler Mann.« Villiers richtete den Blick nach unten auf seine Schreibmaschine. »Dennoch wäre es wohl nicht sehr taktvoll, wenn ich heute noch weiterarbeiten würde, oder?«

»Soweit ich weiß, haben Sie und Ihre Frau den gestrigen Abend im Herrenhaus verbracht, Mr. Villiers?«

»Das ist richtig. Wir haben Bridge gespielt. Um halb elf haben wir uns verabschiedet, sind nach Hause gefahren und zu Bett gegangen.« Villiers sprach in schneidendem Ton, in dem eine nervöse Gereiztheit lag, die leicht in

Wut umschlagen konnte. Er hustete und drückte sich die Hand auf die Brust. »Ich habe einen Bungalow in der Nähe von Clusterwell. Die Fahrt vom Herrenhaus dorthin hat gestern abend ungefähr zehn Minuten gedauert. Meine Frau und ich gingen gleich zu Bett.«

Sehr präzis und ordentlich, dachte Wexford. Als ob er zuvor einstudiert hätte, was er sagen wollte. »Wie hat Ihre Schwester gestern abend auf sie gewirkt? Normal? Oder machte sie einen aufgeregten Eindruck?«

Villiers seufzte. Mehr aus Langeweile denn aus Kummer, fand Wexford. »Sie war genau so wie immer, Chief Inspector, die allseits geliebte, gütige Gutsherrin. Sie spielte schon immer entsetzlich schlechtes Bridge, und gestern abend war es weder schlechter noch besser als sonst.«

»Wußten Sie, daß sie nächtliche Spaziergänge im Wald unternahm?«

»Ich wußte, daß sie nächtliche Spaziergänge im *Park* unternahm. Wahrscheinlich hat es deshalb dieses Ende mit ihr genommen, weil sie so dumm war, sich weiter zu wagen.«

»Es hat Sie also nicht gewundert, von ihrem Tod zu erfahren?« fragte Wexford.

»Ganz im Gegenteil, es hat mich sehr gewundert. Selbstverständlich war ich bestürzt. Aber nun, wo ich darüber nachgedacht habe, nein, da wundere ich mich nicht mehr so sehr. Frauen, die sich allein an abgelegenen Orten aufhalten, sind potentielle Mordopfer. Zumindest nach dem, was man so hört. Ich lese keine Zeitungen. Derlei Dinge interessieren mich nicht.«

»Jedenfalls haben Sie keinen Zweifel daran aufkommen lassen, daß Sie Ihre Schwester nicht mochten.« Wexford ließ den Blick in dem großen, ruhigen Zimmer schweifen. »Unter diesen Umständen ist es doch merkwürdig, daß ausgerechnet Sie sich von ihr so großzügig unterstützen ließen.«

»Ich lasse mich von meinem Schwager unterstützen, Chief Inspector.« Kreidebleich vor Wut oder einer anderen Regung, die Wexford nicht deuten konnte, sprang Villiers aus dem Stuhl auf. »Guten Morgen, Sir.« Er öffnete die Tür, und der düstere Treppenschacht tat sich gähnend vor ihm auf.

Wexford stand auf und wandte sich zum Gehen. Auf halbem Weg zur Tür blieb er plötzlich stehen und warf Villiers einen verwirrten Blick zu. Die Vorstellung, der Mann könne noch kränker, noch leichenhafter aussehen als zu Beginn ihrer Unterredung, schien unmöglich. Doch als er jetzt auf der Schwelle stand und sein dünnes Ärmchen ausstreckte, war aus dem graugelben Teint auch noch der letzte Rest von Farbe verschwunden.

Beunruhigt stürzte Wexford auf ihn zu. Villiers stieß ein seltsames leises Keuchen aus und verlor in seinen Armen das Bewußtsein.

»Dann wollen wir mal«, sagte Crocker, der Polizeiarzt und mit Wexford befreundet war. »Elizabeth Nightingale war eine guternährte und für ihr Alter ungewöhnlich gutaussehende Frau um die Vierzig.«

»Einundvierzig«, sagte Wexford, zog seinen Regenmantel aus und hängte ihn an den Haken hinter seiner Bürotür. Auf der Ecke seines Schreibtisches warteten einige Sandwiches mit kaltem Braten und eine Thermoskanne Kaffee auf ihn, die man ihm aus der Kantine ins Büro geschickt hatte. Er setzte sich in den großen Drehstuhl, und nachdem er eine Weile voller Widerwillen auf das oberste Sandwich gestarrt hatte, das sich an den Rändern schon einzubiegen begann, machte er sich seufzend darüber her.

»Der Tod«, sagte der Arzt, »trat infolge eines Schädelbruchs und zahlreicher Gehirnverletzungen ein. Es wurden mindestens ein Dutzend Schläge mit einem nicht sonderlich stumpfen Gegenstand aus Metall geführt. Ein Beil oder ein Messer scheidet aus, würde ich sagen, aber es muß etwas mit schärferen Kanten gewesen sein als zum Beispiel ein Bleirohr. Die Todeszeit – du weißt ja, wie schwer sich das abschätzen läßt – würde ich irgendwann nach dreiundzwanzig und vor ein Uhr ansiedeln.«

Burden saß an der Wand. Über seinem Kopf hing die amtliche Karte des Landkreises von Kingsmarkham, auf der die dunkle Fläche des Cheriton Forest wie der Umriß einer lauernden Katze aussah. »Die Durchsuchung von Park und Wald verlief bislang ohne Ergebnis«, sagte er. »An was für eine Waffe dachtest du?«

»Tut mir leid, Mike, aber das ist deine Aufgabe, alter Junge«, sagte Crocker, ging ans Fenster und schaute auf die High Street hinunter. Vielleicht fand er die vertraute Aussicht langweilig, denn er hauchte die Scheibe kräftig an und begann, in die von seinem Atem beschlagene Fläche ein Muster zu malen, das eine Topfpflanze oder das Schaubild des menschlichen Atmungssystems darstellen mochte. »Ich habe nicht den geringsten Anhaltspunkt. Könnte eine Blumenvase aus Metall oder sogar ein Küchengerät sein. Vielleicht auch ein ausgefallener Aschenbecher, eine Feuerzange oder ein Bierkrug.«

»Glaubst du?« fragte Wexford spöttisch, während er auf beiden Backen kaute. »Ein Kerl geht in den Wald, und weil er dort eine Frau umbringen will, bewaffnet er sich mit einem Schneebesen, ja, oder vielleicht mit einem Kochtopf? Da merkt einer, daß ihm seine Frau Hörner aufsetzt, deshalb zückt er die silberne Blumenvase, die er zufälligerweise in der Tasche mit sich herumträgt, und zieht ihr damit eins über den Schädel?«

»Willst du damit etwa sagen, daß du dir Quentin Nightingale, diese Stütze der Gesellschaft, als Verdächtigen ausgeguckt hast?« fragte der Arzt entsetzt.

»Er ist doch wohl auch nur ein Mensch, oder? Auch er kann einmal in Wut geraten. Ehrlich gesagt, ich würde mich lieber an ihren Bruder halten, diesen Villiers. Aber so wie der aussieht, ist er zu schwach, um auch nur Messer und Gabel zu halten, geschweige denn, um auf jemanden mit der Bratpfanne loszugehen.« Wexford aß sein Sandwich auf und schraubte den Deckel auf die Thermoskanne. Dann drehte er sich auf dem Stuhl um und blickte den Arzt unverwandt und nachdenklich an. »Ich habe mit Villiers gesprochen«, sagte er. »Unter anderem machte er auf mich den Eindruck eines schwerkranken Mannes. Gelbliche Haut, zitternde Hände, das Übliche eben. Als ich mich eben von ihm verabschieden wollte, fiel er glatt in Ohnmacht. Eine Weile glaubte ich schon, er sei tot, aber er kam wieder zu sich, und ich verfrachtete ihn ins Herrenhaus.«

»Er ist Patient bei mir«, sagte Crocker, wischte seine Zeichnung mit der Handkante aus und gab Wexford den Blick auf seine Lieblingsaussicht mit den alten Hausgiebeln und den mächtigen Sussexbäumen frei. »Die Nightingales sind Privatpatienten bei irgendeinem feinen Snobiety-Arzt, aber Villiers kommt schon seit Jahren zu mir in die Praxis.«

»Und als wahrer Priester der medizinischen Konfession«, wandte sich Wexford ironisch an ihn, »hast du natürlich vor, was immer ihm fehlen mag, in deinem hippokratischen Herzen zu verschließen.«

»Das würde ich schon, nur müßte es dazu auch etwas geben, das ich dort verschließen könnte. Rein zufällig ist er aber mindestens so gesund wie du.« Crocker musterte den schwergewichtigen Wexford und faßte dabei die vorstehenden purpurnen Adern auf seiner Stirn ins Auge. »Wenn nicht gesünder«, fügte er kritisch hinzu.

Mühsam zog Wexford die Bauchmuskeln ein und drückte das Kreuz durch. »Wenn das keine Überraschung ist!« meinte er. »Ich dachte, es sei Krebs, aber offenbar handelt es sich um eine seelische Qual, die an seinen rosaroten Wangen zehrt. Schuldgefühle zum Beispiel. Wie alt ist er?«

»Na hör mal...«, sagte der Arzt und rutschte unbehaglich auf dem Stuhl hin und her.

»Nun hab dich mal nicht so. Das Alter eines Mannes gehört wohl kaum zu den Dingen, die er seinem Quacksalber nur hinter dem sterilen grünen Schirm des Sprechzimmers anvertraut...«

»Er ist achtunddreißig.«

»*Achtunddreißig!* Er sieht zehn Jahre älter aus, und selbst dann noch ziemlich krank. Lieber Himmel, im Vergleich zu ihm ist Mike der reinste Pennäler.«

Zwei alternde Augenpaare richteten sich forschend auf Burden, der bescheiden den Blick abwandte, dabei aber eine selbstgefällige Miene aufsetzte. Ziemlich reizbar hakte der Arzt nach: »Es ist mir ein Rätsel, weshalb du darauf herumreitest, daß er einen so kränklichen Eindruck macht. Er verlangt sich zuviel ab, das ist alles. Und so krank oder so alt sieht er gar nicht aus.«

»Heute schon«, sagte Wexford.

»Das liegt am Schock«, erklärte der Arzt. »Was erwartest du denn, wenn ein Mann erfährt, daß seine Schwester ermordet wurde?«

»Genau das, bloß hat er sie offenbar auf den Tod nicht ausstehen können. Du hättest hören sollen, was für hochherzig brüderliche Dinge er über sie zu sagen hatte. Ein üblerer Kunde als dieser Mr. Villiers ist mir schon lange nicht mehr über den Weg gelaufen. Auf geht's,

Mike, wir besuchen jetzt einige Damen, die unter dem Eindruck Ihres aufreizenden und – wenn ich so sagen darf – jungenhaften Charmes auftauen und uns ihr Herz ausschütten werden.«

Gemeinsam fuhren sie mit dem Aufzug nach unten, wo sich der Arzt auf der Treppe des Reviers von ihnen verabschiedete. Der Wind hatte sich inzwischen völlig gelegt, doch auf der High Street lagen immer noch die Überbleibsel verstreut, die der Sturm hinter sich zurückgelassen hatte: abgeknickte Zweige, ein winziges leeres Buchfinkennest, das aus einer hohen Baumkrone geweht worden war, und da und dort ein Ziegel von einem alten Dach.

Mit Bryant hinterm Steuer verließen sie die Stadt auf der Straße nach Pomfret, auf der sie kurz danach links nach Myfleet abbogen. Der Weg führte sie an der Kingsmarkhamer Jungenschule vorbei, einer Grammar School, die offiziell unter dem Namen »King-Edward-the-Sixth-Stiftung für die Söhne von Freisassen, Bürgern und besseren Leuten« firmierte. Gegenwärtig waren die Söhne über die Sommerferien zu Hause, und das im Tudorstil erbaute Gebäude aus braunem Ziegelstein bot ein verlasseneres und ordentlicheres Bild als während der Schulzeit. Da die Zahl der Freisassen und Bürger – wenn vielleicht auch nicht die der besseren Leute – in letzter Zeit besorgniserregend angewachsen war, hatte man vor fünf Jahren hinten an der linken Seite der alten Schule einen großen neuen Flügel hinzugebaut, der von Reaktionären damals als Monstrosität bezeichnet worden war.

Die Schule strahlte eine gewisse Würde und Erhabenheit aus, die vielen Großbauten aus dieser Zeit eigen ist, und voller Verachtung für die pädagogischen und standortbedingten Vorzüge der Gesamtschule in Stowerton setzten die meisten Eltern aus Kingsmarkham ihren Ehrgeiz darein, ihre Sprößlinge dort unterzubringen. Was waren auch schon ein hochmoderner naturwissenschaftlicher Labortrakt, eine zum Trampolinspringen geeignete Sporthalle oder ein Schwimmbecken von olympischen Abmessungen im Vergleich mit der Gelegenheit, vor ihren Bekannten mit historischen Portalen und ausgetretenen Steinstufen prahlen zu können, die schon die Füße des Sohnes von Heinrich dem Achten (wenngleich nur ein einziges Mal) abgewetzt hatten? Überdies ließ sich, falls der Sohn ins ›King's‹ ging, wie man die Schule allgemein nannte, gegenüber Uneingeweihten überzeugend vorheucheln, er besuche eine Privatschule, und somit verbergen, daß in Wahrheit der Staat für die Ausbildung aufkam.

Burden, dessen Sohn vor einem Jahr dort aufgenommen worden war, nachdem er eine mehrteilige und schwierige Aufnahmeprüfung bestanden hatte, sagte nun:

»Dort unterrichtet Villiers.«

»Seine Fächer sind Latein und Griechisch, nicht?«

Burden nickte. »Er hat John in Latein. Griechisch unterrichtet er wohl bei den Älteren. John sagt, daß er oft noch nach Schulschluß in der Bibliothek arbeitet. Die Bibliothek ist da hinten im Anbau untergebracht.«

»Recherchen für seine Bücher?«

»Die Bibliothek ist jedenfalls phantastisch. Ich kenne mich in diesen Dingen zwar nicht sonderlich aus, aber am Tag der offenen Tür habe ich sie mir mal angesehen und war schwer beeindruckt.«

»Kann ihn John leiden?«

»Sie wissen ja, wie Jungs so sind, Sir«, antwortete Burden. »Die Rowdies in Johns Klasse nennen ihn den ›alten Ablabs‹. Einer, der tüchtig durchgreift, würde ich meinen.« Und der Vater, der am Morgen noch seinen Sohn mittels einer unverdienten Gabe von fünfzig Pence besänftigt hatte, fügte im Brustton der Überzeugung hinzu: »Wenn Sie mich fragen, muß man schon strenge Saiten aufziehen, damit diese Bengel nicht einfach Schlitten mit einem fahren.«

Innerlich grinsend, wechselte Wexford das Thema. »Es gibt drei zentrale Fragen, auf die ich gern eine Antwort hätte: Warum hat Quentin Nightingale um fünf Uhr früh gebadet? Oder umgekehrt, warum gibt er das vor? Warum hat Sean Lovell behauptet, er habe sich gestern abend eine Sendung im Fernsehen angesehen, die im letzten Moment ausgefallen ist? Und warum ist Elizabeth Nightingale mit jedermann gut ausgekommen, nur nicht mit ihrem Bruder?«

»Nun, was das betrifft, Sir, weshalb hatte sie keine engen Freunde?«

»Vielleicht hatte sie welche. Das müssen wir erst noch herausfinden. Wir sind jetzt gleich in Clusterwell, Mike. Wissen Sie zufällig, welches Haus Villiers gehört?«

Burden richtete sich auf und wandte den Blick zum Fenster. »Es steht außerhalb des Dorfs, Richtung Myfleet. Wir sind noch nicht da, dauert noch einen Moment... Fahren Sie bitte mal etwas langsamer, Bryant. Da ist es, Sir, das freistehende Haus dort.«

Mit leichtem Stirnrunzeln betrachtete Wexford den für sich stehenden Bungalow. Es war ein niedriges Haus mit zwei traufseitigen Giebeln, unter denen Erkerfenster hervorragten.

»Bräuchte mal wieder einen neuen Anstrich«, sagte Burden und verglich es mit seinem behaglichen, demnächst völlig neugestrichenen Heim, wobei Villiers' Bungalow schlecht abschnitt. »Die Bruchbude sieht ziemlich schäbig aus. Man sollte doch meinen, er könnte sich wenigstens eine ordentliche Garage leisten.«

Der Vorgarten war mit einer Unmenge Maßliebchen bewachsen, alle von der gleichen Farbe. Auf einer Seite führte eine lange, rissige und aufgeplatzte Betonauffahrt zu einer Fertiggarage mit einem Dach aus geteerter Asbestpappe.

In der Einfahrt vor dem Asbesttor stand ein schwarzer Morris, der erst vor kurzem gewaschen worden sein mußte, denn auf der Karosserie waren noch feuchte Stellen zu sehen, und in dem Schlagloch unter seiner hinteren Stoßstange stand eine kleine Pfütze.

»Das ist doch merkwürdig«, sagte Wexford. »Stellen Sie sich vor, Ihre Schwester wird ermordet, und Sie fallen in Ohnmacht, als Sie davon erfahren, aber ein paar Stunden später sind Sie schon wieder auf den Beinen, um Ihr Auto zu waschen und kräftig zu polieren.«

»Das ist nicht sein Wagen«, wandte Burden ein. »Er fährt einen Anglia. Der hier gehört seiner Frau.«

»Wo steht dann seiner?«

»Noch beim Herrenhaus, nehme ich an, oder in dieser armseligen Notgarage.«

»Direkt schlammig war es gestern im Wald wohl kaum, was meinen Sie?«

»Morastig«, sagte Burden. »Am Wochenende hat es geregnet, falls Sie sich noch erinnern.«

»Fahren Sie weiter, Bryant. Wollen wir die Villiers noch eine Weile ungestört ihren häuslichen Frieden genießen lassen.«

Der erste Mensch, dem sie in Myfleet begegneten, als sie im Dorf parkten, war Nelleke Doorn, die gerade mit einer Tüte Obst und einer Shampooflasche aus dem Gemischtwarenladen kam. Sie kicherte erfreut bei ihrem Anblick.

»Wissen Sie zufällig, in welchem Haus die Lovells wohnen, Miss Doorn?« fragte Burden sie linkisch.

»Ja, Sie schauen, es ist das da drüben.« Sie zeigte mit dem Finger darauf, wobei sie sich an den Arm des Inspectors klammerte und ihn, wie Wexford es später ausdrückte, mit ihren entzückenden Rundungen fast auffraß. »Das schmutzigste in ganze Dorf.« Als Vertreterin der vielleicht ordnungsliebendsten Nation auf Erden schauderte sie, und zum erstenmal während ihrer kurzen Bekanntschaft verschwand der freundliche Ausdruck auf ihrem Gesicht. »Sie leben dort wie Schweine, glaube ich. Seine Mutter ist eine sehr eklige dreckige Frau, ganz fett.« Keine zwanzig Zentimeter von ihrer üppigen Figur entfernt, malte sie den Umriß eines riesigen Cellos in die Luft.

Wexford lächelte sie an. »Haben Sie eine Ahnung, ob die dicke Dame zu Hause ist?«

Nelleke schenkte seinem Lächeln keine Beachtung. Ihr Blick galt Burden. »Möglich«, sagte sie und zuckte mit den Achseln. »Was diese Schweineleute alles treiben, wissen ich nicht. Könnten Sie Lust haben auf eine gemütliche Tasse Tee? Ich glaube, Sie arbeite sehr hart und würde gern eine Tasse Tee mit mir trinken, während Ihr Chef in die dreckige Hütte geht.«

»O nein – nein, danke«, lehnte Burden entsetzt ab.

»Dann vielleicht morgen«, sagte Nelleke und nahm eine Haarsträhne in den Mund. »Jeden Abend bin ich frei, und morgen muß meine Freund Überstunden machen beim Getränkeservieren – ist Tanz im Hotel. Ja nicht vergessen!« Sie drohte ihm mit dem Finger. »Jetzt sage ich auf Wiedersehen. Holen Sie nichts Schlimmes sich in diese sehr dreckige Haus.«

In gerader Haltung und mit hin und her wippendem blonden Haar tänzelte sie über die Straße auf das Tor zu, das zum Herrenhaus führte. Dort blieb sie stehen und winkte ihnen, wobei sich unter dem bauschigen rosa

Sweater ihre aufgerichteten runden Brüste deutlich abzeichneten.

Wexford winkte zurück und wandte sich dann lachend ab. »Jede Wette, die will Ihnen auch den Kopf verdrehen!«

»Eine gräßliche junge Person«, meinte Burden kühl.

»Ich finde sie reizend.«

»Lieber Himmel, wenn ich denke, meine Tochter...«

»Um Gottes willen, Mike. Auch ich bin ein verheirateter Mann und ein treuliebender Gatte.« Sein Grinsen verschwand, als Wexford sich über den stattlichen Bauch strich. »Viel anderes bleibt mir ja auch nicht übrig. Aber manchmal...« Er seufzte. »Mein Gott, was würde ich nicht darum geben, noch einmal dreißig zu sein! Sehen Sie mich nicht so an, Sie kaltherziges Monstrum. Da ist ja schon die dreckige Hütte, hoffen wir bloß, daß wir uns bei unserer nachmittäglichen Arbeit nichts Schlimmeres holen als eine *nostalgie de boue*.«

»Eine was?« fragte Burden, während er versuchte, das Gartentor zu öffnen, ohne mit den Brennesseln in Berührung zu kommen, die es überwuchert hatten.

»Das ist nur ein langer Name für eine Art chronische Seuche«, erklärte Wexford mit einem wehmütigen Lächeln. Beim Anblick von Burdens ungläubig mißtrauischer Miene lachte er hellauf. »Keine Sorge, Mike, sie ist nicht ansteckend und befällt nur die Alten.«

5

Nicht nur das Gartentor, sondern auch die Haustür überwucherten Nesseln und ihr Gegengift, der Ampfer. Ehe sie noch die Möglichkeit hatten, den Türklopfer zu betätigen, hob sich ein grauer Spitzenvorhang, in den man größere Löcher hineingeschnitten hatte, und ein Gesicht kam zum Vorschein.

»Ich weiß nicht, was Sie wollen, aber Sie müssen an die Hintertür kommen.«

Das seitliche Gartentor fiel um, als sie es aufdrückten. Mit einem Achselzucken legte Wexford es auf ein üppig sprießendes Unkrautbeet. Der hinter dem Haus gelegene Garten war ein verwahrlostes Stück Land inmitten einer idyllischen Landschaft; vor dem Hintergrund des prächtigen Walds hob sich das Fleckchen Erde mit hüfthohem Gras, Löwenzahn, umgestürzten Wellblechen und kaputten Hühnerställen wie ein Loch im schwarzen Samt ab. Ein einigermaßen ordentlicher Schuppen nahm eine der hinteren Ecken des Grundstücks ein; Lumpenbündel, grüne Glasflaschen und eine Matratze, die aussah, als hätte man sie als Zielscheibe für Bajonettübungen benutzt, verbargen seinen Sockel. Zwischen dem Unkraut entdeckten sie einen Emailnachttopf und mehrere zerbeulte Kochtöpfe. Wexford fiel auf, daß ein Tor im hinteren Zaun direkt in den Wald führte.

Die Hintertür ging plötzlich auf, und die Frau, die am Fenster mit ihnen gesprochen hatte, steckte den Kopf heraus.

»Was wollen Sie?«

»Mrs. Lovell?«

»Höchstpersönlich. Was *wollen* Sie?«

»Kurz mit Ihnen reden, wenn's recht ist«, sagte Wexford gewandt. »Wir sind Polizeibeamte.«

Sie musterte die beiden mit argwöhnisch mißtrauischen Blicken. »Geht wohl um die Frau vom Herrenhaus drüben. Kommen Sie lieber rein. Seine Lordschaft hat gesagt, daß Polizei in der Gegend ist.«

»Seine Lordschaft?« fragte Burden nach. Gingen die

hohen Kreise, in die sie so unverhofft hineingeraten waren, in noch höhere Kreise über, zu denen sogar Adlige zählten?

»Mein Sohn, Sean«, erklärte Mrs. Lovell und holte den Inspector wieder auf den Teppich. »Kommen Sie schon. Sie können in den Salon gehen, wenn Sie möchten. Hier entlang.«

Dieses euphemistisch als Salon bezeichnete Zimmer war nicht ganz so schmutzig wie die Küche, doch auch hier roch es nach Gemüse, einer schon länger undichten Stelle in der Gasleitung und leicht nach Gin. Die Einrichtung bestand aus einer neuen und bereits verfleckten hellrosa Sitzgarnitur und einer bunten Ansammlung alter Möbelstücke und modernen Kitschs. Die Queen lächelte reserviert von einem Kalender herab, der zwischen Postern von den Rolling Stones und einem großen Ölschinken an der Wand hing, auf dem eine römische Dame zu sehen war, die sich erdolchte.

Vom Gesicht her sah sie Mrs. Lovell nicht unähnlich, doch was die Leibesfülle anging, konnte sie nicht mit ihr in Vergleich treten. Mrs. Lovells noch immer hübsches Gesicht erinnerte durch die Hakennase, die vollen, geschwungenen Lippen und die schwarzen Augen stark an eine Zigeunerin. Schwarzes, zottiges Medusenhaar fiel ihr bis auf die Schultern. Das Gesicht hatte ihre Beleibtheit nicht in Mitleidenschaft gezogen. Man hatte den Eindruck, das Fett sei bis zum Hals gekrochen, wo es zum Stillstand gekommen war, vielleicht eingeschüchtert von der in dem energischen glatten Kinn enthaltenen Drohung.

Ihr Körper war gewaltig, übte jedoch einen gewissen derben Reiz aus, da die ungeheuren Fettpolster an den richtigen Stellen saßen. Der Busen, einer archaischen Göttin würdig und einhundertfünfzig Zentimeter weit, doch mit einem erkennbaren Spalt in der Mitte, entsprach dem Umfang der riesigen Hüften. Wie Nelleke mangelte es auch Mrs. Lovell an Hemmungen, und als sie sich setzte, rutschte ihre ohnehin schon tief ausgeschnittene Bluse noch fünf Zentimeter tiefer, was mit dem Höherrutschen des knallengen schwarzen Rocks über ihre Knie einherging. In der Meinung, für diesen Nachmittag seinen Bedarf an femininer Fleischesfülle gedeckt zu haben – außerdem hätte dem Fleisch in diesem Fall ein Bad nichts geschadet –, sah Wexford zur Seite.

»Wir führen lediglich Routineermittlungen durch, Mrs. Lovell«, sagte er. »Würden Sie so freundlich sein, mir zu sagen, wie Ihr Sohn den gestrigen Abend verbracht hat?«

»Er hat seinen Tee getrunken«, erwiderte sie. »Dann saß er vorm Fernseher. Seine Lordschaft ist ganz wild aufs Fernsehen, und weshalb auch nicht, schließlich zahlt er die Gebühren.«

»Ja, weshalb auch nicht? Aber nach halb zehn hat er nicht mehr ferngesehen nicht wahr?«

Mrs. Lovell sah von Wexford zu Burden. Es war offensichtlich, daß sie überlegte, ob sie lügen oder die Wahrheit sagen solle, und wenn sie sich für letzteres entschied, so vielleicht nur, weil die Wahrheit zu sagen immer einfacher ist. Ihre ganze Erscheinung und der Zustand des Hauses ließen auf enorme Faulheit und äußerste Trägheit schließen. Auch mit Worten schien sie zu geizen. »Er ging aus«, sagte sie schließlich.

»Wohin ist er gegangen?«

»Ich hab ihn nicht gefragt. Ich mische mich nicht in seinen Kram...« Sie zupfte an einem abgekauten Daumennagel herum. »...und er mischt sich nicht in meinen. So halte ich's schon immer. Vielleicht ist er rüber zum Schuppen gegangen. Er verbringt ziemlich viel Zeit im Schuppen.«

»Und was tut er da, Mrs. Lovell?«

»Seine Lordschaft hat dort seine Platten.«

»Aber seine Schallplatten kann er doch bestimmt auch im Haus hören, oder?« fragte Burden.

»Wenn er will, kann er das.« Mrs. Lovell kaute an einem Niednagel. »Ist mir so oder so egal. Ich misch mich nicht bei ihm ein und er nicht bei mir.«

»Um wieviel Uhr kam er zurück?«

»Ich hab ihn nicht kommen hören. Gegen sieben kam mein Freund. Sean und er vertragen sich nicht sonderlich. Deshalb hat seine Lordschaft sich wohl auch zum Schuppen begeben, schätze ich. Als mein Freund aus dem Haus ging, war er noch nicht wieder da, das muß so um halb elf gewesen sein – aber wie ich schon sagte, ich misch mich nicht bei ihm ein, und er...«

»Ja, ja, verstehe. Ich glaube, Sean hatte Mrs. Nightingale sehr gern?«

»Sie können glauben, was Sie wollen.« Mrs. Lovell gähnte herzhaft, wobei kleine spitze Zähne zum Vorschein kamen. »Leben und leben lassen, das ist meine Devise. Die vom Herrenhaus mischte sich immer gern in fremder Leute Angelegenheiten und wollte helfen. Setzte seiner Lordschaft ein paar gewaltige Flöhe ins Ohr.« Sie streckte die Arme über den Kopf, gähnte noch einmal und legte die Beine aufs Sofa. Wexford mußte an eine dicke behäbige Katze denken, die sich schnurrend das Fell leckt und nichts merkt von dem Schmutz, in dem sie lebt.

»Was für Flöhe denn?« fragte er.

»Daß er ins Showgeschäft einsteigen könne, als Sänger und so was. Ich hab nie darauf geachtet. Vielleicht hatte sie ihn gern. Ich hab nie gefragt.«

»Hätten Sie etwas dagegen, wenn wir das Haus durchsuchten?«

Zum erstenmal lächelte sie und legte unvermutet ironischen Humor an den Tag. »Suchen Sie, soviel Sie wollen«, sagte sie. »Lieber Sie als ich.«

»Ein deprimierendes Erlebnis«, meinte Wexford, als sie zum Wagen zurückgingen. Ein ziemlich blasser Bryant folgte ihnen in einiger Entfernung.

»So etwas ist mir in meiner ganzen Dienstzeit noch nicht passiert«, ereiferte sich Burden. »Mich juckt's von oben bis unten.« Er zappelte in seinem Anzug herum und kratzte sich am Kopf.

»Ihre junge Freundin hat Sie jedenfalls gewarnt.«

Darauf ging Burden nicht ein. »Die Betten!« sagte er. »Und diese Küche!«

»Ich gebe zu, damit habe ich nicht gerechnet«, pflichtete ihm Wexford bei. »Einigermaßen sauber war nur der Schuppen. Ist doch seltsam, Mike. Ein Teppich auf dem Boden, ein paar ordentliche Sessel und ein Plattenspieler. Könnte ein Liebesnest sein.«

Burden schauderte. »Niemand wird mir je weismachen können, daß eine Dame wie Mrs. Nightingale sich dort heimlich mit ihrem Liebhaber traf.«

»Vielleicht haben Sie recht«, gab Wexford widerwillig zu. »Faktisch haben wir ja nicht viel gefunden. Ein Messingkerzenständer und eine metallene Wärmflasche. Blut war auf beiden nicht, und geputzt hat die in den letzten fünfzig Jahren weiß Gott niemand. Und die Kleidung, die ›seine Lordschaft‹ ihr zufolge gestern abend angehabt hat, war fast tipptopp. Aber was hat er dann getan, Mike? Bryant hat in der Dorfkneipe nachgefragt, und dort war er nicht. Der letzte Bus fährt zwanzig nach neun von Myfleet, den kann er folglich auch nicht genommen haben.

Ein Bursche wie dieser Sean Lovell zottelt doch nicht durch die Gegend, um die Schönheiten der Natur zu bewundern. Die hat er den ganzen lieben langen Tag vor Augen.«

»Niemand«, beharrte Burden hartnäckig, »kann mir weismachen, daß zwischen ihm und Mrs. Nightingale irgend etwas ablief. Seine Mutter ist doch nichts anderes als die Dorfschlampe, wenn Sie mich fragen. ›Ich misch mich nicht bei ihm ein‹ – daß ich nicht lache. Das ist doch nur eine andere Art zu sagen, daß man sein Kind schon immer vernachlässigt hat. Mir ist klar, daß Sie mich für einen altmodischen Puritaner halten, Sir, aber ich weiß wirklich nicht, wo das mit den Frauen heutzutage noch hinführen soll. Entweder sind sie schmutzig oder unzuverlässig oder unmoralisch – oder alles in einem. Erst ist da Mrs. Nightingale, die sich das Gesicht liften läßt und heimliche Verabredungen hat, dann kommt diese junge Holländerin, die auch noch stolz auf ihr wüstes Treiben ist, und was nun Mrs. Lovell betrifft...«

»Ich dachte mir schon, daß Sie so denken«, sagte Wexford und lächelte freundlich. »Aus diesem Grund habe ich speziell für Sie etwas Hochanständiges auf dem Programm stehen. Wir statten nun einer tugendhaften Ehefrau einen Besuch ab, Mrs. Georgina Villiers, die uns – hoffentlich ohne in Ohnmacht zu fallen oder uns ihrer untröstlichen Hingabe an das selige Angedenken der Verstorbenen zu versichern – sagen wird, wer Mrs. Nightingales Freunde waren und was ihr böser Bruder eigentlich verbrochen hat, daß sie sich nicht ausstehen konnten.«

»Mein Mann ist noch mal zum Herrenhaus gefahren«, sagte Georgina Villiers. »Er kommt gleich wieder.«

»Wir möchten gern mit Ihnen sprechen.«

»Ach?« Mrs. Villiers wirkte überrascht und ziemlich

bestürzt, als hätten nur wenige Leute je den Wunsch geäußert, speziell mit ihr zu sprechen. »Na schön.«

Sie führte sie durch eine rauhfasertapezierte Diele in ein rauhfasertapeziertes Wohnzimmer. Es war ebenso unordentlich und nichtssagend wie seine Bewohnerin, die verlegen dastand, ehe sie in dem schroffen Ton einer reizlosen Frau sagte: »Nehmen Sie Platz.«

»Wir wollen Sie nicht lange aufhalten, Mrs. Villiers. Wie hat Ihr Mann den Schock heute morgen überwunden?«

»Ach, deshalb. Es geht ihm jetzt wieder gut.« Mit einemmal merkte sie, daß ihre Besucher sich nicht setzen würden, ehe sie selbst Platz nahm, worauf sie nervös auflachend das Zimmer durchquerte und sich auf einer Sessellehne niederließ. »Du meine Güte! Die Haustür steht noch offen. Entschuldigen Sie mich, ich mache sie rasch zu.« Wexford entging nicht, daß sie für eine so dünne und schmächtige Frau sehr kraftvoll und athletisch ausschritt. Die Muskeln ihrer unbestrumpften, rötlich braunen Beine machten einen kräftigen Eindruck.

»Was möchten Sie mich also fragen?« Sie sprach in brüskem, barschem Tonfall, als sei sie zu befehlen gewohnt, jedoch nicht, daß ihren Befehlen immer Folge geleistet wurde. Hunderte von dunkelbraunen Sommersprossen sprenkelten ihre bleiche, empfindliche Haut. Sie wirkte wie Ende Zwanzig, eine Frau, die nicht wußte, wie sie sich hübsch machen sollte, sich aber dennoch Mühe gab. Die Edelweißbrosche an ihrem Blusenkragen und die Spange im Haar bewiesen, daß sie sich Mühe gab. »Mein Mann – Sie sollten wirklich lieber mit meinem Mann sprechen. Er kommt gleich wieder.« Sie warf einen hektischen Blick auf die Uhr.« Quen – mein Schwager, will ich sagen – wird ihn bestimmt nicht lange aufhalten. Wie auch immer, was wollten Sie mich denn fragen?«

»Zunächst einmal, Mrs. Villiers«, setzte Burden an, »sind Sie gestern abend nach Ihrem Besuch im Herrenhaus direkt hierher gefahren?«

»O ja.«

»Was haben Sie getan, als Sie nach Hause kamen?«

»Wir gingen zu Bett. Wir legten uns beide gleich schlafen.«

»Sind Sie in dem Wagen gefahren, der draußen steht?« warf Wexford ein.

Georgina Villiers schüttelte so heftig den Kopf, daß ihr Haar nach hinten fiel und unpassende lange Ohrringe zu sehen waren. »Wir sind mit Denys' Auto gefahren. Wir haben nämlich zwei. Als wir vor einem Jahr heirateten, hatte ich ein Auto, und er hatte auch eins. Es sind zwar ziemlich alte Kisten, aber wir fahren beide. Man bekommt nicht mehr viel für so ein Auto, wissen Sie.« Sie brachte ein strahlendes, fieberhaftes Lächeln zustande. »Er ist jetzt in seinem Wagen unterwegs.«

»Wie ich sehe, ist Ihrer gerade frisch gewaschen«, sagte Wexford in freundlichem, väterlichem Ton. »Waschen Sie Ihr Auto immer mittwochs, Mrs. Villiers? Da sind Sie wohl meiner Frau ähnlich, alles im Haushalt hat seine genau festgelegte Zeit, hm? Auf diese Weise wird nichts vergessen.«

»Nein, leider mache ich das nicht so. Ich gehe nicht sehr systematisch vor.« Verwirrt über die plötzliche Wendung des Gesprächs, blinzelte sie ihn an. »Ich sollte das eigentlich so machen, ich weiß. Denys würde es gern sehen, wenn... Weshalb fragen Sie?«

»Ich erkläre es Ihnen, Mrs. Villiers. Wenn Sie sehr systematisch vorgingen und den Haushalt immer nach Plan erledigten, hätten Sie sich daran gewöhnt, und in diesem Fall könnte ich verstehen, daß nicht einmal der gewaltsame Tod Ihrer Schwägerin Sie davon abbringen konnte, Ihrem Alltagstrott zu folgen. Aber da Sie nicht systematisch vorgehen und Ihr Auto nur dann waschen, wie ich vermute, wenn Sie Lust haben oder es dringend nötig ist, warum haben Sie sich dazu ausgerechnet den heutigen Tag ausgesucht?«

Sie wurde rot wie eine Tomate. In ihren Augen glomm Angst auf, die fast an Entsetzen grenzte, dann blinzelte sie noch einmal und krampfte die Hände zusammen. »Ich weiß nicht, was Sie meinen. Ich verstehe nicht ganz.«

»Bitte regen Sie sich nicht auf. Vielleicht haben Sie das Auto gewaschen, gerade weil Sie durcheinander waren. War es so?« Sie war sehr schwer von Begriff, dachte Wexford, entweder weil sie zu verängstigt oder zu beschränkt war, um das Hintertürchen zu sehen, das er ihr offengelassen hatte. Er wurde deutlicher. »Ich nehme an, Sie waren der durchaus vernünftigen Meinung, daß Arbeit die beste Medizin ist, um unglückliche oder besorgte Menschen von ihrem Kummer abzulenken?«

Mit sichtlicher Erleichterung nickte sie schließlich. »Ja, genau so war es.« Im nächsten Augenblick verspielte sie den leichten Vorteil wieder, den sie durch ihre Zustimmung gewonnen hatte. »Ich war nicht sehr durcheinander, nein, eigentlich nicht. Es handelte sich schließlich nicht um *meine* Schwester.«

»Das ist richtig«, sagte Wexford. Er rückte mit dem Stuhl näher an sie heran, und ihre Blicke trafen sich; wie ein vom Scheinwerferlicht gebannter Hase sah sie ihm in die Augen. Plötzlich existierte Burden nicht mehr, die beiden waren allein. »Sie war natürlich die Schwester Ihres Mannes, nur eine Schwägerin.« Ein mürrischer und verschlossener Ausdruck trat auf ihr Gesicht. »Sie mochten sich wohl nicht sonderlich?«

»Nein.« Einen kurzen Moment zögerte sie und

rutschte wie unwillkürlich von der Lehne in den Sessel, ohne dabei jedoch den Blick von Wexfords Gesicht abzuwenden. »Sie kamen gar nicht gut miteinander aus. Wenn Sie es unbedingt wissen wollen, Denys konnte sie nicht ausstehen.«

»Merkwürdig, Mrs. Nightingale schien doch sonst mit allen auszukommen.«

»Glauben Sie? Ach, Sie meinen mit den Leuten hier in der Gegend.« Sie seufzte tief und leise, dann fuhr sie rasch mit tonloser Stimme fort: »Wirkliche Freunde hatte Elizabeth keine. Mein Mann glaubt, sie sei von einem Verrückten umgebracht worden, so einem Triebtäter, der Frauen anfällt. So wird es wohl gewesen sein. Sie muß den Verstand verloren haben, nachts allein in den Wald zu gehen. Sie hat es ja förmlich herausgefordert.«

»Möglich«, sagte Wexford. Er lächelte jovial, um eine entspanntere Atmosphäre zu schaffen. Georgina Villiers war nun ruhiger. Sie ließ ihre Hände los, atmete flach und blickte nach unten. »Wissen Sie, weshalb Ihr Mann nicht mit seiner Schwester auskam?

»Sie hatten eben gar nichts gemeinsam.«

Und was, fragte sich Wexford, hat eine begriffsstutzige und spießige Frau wie du mit einem Intellektuellen wie Villiers gemeinsam, einem Lehrer für klassische Philologie, einer Kapazität als Wordsworth-Forscher?

»Ich glaube, er hielt sie für ziemlich dumm und verschwenderisch.«

»War sie das denn, Mrs. Villiers?«

»Jedenfalls hatte sie eine Menge Geld, nicht? Es gab keinen anderen Grund für ihn, sie nicht zu mögen, falls Sie das meinen. Sie und Quen waren im Grunde sehr unkomplizierte Menschen. Natürlich nicht die Art Menschen, mit denen ich früher Umgang pflegte. Vor meiner Heirat hatte ich mit solchen Leuten keinen Kontakt.«

»Sind Sie gut mit ihnen ausgekommen?«

»Quen ist immer sehr nett gewesen.« Georgina Villiers drehte an ihrem Ehering und schob ihn am Finger auf und ab. »Wissen Sie, er mochte mich meinem Mann zuliebe. Er und mein Mann sind wirklich gute Freunde.« Sie senkte den Blick und biß sich nervös auf die Unterlippe. »Ich glaube aber, daß er mich mit der Zeit um meiner selbst willen mochte. Aber egal«, fügte sie plötzlich in schrillem und ärgerlichem Ton hinzu. »Weshalb sollte ich mir daraus etwas machen? Für einen Mann sollte an erster Stelle seine Frau stehen. Er sollte mehr auf sie als auf Außenstehende geben und seiner Arbeit nicht in fremder Leute Häuser nachgehen.«

»Waren Sie der Meinung, daß Mr. Nightingale zuviel Einfluß auf Ihren Mann ausübte?«

»Ich mag nicht, wenn sich Fremde in anderer Leute Angelegenheit einmischen.« Georgina zog an ihren Ohrringen und lockerte an einem die Schraube. »Ich war Sportlehrerin«, sagte sie stolz, »bevor ich heiratete, dann habe ich meinen Beruf an den Nagel gehängt. Finden Sie nicht auch, daß eine Frau zu Hause bleiben und sich um ihren Mann kümmern sollte? Das ist das beste für Leute wie uns, ein schönes Heim und eine Familie haben ohne große anderweitige Interessen.«

Wexford warf Burden, der beifällig nickte, einen mißbilligenden Blick zu und sagte: »Hätten Sie etwas dagegen, wenn wir uns ein wenig umschauen?«

Georgina zögerte, dann schüttelte sie mit dem Kopf.

Der Bungalow verfügte über ein weiteres Wohnzimmer und zwei Schlafzimmer, von denen das kleinere unmöbliert war und keinen Teppichboden hatte.

»Ich frage mich, was er wohl mit seinem Geld anfängt«, flüsterte Wexford. »Er hat einen guten Job und schreibt diese Bücher.«

Burden zuckte die Achseln. »Vielleicht ist er verschwenderisch wie seine Schwester. Aber er wird sich ändern. Er hat eine gute Frau.«

»O mein Gott!«

Während er die spärlich gefüllten Schränke durchsuchte, erwiderte Burden zugeknöpft: »Jedenfalls habe ich es zur Abwechslung ganz angenehm gefunden, mal mit einer einfachen, anständigen Frau zu sprechen.«

»Einfach und anständig mag sie ja sein. Dumm genug ist sie weiß Gott dazu. Hier ist nichts, kein Blut, auch nichts, das als Waffe in Frage käme.« Als nächstes nahmen sie sich die Küche vor, wo Wexford den Deckel des altmodischen Kohleboilers hochhob. »Lodert fröhlich vor sich hin«, sagte er. »In so einem Ding läßt sich praktisch alles verbrennen, und sie hatte stundenlang Zeit dazu.«

Georgina wartete im Wohnzimmer auf sie, saß apathisch in einem Sessel und starrte die Wand an.

»Ich weiß einfach nicht, wo mein Mann so lang bleibt. Man sollte doch meinen, er würde hier bei mir sein wollen. Man sollte...« Sie erstarrte und horchte konzentriert. »Jetzt kommt er.«

Sie sprang aus dem Sessel auf, stürmte in die Diele und warf hinter sich die Tür zu. Während er mit halbem Ohr der geflüsterten Unterhaltung zwischem dem Ehepaar folgte, sagte Burden: »Sie ist das reinste Nervenbündel. Fast könnte man glauben, sie hätte damit gerechnet, daß wir etwas finden. Ich frage mich, ob...«

»Psst!« machte Wexford.

Denys Villiers trat in das Zimmer und sprach über die Schulter hinweg mit seiner Frau. »Ich kann mich nicht zerreißen, Georgina. Quen ist ziemlich elend dran. Als ich ging, war Lionel Marriott bei ihm.«

Burdens Blick begegnete Wexfords. Der Chief Inspector stand auf und zog angenehm überrascht die Augenbrauen hoch.

»Habe ich richtig gehört, Sie sprachen von Lionel Marriott?«

»Falls Sie zugehört haben, ja«, erwiderte Villiers schroff. Er sah immer noch wesentlich älter als achtunddreißig aus, jedoch nicht ganz so krank wie am Morgen. »Wieso, kennen Sie ihn?«

»Er ist Lehrer an der gleichen Schule wie Sie«, sagte Wexford. »Um die Wahrheit zu sagen, sein Neffe ist mit meiner ältesten Tochter verheiratet.«

Villiers maß ihn mit beleidigendem Blick. »Bemerkenswert«, sagte er, und sein Ton ließ keinen Zweifel daran, daß Marriott, ein gebildeter Mann und Kollege von ihm, sich in seinen Augen durch die Verbindung mit der Familie des Chief Inspectors entschieden verschlechtert hatte.

Wexford schluckte seinen Zorn hinunter. »Ist er ein Freund Ihres Schwagers?«

»Von Zeit zu Zeit läßt er sich im Herrenhaus blicken.« Gefühllos befreite Villiers seinen Arm aus dem Klammergriff seiner Frau und ließ sich in einen Sessel plumpsen. Aus Verzweiflung oder vielleicht nur aus schlichter Erschöpfung schloß er die Augen. »Ich will einen Drink«, sagte er, und als Georgina sich mit baumelnden Ohrringen über ihn lehnte, setzte er hinzu: »Irgendwo muß noch eine Flasche Gin sein. Geh und hol sie bitte.«

6

Ein Riesenglück, dachte Wexford bei sich, als er bei Sonnenuntergang die High Street von Kingsmarkham entlangschlenderte, daß er aus purem Zufall auf einen Busenfreund von Quentin Nightingale gestoßen und dieser Busenfreund ausgerechnet Lionel Marriott war. Falls er sich aus seinem riesigen Bekanntenkreis in der Stadt jemanden hätte aussuchen dürfen, um ihn über das Privatleben der Nightingales aufzuklären, wäre seine Wahl mit Sicherheit auf Marriott gefallen. Doch es war ihm nicht in den Sinn gekommen, Marriott mit dem Herrenhaus in Verbindung zu bringen, wenn dies vielleicht auch ein Versäumnis war, denn welches bedeutende Haus in der weiteren Umgebung blieb Marriott schon verschlossen? Wer auch nur den leisesten Anspruch auf Bildung und Geschmack erhob, war auf du und du mit ihm. Wer außer einem Einsiedler konnte die Bekanntschaft mit dem gastfreundlichsten und klatschsüchtigsten Einwohner Kingsmarkhams leugnen?

Wexford war ihm fünf- oder sechsmal begegnet, und für Marriott genügte das, um ihn unter seine intimen Freunde zu zählen und ein seltenes Vorrecht für sich in Anspruch zu nehmen. Nur wenige in Kingsmarkham kannten den Vornamen des Chief Inspectors, und noch weniger redeten ihn damit an. Marriott hatte dies seit ihrem ersten Kennenlernen getan und verlangte dafür von Wexford, daß dieser ihn Lionel nenne.

Marriotts Leben war ein offenes Buch. Man mochte vielleicht nicht darin blättern, doch falls man sich allzu diskret zeigte, blätterte er selbst darin, denn er war ebenso begierig, von seinem eigenen Privatleben zu berichten wie von dem seines enormen Freundeskreises.

Er war ungefähr in Wexfords Alter, aber flink und drahtig, und früher einmal mit einer faden kleinen Frau verheiratet, die bequemerweise gestorben war, als Marriotts Gelangweiltsein in ihrem Eheleben gerade den Zenit erreicht hatte. Marriott sprach von ihr stets als »meine arme Frau« und erzählte höchst geschmacklose Geschichten von ihr, über die man aber trotzdem einfach lachen mußte, weil seine arabeskenreiche Erzählkunst stets die komische Seite aller Mißlichkeiten des Menschseins hervorhob. Hinterher beschwichtigte man sein Gewissen mit der Überlegung, daß die Dame besser tot als mit Marriott verheiratet war, der sich nie lange an jemanden fesseln ließ und »alles übrige«, wie Shelley meint, »obgleich schön und gut, schnödem Vergessen anvertraut«.

Denn vor »schnödem Vergessen« oder wenigstens vor Einsamkeit schien Marriott sich am meisten zu fürchten. Weshalb lud er sich sonst jeden Abend Gäste ins Haus? Weshalb sollte er sonst tagsüber am King's englische Literatur unterrichten, obwohl er über private Einkünfte verfügte, die selbst für seine Bedürfnisse, seine Freigebigkeit und Gastfreundschaft ausreichten?

Seit dem Tod seiner Frau hatte er kein Einsiedlerleben geführt, und jedesmal, wenn Wexford ihm begegnete, hatte er eine neue Begleiterin, stets attraktive, elegant gekleidete Frauen in den Vierzigern. Höchstwahrscheinlich, dachte Wexford, als er in die von der High Street abzweigende Gasse einbog, die zu Marriotts Haus führte, war jetzt die derzeitige Favoritin dort, arrangierte Marriotts Blumen in den Vasen, hörte sich seine Anekdoten an und bereitete die Häppchen für die unweigerlich folgende Cocktailparty vor.

Sein Haus lag am Ende einer im georgianischen Stil erbauten Straßenzeile, deren Gebäude alle außer dem ersten in Geschäfte, Eigentumswohnungen oder Lagerhäuser umgewandelt worden waren. Im Kontrast zu deren baufälligem Aussehen war sein Haus mit dem strahlend weißen Außenanstrich, der alle zwei Jahre erneuert wurde, den hübschen kleinen Blumenkästen auf allen Fensterbänken und den sechs schmiedeeisernen Balkons an der Fassade herausgeputzt wie Bauernmädchen am Sonntag. Uneingeweihte hätten hinter dem Eigentümer dieses Hauses eine finanziell unabhängige alte Jungfer mit einem Gartentick vermutet. Innerlich lächelnd stieg Wexford die Stufen zur Haustür hinauf und zog den Kopf ein, um nicht an einen Hängekorb voller leuchtend bunter Lobelien und feuerwehrroter Geranien zu stoßen. Ausnahmsweise war die Gasse nicht mit den Autos von Marriotts Gästen vollgestopft. Doch es war noch früh und ging gerade erst auf sieben Uhr zu.

Marriott persönlich kam an die Tür, in roter Samtjacke und Ripsband, in der einen Hand ein Glas Spargelspitzen.

»Hallo, alter Junge, was für eine nette Überraschung! Noch vor kaum fünf Minuten habe ich gesagt, wie unglücklich ich bin, weil du mich so im Stich läßt, und schon stehst du auf der Matte. Die Antwort auf das Gebet eines armen Sünders. Wäre es nicht prima, sagte ich gerade, wenn der gute alte Reg Wexford heute abend aufkreuzen würde?«

Wexford gehörte der Generation und sozialen Schicht an, die immer fast in Ohnmacht fällt, wenn sie von flüchtigen Bekannten mit Vornamen angesprochen wird, und er zuckte innerlich zusammen, doch selbst er mußte zugeben, daß, ganz gleich, welche Fehler Marriott auch haben mochte, niemand einen so herzlich empfangen konnte wie er.

»Ich war gerade in der Gegend«, sagte er. »Außerdem wollte ich sowieso mit dir reden.«

»Und ich habe mich danach gesehnt, wieder mal mit dir zu reden, womit wir schon zu zweit wären. Herein mit dir, oder willst du zwischen Tür und Angel reden? Du bleibst doch zu meiner Party, nicht? Nur eine kleine Feier, ein paar alte Freunde, die nach den netten Sachen, die ich über dich erzählt habe, alle darauf brennen, den großen Chief Inspector persönlich kennenzulernen.«

Wexford sah sich in die Diele gezerrt und in Richtung von Marriotts Salon geschoben. »Was feiert ihr?« Er holte tief Luft und brachte den Vornamen über die Lippen. »Was gibt es denn zu feiern, Lionel?«

»Vielleicht war ›feiern‹ das falsche Wort, alter Junge. Es handelt sich eher um so etwas wie eine Die-Todgeweihten-grüßen-dich-Zusammenkunft, wenn du verstehst, was ich meine.« Er sah Wexford forschend ins Gesicht. »Offenbar nicht. Aber ein vielbeschäftigter Mann wie du kann auch kaum wissen, daß heute der letzte Ferientag ist und es morgen wieder zurück zu den pickligen Rackern geht.«

»Aber natürlich«, sagte Wexford. Er erinnerte sich nun wieder, daß Marriott am Ende der Ferien immer eine Party gab und seine Schüler an der King's-Schule stets als die »pickligen Racker« bezeichnete. »Bleiben kann ich aber nicht. Ich fürchte, ich komme ungelegen und störe dich bei den Vorbereitungen zu der Party.«

»Kein bißchen! Du weißt gar nicht, wie überglücklich ich bin, dich zu sehen, aber deine frostige Miene sagt mir, daß du an etwas Anstoß nimmst.« Marriott breitete in dramatischer Geste seine kurzen Arme aus. »Sage mir, was habe ich getan? Was habe ich gesagt?«

Als er in den Salon kam, sah Wexford in einer Ecke eine improvisierte Bar aufgebaut, und durch den Bogen, der zum Eßzimmer führte, fiel sein Blick auf eine überladene Tafel, auf der zwischen achtlos verstreuten weißen Rosen Brathühner, kalter Braten und ein ganzer Lachs angerichtet waren. »Wie ich sehe«, sagte er, »habe ich mich wohl geirrt in der Annahme, daß du mit Elizabeth Nightingale eng befreundet warst.«

Marriotts lebhafte Miene erstarrte und wurde plötzlich kummervoll, ob aufrichtig, wußte Wexford nicht zu sagen. »Ich weiß, ich weiß. Ich müßte in Trauer sein und geradezu in Sack und Asche gehen. Glaube mir, Reg, ich trage die Asche im Herzen. Aber mal angenommen, ich würde allen diesen lieben Leutchen absagen und das gebratene Fleisch den Schweinen der Mästerei in Pomfret vorwerfen, was hätte das für einen Wert? Würde sie dadurch wieder lebendig? Würde Quentin deshalb eine Träne weniger um sie weinen?«

»Wahrscheinlich nicht.«

»Lieber Reg, dein Tadel trifft mich schwer. Laß mich dir etwas zu trinken anbieten. Einen Whisky, einen Pernod oder einen Champagnercocktail? Und vielleicht ein Scheibchen gebratene Ente dazu?«

Wexford nahm Platz, wie stets überwältigt. »Dann eben einen kleinen Whisky, aber nichts zu essen.«

»Ich muß wohl ein Ausgestoßener sein. Du weigerst dich, mein Salz zu essen.« Marriott trottete kopfschüttelnd an die Bar, wo er zwei Riesengläser Vat 69 einschenkte. Wexford war sich im klaren, daß Widerspruch zwecklos war. Innerlich grinsend ließ er den Blick über das Zimmer schweifen. Obwohl er wußte, daß viele der Antiquitäten unglaublich kostbar und die Kronleuchter ohnegleichen waren und jeder in der Stadt, der Geschmack hatte, Marriott um die Raumausstattung beneidete, erinnerte Wexford sein Salon immer an eine Kreuzung zwischen der Wallace Collection und einem italienischen Restaurant in der Old Brompton Road. Die Wände bedeckte eine flaschengrüne Tapete, die ein smaragdgrünes Prägemuster zierte und auf der goldgerahmte Spiegel hingen. Auf sämtlichen Tischen standen Kollektionen von Stiluhren, Tabatieren und Crown-Derby-Porzellannippes. Ein Gast hätte Angst gehabt, sich überhaupt zu bewegen, wenn er nicht genau gewußt hätte, daß, ganz gleich, welchen Schaden er auch anrichtete, Marriott nur ein Lächeln dafür übrig haben und sagen würde, es spiele überhaupt keine Rolle, da die Anwesenheit des Gastes mitsamt seiner Ungeschicklichkeit so überaus viel wertvoller sei als irgendein unbelebter Gegenstand.

Das Geklapper von Absätzen aus dem Küchenbereich verriet ihm die Anwesenheit einer dritten Person im Haus, und als er seinen dreistöckigen Whisky entgegennahm, kam eine Frau mit einem Tablett zum Vorschein, auf dem noch mehr Essen aufgetürmt war. Sie war eine große Blonde, etwa Mitte Vierzig, und trug an beiden Handgelenken Armreife, die bei jeder ihrer Bewegungen wie Glöckchen gegeneinanderschlugen.

»Das ist Hypatia, mein Amanuensis«, sagte Marriott und ergriff ihren Arm. »Du machst dir keine Vorstellung, welch komische Blicke ich ernte, wenn ich sie so vorstelle. Die Leute sind eben schlicht ungebildet, nicht? Das ist Chief Inspector Wexford, Liebes, unser Friedenshüter.«

Von Marriotts Bemerkungen unbeeindruckt, streckte ihm Hypatia gelassen eine große Hand entgegen.

»Sie wird uns nicht stören«, sagte Marriott, als wäre sie gar nicht vorhanden. »Sie wird ein Bad nehmen und sich schöner machen denn je. Nur zu, Patty.«

»Bist du sicher, daß das Essen reicht?« fragte Hypatia.

»Ganz sicher. Gallenkoliken wie beim letztenmal wollen wir schließlich nicht noch einmal erleben. Also, Reg, jetzt kannst du den Großinquisitor spielen. Ich bin zwar untröstlich, daß du mich nicht nur zum Vergnügen besuchst, aber ich mache mir nichts vor.« Marriott hob sein Glas. »Trinken wir auf kleine Gefälligkeiten!«

»Äh – prost«, sagte Wexford. Er wartete, bis die Frau gegangen war und das Gluckern in den Wasserleitungen an sein Ohr drang. »Ich möchte etwas über die Nightingales erfahren, alles, was du mir sagen kannst.« Er grinste. »Ich weiß, von gutem Geschmack oder dummem Skrupel, wie daß man von Toten nur Gutes reden soll, wirst du dir keinen Zwang antun lassen.«

»Ich hatte Elizabeth sehr gern«, begann Marriott in leicht gekränktem Ton. »Wir kannten uns von Kindesbeinen an. Spielten sozusagen im gleichen Sandkasten.«

»Dann mußt du ein verdammt zurückgebliebenes Kind gewesen sein«, sagte Wexford spitz. »Sie war gute fünfzehn Jahre jünger als du, also mach dir nichts vor.«

Marriott rümpfte die Nase. »Offenbar bist du heute morgen mit dem linken Fuß zuerst aufgestanden.«

»Ob mit dem linken Fuß, weiß ich nicht. Jedenfalls viel zu früh für meinen Geschmack. Du kanntest sie also, seit *sie* geboren wurde? Wo war das?«

»Selbstverständlich hier. Hast du nicht gewußt, daß sie und Denys hier zur Welt kamen?«

»Ich weiß eigentlich noch gar nichts über sie.«

»Ah, das hab ich gern. Völlige Unwissenheit. Wie ich schon immer den pickligen Rackern erkläre, selig sind, die da hungert und dürstet nach Aufklärung, denn sie sollen satt werden, und wenn ich's ihnen mit der Querlatte einprügeln muß. Jedenfalls kamen sie tatsächlich hier zur Welt, in einer klammen Bruchbude unten an der Kingsbrookschleuse. Ihre Mutter kam aus London und stammte aus recht guter Familie, aber ihr Vater war ein waschechter Kingsmarkhamer. Er arbeitete als Schriftführer bei der Gemeinde.«

»Also waren sie nicht gerade wohlhabend?«

»Arm wie die Kirchenmäuse, mein Bester. Elizabeth und Denys besuchten die staatliche Schule, und zweifelsohne würde ihr Vater heute noch den lieben Gott einen guten Mann sein lassen, wenn nicht die Bombe dazwischengekommen wäre.«

»Was für eine Bombe?« fragte Wexford, als die Tür zum Bad zugeschlagen wurde und es im Wasserbehälter weit über ihnen rauschte.

»Eine von der Bombenserie, die ein deutsches Flugzeug hier auf dem Weg zur Küste abwarf. Es war ein Volltreffer, der Villiers *père* und *mère* auf einen Schlag ins Jenseits beförderte.«

»Wo waren die Kinder?«

»Denys war beim Fischen, und Elizabeth hatte man losgeschickt, um ihn nach Hause zu holen. Es geschah am frühen Abend, so gegen sieben. Die Kinder der Villiers', Elizabeth und Denys, waren vierzehn beziehungsweise elf.«

»Was ist aus ihnen geworden?«

»Es wurde eine ziemlich seltsame und höchst ungerechte Übereinkunft für sie getroffen«, sagte Marriott. »Denys kam zu dem Bruder seiner Mutter und schnitt dabei sehr gut ab. Dieser Onkel war ein nicht unvermögender Rechtsanwalt und schickte Denys zunächst auf eine Privatschule und dann nach Oxford. Die arme Elizabeth blieb aber bei ihrer Tante, der Schwester ihres Vaters, die sie mit fünfzehn aus der Schule nahm und bei Moran's anfangen ließ, dem Textilgeschäft.«

Auf Wexfords Miene spiegelte sich das Staunen, das Marriott erhofft hatte. »Mrs. Nightingale war Verkäuferin in einem Textilgeschäft?«

»Ich dachte mir schon, daß dich das vom Hocker reißt. Diese alte Hexe Priscilla Larkin-Smith tratscht bei ihren

Bekannten immer noch von den Zeiten, als Elizabeth Villiers ihr Korsetts anpaßte.«

»Wie hat sie Nightingale kennengelernt?«

»Oh, das kam erst viel später«, sagte Marriott. »Elizabeth blieb nicht lange bei Moran's. Sie riß nach London aus und suchte sich einen Job, das schlaue junge Ding. Möchtest du noch einen Scotch, Süßer?«

»Nein, wirklich nicht. Weißt du, Lionel, ohne diese Dingsda oben und ihre Vorgängerinnen könnte man bei dir fast – wie soll ich mich ausdrücken – gewisse absonderliche Neigungen vermuten. Du drückst dich manchmal reichlich zweideutig aus.«

Marriott lächelte affektiert, als er das hörte, schien jedoch keinen Anstoß daran zu nehmen. »Als Tunte bin ich gar nicht übel, was? Ich werde immer wieder darauf angesprochen. Reine Pose, das kann ich dir versichern. Komm, laß mich nachschenken.«

»Na, von mir aus.« Das Wasser wurde aus der Wanne gelassen, und das Tappen von Hypatias Füßen im oberen Stock war zu hören. »Haben sich die Geschwister in London getroffen?«

Marriott zündete sich eine russische Zigarette an und blies Rauchringe in die Luft. »Damit kann ich leider nicht dienen.« Er wirkte geknickt. Wexford wußte, wie er es haßte, wenn er zugeben mußte, daß ihm irgendeine Einzelheit aus dem Privatleben eines Freundes unbekannt war. »Ich habe keinen von ihnen wiedergesehen, bis ich erfuhr, daß Quentin das Herrenhaus gekauft hat.« Er schenkte ihnen noch einmal ein und ging zu seinem Sessel zurück. »Als wir hörten, es seien neue Leute in das Herrenhaus gezogen, habe ich meine Frau natürlich mal bei ihnen vorbeischauen lassen. Du kannst dir vorstellen, wie überglücklich ich war, als ich erfuhr, wer diese Mrs. Nightingale war.«

»Ich weiß nicht so recht, ob ich mir das vorstellen kann«, meinte Wexford. »Schließlich war sie ein fünfzehnjähriges Kind und du in den Dreißigern, als ihr euch das letzte Mal gesehen hattet.«

»Du legst aber auch jedes impulsive Wort von mir gleich auf die Goldwaage! Selbstverständlich wollte ich damit nur sagen, daß es nett war, jemand wiederzusehen, den ich von früher her kannte, außerdem war Elizabeth stets eine sehr amüsante Gesellschafterin. Eine echte Schönheit, verstehst du, und welchen Stil sie hatte! Ich liebe diese klassischen englischen Blondinen.«

»Du solltest wieder heiraten«, sagte Wexford.

Marriott sandte einen verschlagenen Blick gen Himmel und äußerte sich in Epigrammform: »Ein Mann, der wieder heiratet, verdient es nicht, daß er seine erste Frau verliert.«

»Zuweilen schockierst du mich«, sagte Wexford. »Apropos Ehe, wie klappte denn die der Nightingales?«

»Sie waren ein glückliches Paar. Wenn du und deine Frau nie über etwas anderes sprechen als über das Wetter, von vorn und hinten bedient werdet, kinderlos und sexuell gleichermaßen frigid seid, worüber kann man dann streiten?«

»So war das also mit ihnen? Und darf ich fragen, wie du darauf kommst, daß sie frigide waren?«

Marriott rückte unruhig in seinem Sessel hin und her. »Tja, dazu genügt ein Blick auf Quentin... Außerdem mußt du ein paar Vermutungen schon gelten lassen, Reg.«

»Die Vermutungen überlaß ruhig mir. Kommen wir noch mal auf früher zurück, vor fünfzehn oder sechzehn Jahren. Wohnte Villiers damals schon hier?«

»Nein, er tauchte erst ein paar Jahre später auf. Ich begegnete ihm am ersten Tag des Herbsttrimesters, das ist jetzt also fast auf den Tag genau vierzehn Jahre her. Im Lehrkörper gab es zwei Neulinge, einen Naturwissenschaftler und eine Hilfskraft für die Altphilologie. Das war Denys. Der Direktor machte sie mit uns alten Hasen bekannt, und ich war natürlich absolut begeistert, Denys wiederzusehen.«

»Selbstverständlich«, warf Wexford ein.

Marriott sah ihn gekränkt an. »Sein Verhalten kam mir sehr merkwürdig vor, höchst eigenartig. Denys ist ein sonderbarer Kauz, ein waschechter Misanthrop. ›Was für ein Glücksfall‹, habe ich zu ihm gesagt, ›daß du mich kennst. Ich kann dich einführen und mit allen bekannt machen, die hier wer sind.‹ Man hätte doch erwarten sollen, er sei außer sich vor Freude, aber von wegen. Er sah mich nur angewidert an, doch ich hielt es für das beste, ein wenig Nachsicht mit ihm zu haben.«

»Weswegen?«

»Schließlich ist er Lyriker, wie du weißt, und Lyriker sind ein komisches Völkchen. Das ist nun mal so. Aber wie ich sehe, ist dir das neu. Du meine Güte, ja. Mehrere ganz reizende Gedichtchen von ihm waren damals im *New Statesman* erschienen, und ich hatte gerade seinen Essayband über Wordsworth, Coleridge und Southey gelesen. Übrigens ein kluges Buch. Wie ich also schon sagte, war ich nachsichtig mit ihm. ›Sie bauen wohl auf Ihre Schwester, Ihnen hier ein Entree zu verschaffen‹, habe ich zu ihm gesagt. ›Vergessen Sie nicht, daß auch sie neu hier ist.‹ – ›Meine Schwester? Hier?‹ erwiderte er und wurde kreidebleich. ›Wollen Sie damit etwa sagen, Sie wußten nichts davon?‹ – ›Herrgott noch mal‹, fluchte er. ›Ich dachte, hier an diesem Ort würde sie sich zuallerletzt blicken lassen.‹ «

»Aber du hast dafür gesorgt, daß sie sich begegneten?« fragte Wexford.

»Selbstverständlich, mein Bester. Ich hatte Denys und seine Frau noch am selben Abend hier zu Besuch.«

»Seine *Frau?*« rief Wexford erstaunt. »Aber er ist doch erst seit einem Jahr verheiratet.«

»Nun reg dich mal wieder ab, alter Junge. Seine erste Frau. Das war wohl dein voller Ernst, als du gesagt hast, daß du nichts über diese Leute weißt. Seine erste Frau, June, eine ungemein...«

»Hör mal, immer schön der Reihe nach«, stöhnte Wexford. »Warum war Villiers so aus dem Häuschen, als du ihm erzählt hast, daß seine Schwester hier sei?«

»Das habe ich nach damals auch gefragt, aber später waren wir noch oft alle zusammen, und es war offenkundig, daß sie sich nicht ausstehen konnten. Komisch, wenn man bedenkt, wie umgänglich Elizabeth mit anderen Leuten war. Offen gestanden, Reg, sie verhielt sich ihm gegenüber, als hätte er ihr etwas angetan, und was ihn betrifft... Es war unglaublich, wie unverschämt der Mann zu ihr war. Aber dem darfst nicht zuviel Bedeutung beimessen. Denys ist zu allen ekelhaft, mit Ausnahme von Quentin. Ihm gegenüber verhält er sich ganz anders, und Quen betet ihn förmlich an. Aber Elizabeth und Denys kamen noch nie gut miteinander aus. Schon als Kinder lagen sie sich ständig in den Haaren. Ich kann mich sogar noch entsinnen, daß Mrs. Villiers und meine arme Frau einmal darüber sprachen, wie unangenehm das sei, du weißt schon, und wie hilflos sich Mrs. Villiers dadurch vorkommen mußte. Aber falls du eine Antwort darauf möchtest, weshalb sie diesen Streit fortsetzten, kann ich dir nicht helfen. Elizabeth sprach nie über ihren Bruder, wenn es sich vermeiden ließ, und wenn sie sich mir nicht anvertraute, wem dann? Wir waren sehr eng befreundet, geradezu intim, könnte man sagen.«

»So?« sagte Wexford nachdenklich. »Könnte man

das?« Er sah Marriott forschend an und hätte in dieser Richtung nachgehakt, wenn in diesem Moment nicht Hypatia eingetreten wäre, gebadet, von einem Parfümschleier umgeben und mit Goldlaméhosen und einer schwarzgoldenen Jacke bekleidet.

Wexford begegnete sie mit zurückhaltendem, Marriott mit mütterlichem Lächeln. »Immer noch beim Schwatzen? Pam und Ian sind da, Leo. Ich habe gerade ihr Auto in die Gasse einbiegen sehen.« Zu Wexford gewandt, fragte sie spitz: »Müssen Sie schon gehen?«

Wexford stand auf und wehrte Marriotts Hand ab, die ihn zurückhalten wollte. »Gibst du morgen abend wieder eine Party, Lionel?«

»Also wirklich, Reg, ein solcher Genußmensch bin ich nun auch nicht. Morgen abend werde ich nach meinen Scharmützeln mit den Söhnen von Freisassen, Bürgern und besseren Leuten entkräftet daniederliegen – schwarz wird es mir vor Augen werden, darauf kannst du Gift nehmen.«

»In diesem Fall«, meinte Wexford grinsend, »werde ich dich von der Schule abholen und dich nach Hause fahren.«

»Prima«, sagte Marriott, ließ sich zum erstenmal jedoch ein leises Unbehagen anmerken. Er geleitete Wexford zur Tür, wo ihnen zwei ältliche Leute entgegenkamen. »Ist ja phantastisch, daß ihr kommen konntet, meine Lieben. Pam, du siehst einfach zum Anbeißen aus, Herzchen. Darf ich euch...«

Wexford stahl sich leise davon.

7

Die Kinder der Burdens gingen wieder in die Schule, und aus dem Badezimmer des Bungalows drangen Würgegeräusche. Am ersten Schultag mußte sich Pat immer erbrechen. Ihre Eltern standen in der Küche und hörten diese Geräusche mit dem hilflosen Elend derjenigen, denen allmählich klar wird, daß ihre Kinder nicht nur Kinder, sondern auch Menschen sind und es einen Punkt gibt, an dem sie ihnen nicht mehr weiterhelfen können. Dieses Kind würde sich an jedem ersten Schultag übergeben, vor jedem Einstellungsgespräch und wahrscheinlich auch am Morgen seiner Hochzeit.

»Ach, Mike«, sagte Jean Burden,« sollen wir Dr. Crokker kommen lassen? Manchmal spiele ich sogar mit dem Gedanken, sie zu einem Psychiater zu schicken.«

»Obwohl du genau weißt, daß sie quietschfidel sein wird, sobald sie einen Fuß über die Schwelle des Klassenzimmers setzt? Wir wollen doch aus einer Mücke keinen Elefanten machen, Liebes.«

»Ich wollte nur, ich könnte ihr helfen. Wir hatten es nie mit den Nerven. Ich hätte nie gedacht, mein Kind könnte ein Nervenbündel werden.«

»Ich hab's nicht mit den Nerven«, sagte John, als er mit dem Schulranzen und morgendlich strahlender Miene in die Küche kam. »Falls ich je Kinder habe und sie so ein Affentheater wie Pat aufführen, kriegen sie von mir eine ordentliche Tracht Prügel.«

Burden sah seinen Sohn angewidert an. Obwohl sie nur zwei Jahre auseinander waren und unter der Obhut liebevoller und glücklich verheirateter Eltern in einem intakten Umfeld der Mittelklasse aufwuchsen, hatten sich seine Kinder nie vertragen. Ihre anfänglichen Streitereien, als John noch ein Knirps war und Pat ihn nur aus dem Kinderwagen heraus anschreien konnte, waren über handgreifliche Auseinandersetzungen zu dem gegenwärtigen Zustand ständiger Frotzeleien eskaliert.

In strengem Ton sagte er: »Du sollst aufhören, so von deiner Schwester zu sprechen. Ich habe es satt, dir das dauernd sagen zu müssen. Mal angenommen«, begann er, da ihn der Fall, den er momentan bearbeitete, auf eine Idee gebracht hatte, »mal angenommen, du und Pat würdet heute getrennt werden und euch nicht mehr sehen, bis ihr erwachsen seid, wie würdest du dann wohl darüber denken? Du würdest sehr bedauern, daß du so gemein zu ihr warst. Du kannst dir gar nicht vorstellen, wie sehr du sie vermissen würdest.«

»Ich würde sie nicht vermissen«, erwiderte John. »Ich wünschte, ich wäre ein Einzelkind.«

»Diese Abneigung ist mir ein Rätsel«, sagte Burden ratlos. »Sie ist unnatürlich.« Er streckte die Hand aus, als seine Tochter unter dem schützenden Arm der Mutter mit bleichem Gesicht und hängendem Kopf hereinkam. »Ich fahre dich zur Schule, Schätzchen. Ich bringe dich bis vor die Tür.«

»Mich fährst du nie zur Schule«, beschwerte sich John. »Dabei hab ich's tierisch weit, fast zwei Kilometer zu Fuß.«

»›Tierisch‹ sagt man nicht«, wies ihn Burden automatisch zurecht. »Ich fahre euch beide, aber fangt um Himmels willen im Auto nicht zu streiten an.«

Im Pausenhof der King's-Schule wimmelte es von Jungen. Burden fuhr ruckweise in die Einfahrt und jagte die lauthals johlenden und grölenden Kleinsten, Johns Altersgenossen, vor dem Auto auseinander. Die Schüler der Abschlußklasse, die sich in losen Grüppchen lässig an der Mauer postierten und die verhaßten Mützen ihrer

Schuluniformen zusammengeknüllt in den Taschen trugen, starrten ihn mit hochmütiger Unverschämtheit an. Ehe der Wagen noch ganz zum Stillstand kam, sprang John heraus und wurde augenblicklich von der johlenden Menge verschluckt.

»Siehst du, John ist keine Spur von ängstlich«, ermutigte Burden seine Tochter. »Du weißt doch, daß euch beiden zu Hause inzwischen stinklangweilig war, deshalb ist er froh, wieder bei seinen Freunden zu sein.«

»Ich hasse ihn«, sagte Pat.

»So darfst du nicht von deinem Bruder sprechen.« Burden fuhr vorsichtig rückwärts, und gerade als er innerhalb des Schulhofs wendete, sah er sich Denys Villiers Auge in Auge gegenüber. Er nickte verbindlich und hob leicht die Hand. Villiers sah durch ihn hindurch, steckte die Hände in die Hosentaschen und steuerte den neuen Flügel an.

»Halt bitte an, Vati«, sagte Pat, kaum daß sie auf offener Straße waren. »Ich muß mich wieder übergeben.«

Nachdem er seine Kinder sicher abgeliefert hatte, quälte sich Burden durch das morgendliche Verkehrsgewühl zum Polizeirevier. Die Begegnung mit Villiers hatte ihn überrascht, denn seiner Meinung nach hätte der Lehrer zumindest diese Woche von der Arbeit fernbleiben müssen, wenn schon nicht vor Trauer, so doch aus Taktgefühl. Ein seltsamer Mann, dieser Villiers, ein Mann, dem es anscheinend völlig egal war, was die Leute dachten. Sein Verhalten Burden gegenüber, den er einfach ignoriert hatte, obwohl der Polizist am Tag zuvor in seinem Haus gewesen und zudem noch der Vater eines Schülers der King's-Schule war, konnte Burden nur als empörend bezeichnen.

Da er zwanzig Minuten Verspätung hatte und dies

auch wußte, stürzte er in den Aufzug und kam außer Atem in Wexfords Büro an. Der Chief Inspector saß in einem unsäglichen Anzug, der noch weit schäbiger als sonst wirkte, an seinem Schreibtisch aus Rosenholz und blätterte Aktenstapel durch. Hinter ihm am Fenster stand der Arzt, hauchte das Glas an und zeichnete mit dem Finger ein Gebilde, das beunruhigende Ähnlichkeit mit einem Verdauungstrakt aufwies. Burdens Bedarf an Verdauungstrakten war für diesen Morgen gedeckt.

»Ich bin spät dran, tut mir leid«, sagte er. »Meiner Tochter wird am ersten Schultag immer übel, deshalb habe ich gewartet und Pat zur Schule gefahren.« Er nickte dem Arzt zu. »Jean wollte dich schon kommen lassen.«

»Du wirst einen vielbeschäftigten Mann doch damit nicht belästigen?« fragte Crocker und grinste faul. »So etwas legt sich mit der Zeit, glaube mir. Das gehört alles zur Misere des Menschseins, die deinen Kindern nicht erspart bleiben wird, so hart das auch sein mag.«

Wexford sah auf und blickte sie finster an. »Verschone uns bitte mit Philosophie. Ich habe hier einige Laborberichte vor mir liegen, Mike. Die Asche des Unkrautfeuers beim Herrenhaus weist klar darauf hin, daß dort Wollstoff verbrannt wurde. Eine Waffe ist noch nicht aufgetaucht, obwohl unsere Leute den Wald gestern, bis es dunkel wurde, durchsucht haben und im Moment noch dabei sind.«

»Sie könnte überall sein«, sagte Burden ratlos. »Im Fluß, vielleicht liegt sie auch in irgendeinem Garten. Wir wissen nicht mal, wie sie aussieht.«

»Nein, aber darüber werden wir jetzt mal scharf nachdenken. Als erstes müssen wir uns darüber klarwerden, ob der Mord an Mrs. Nightingale geplant war oder ohne Vorsatz begangen wurde.«

Dr. Crocker wischte die Zeichnung mit der Handkante aus und ließ sich auf einem von Wexfords wackligen Stühlen nieder. Das einzige stabile Sitzmöbel war Wexfords Bürostuhl, ein Thron aus dunklem Holz und Leder, der breit genug war, um Wexfords Leibesfülle aufzunehmen. Er quietschte, als Wexford sich zurücklehnte und die Arme ausbreitete.

»Vorsätzlich«, erklärte der Arzt knapp. »Sonst wäre sie nicht auf diese Weise und an diesem Ort umgebracht worden. So ein Ding wie das, womit sie getötet wurde, nimmt man im allgemeinen nicht auf längere Spaziergänge mit. Stimmt's?«

»Du meinst, falls kein Vorsatz dahinterstand, käme nur eine Todesursache wie beispielsweise Erwürgen in Betracht?«

»Ja, so ungefähr. Bei einem vorsätzlichen Mord muß man die Waffe nicht unbedingt mitbringen, wenn man weiß, daß ein entsprechender Gegenstand zur Verfügung steht. Mal angenommen, A beabsichtigt, B in Bs Salon zu töten, dann wird er keine Waffe mitnehmen, weil er weiß, daß der Schürhaken dort steht, wo er immer steht, beim Kamin. Aber im offenen Gelände gibt es kein entsprechendes Werkzeug, deshalb bewaffnet er sich, ehe er aufbricht. Euer Mann hat es genauso gemacht.«

»Muß es denn ein Mann sein?« fragte Wexford.

»Ein Mann oder eine kräftige Frau.«

»Der Meinung bin ich auch. Meines Erachtens war der Mord geplant, aber das schließt eine Eifersuchtstat nicht aus. Der Mörder ist ihr gefolgt und rechnete damit, das zu sehen, was er dann auch wirklich zu Gesicht bekam. Die Waffe hat er mitgebracht, eben weil er schon einen Verdacht hatte, den er nur noch bestätigt sehen wollte. Was meinen Sie, Mike?«

»Ohne Vorsatz«, sagte Burden gelassen. »Unser Mörder trug etwas bei sich, das zwar als Mordwaffe dienen konnte, primär aber einen anderen Zweck erfüllte. So wie in dem Fall der Frau, die gerade Brot aufschneidet. Ihr Mann sagt irgendwas zu ihr, das sie um den Verstand bringt und blindwütig mit dem Brotmesser auf ihn losgehen läßt. Dennoch war der ursprüngliche Grund, weshalb sie das Messer eigentlich in der Hand hielt, das Brotaufschneiden.«

»Ich für meinen Teil bin deshalb auch für vorgeschnittenes Brot«, witzelte der Arzt.

Der einzige Hinweis, daß Wexford diese Bemerkung gehört hatte, waren die sich noch tiefer auf seiner Stirn einfurchenden Runzeln. »Wenn wir für den Augenblick mal bei Mikes Theorie bleiben, was könnte der Mann – oder die kräftige Frau – dann bei sich getragen haben? Was nimmt man im allgemeinen mit, wenn man nachts in den Wald geht?«

»Einen Spazierstock«, sagte Burden wie aus der Pistole geschossen. »Einen Stock mit einer Spitze aus Metall.«

Crocker schüttelte den Kopf. »Viel zu dünn. Die Waffe war überhaupt nichts in der Art. Höchstens ein *Eisstock*, aber das ist ziemlich weit hergeholt. Ein Golfschläger vielleicht?«

Wexford warf ihm einen spöttischen Blick zu. »Wollte wohl ein paar Bahnen zwischen den Bäumen spielen? Womöglich noch sein Handicap verbessern? Mein Gott, es ist doch nicht zu glauben.«

»Jedenfalls schien der Mond«, sagte der Arzt. »Zumindest, bis der Sturm aufkam. Ein metallener Schuhabsatz vielleicht?«

»Weshalb ist dann kein Schmutz in der Wunde?«

»Du hast recht. Die Wunde war völlig sauber.«

Wexford zuckte mit den Achseln und versank in brütendes Schweigen. Ebenso schweigsam zog Burden die

Akten unter Wexfords Hand hervor und vertiefte sich mit unbewegter Miene in die Lektüre. Plötzlich ruckte Wexford auf dem knarrenden Drehstuhl herum.

»Du hast doch gerade etwas gesagt, etwas über den Mond.«

»So?«

In pedantisch dienstlichem Ton erklärte Burden: »Dr. Crocker gab an, der Mond habe geschienen, bis der Sturm aufgekommen sei.« In der Art eines Rechtsanwalts wandte er dem Arzt sein klares Profil zu. Crocker zog die Augenbrauen hoch.

»Ah, ja. Ich erinnere mich noch daran, weil ich wegen einer Entbindung in Flagford war. Der Mond schien hell, aber um elf zogen sich die Wolken schon zusammen, und um halb zwölf war der Mond nicht mehr zu sehen.«

Ein Grinsen, weniger humorvoll als vielmehr triumphierend, breitete sich allmählich auf Wexfords Gesicht aus. »Und was nimmt man in einer solchen Nacht folglich mit in den Wald?«

»Einen Regenschirm«, sagte der Arzt; Burden aber, dessen Steifheit einer Art Jagdfieber wich, antwortete: »Eine Taschenlampe!«

»Eine Taschenlampe?« fragte Quentin Nightingale. »Unsere stehen im Geräteraum.« Die Haut unter seinen Augen sah braun und wie Kreppapier aus, vielleicht infolge der zweiten schlaflos verbrachten Nacht. Seine Hände zitterten nervös, als er sich an die Stirn faßte, an seiner Krawatte herumfummelte und sie schließlich hinter dem Rücken versteckte. »Wenn Sie glauben...«, murmelte er. »Falls Sie hoffen... Ihre Leute haben gestern das Haus von oben bis unten durchsucht. Was kann da noch...?« Er schien nicht fähig, seine Sätze zu beenden, sondern ließ sie in verzweifeltem Ton ausklingen.

»Ich verfolge eine neue Spur«, sagte Wexford energisch. »Wo ist dieser Geräteraum?«

»Ich führe Sie hin.«

Als sie wieder in die Diele traten, klingelte es an der Vordertür. Quentin starrte auf die Tür, als erwarte ihn Nemesis persönlich auf der anderen Seite, doch er machte keine Anstalten, selbst zu öffnen, sondern nickte nur kraftlos Mrs. Cantrip zu, die aus der Küche angetrottet kam.

»Wer kann das nun wieder sein?« fragte sie wütend. »Sind Sie für Besucher zu Hause, Sir?« Seine Apathie rief nicht Ungeduld bei ihr hervor, sondern weckte ihr Mitleid. »Ich hätte gute Lust, denen mal ordentlich heimzuleuchten!«

»Sehen Sie lieber mal nach, wer da ist«, sagte Quentin.

Es waren Georgina Villiers und Lionel Marriott. Die große, knochige junge Frau, die sich mit unpassendem Modeschmuck geschmacklos herausgeputzt hatte, und der kleine scharfsinnige Mann gaben ein seltsames Paar ab. Auf Georginas Gesicht spiegelten sich gemischte Gefühle wider, Hoffnung, Schüchternheit und unbändige Neugier. In der Hand hielt sie eine Leinentasche mit Tragbügeln aus Plastik, die eher zu einer Wanderin paßte als zu einer Frau, die einen morgendlichen Höflichkeitsbesuch abstattet, und als sie über die Schwelle trat, stieß sie einen zusammenhanglosen Schwall von Entschuldigungen und Erklärungen hervor.

»Ich mußte einfach kommen und sehen, wie du es aufnimmst, Quen. Das alles muß ja schrecklich für dich sein... Mein Mittagessen hab ich mir mitgebracht, damit Mrs. Cantrip wegen mir nicht extra kochen muß. Wie geht es dir? Du siehst gar nicht gut aus. Aber das liegt natürlich an den Strapazen und allem. Ach je, vielleicht hätte ich besser nicht kommen sollen.«

Quentins Miene war versteinert, um sich nichts von seiner Unruhe anmerken zu lassen, und machte deutlich, daß er einer Meinung mit ihr war, aus Höflichkeitsgründen dies aber nicht aussprechen konnte. »Nein, nein. Nett von dir, daß du dir die Mühe gemacht hast. Möchtet ihr nicht ins Damenzimmer kommen?« Er schluckte merklich und wandte sich an Wexford. »Vielleicht kann Sie Mrs. Cantrip zu dem Raum führen, in dem die Taschenlampen aufbewahrt werden?« Die Hand, die er ausstreckte und auf die Schulter seiner Schwägerin legen wollte, um sie in das richtige Zimmer zu bugsieren, zitterte nun so heftig, daß es schon peinlich wirkte. Unter Georginas gemurmelten Entschuldigungen steuerten sie langsam das Zimmer an, in dem Elizabeth Nightingale die Vormittage verbracht hatte.

»Einen Augenblick«, sagte Wexford und streckte den Arm aus, um Marriott davon abzuhalten, ihnen nachzugehen. Die Tür zum Damenzimmer schloß sich. »Was, zum Teufel, hast eigentlich du hier verloren?« fragte der Chief Inspector zornig. »Ich dachte, du müßtest in der Schule sein?«

»Ich hatte eine Freistunde, mein Bester, und wie hätte ich die besser nutzen können, als auf einen Sprung hierher zu flitzen und den armen Quen zu trösten?«

»Vielleicht kannst du mir mal erklären, wie jemand ohne Auto in vierzig Minuten von Kingsmarkham nach Myfleet und wieder zurück ›flitzt‹, wie du das ausdrückst?«

»Georgina hat mich im Auto mitgenommen«, antwortete Marriott, ohne sich dabei ein triumphierendes Grinsen verkneifen zu können. »Ich stand gerade am Schultor und war in Gedanken vertieft, die sich vornehmlich darauf richteten, wie um alles in der Welt ich das ohne Auto schaffen sollte, weil der Bus nach Myfleet mir doch praktisch vor der Nase weggefahren war, als plötzlich sie daherkam und auch zum Herrenhaus wollte. So ein glücklicher Zufall! Im Wagen haben wir nett miteinander geplaudert und uns überlegt, was wir Aufmunterndes zu Quen sagen wollen.«

»Dann geht jetzt lieber rein und sagt es.« Wexford schubste den kleinen Mann sanft auf die Tür zu. »Sagt es und geht wieder. Ich will dieses Haus noch einmal gründlich durchsuchen lassen und möchte nicht, daß meinen Leuten dabei scharenweise fröhliche Schnüffler in die Quere kommen. Aber vergiß nicht«, fügte er hinzu, »daß wir um sechzehn Uhr eine Verabredung haben.« Er seufzte und schüttelte den Kopf. »So, Mrs. Cantrip, jetzt gehen wir zum Geräteraum.«

»Bitte hier den Gang entlang, Sir, und geben Sie auf die Stufe acht. Sie werden bestimmt sagen, Lauschen gehöre sich nicht, aber es ließ sich nicht vermeiden, daß ich Ihr Gespräch mit Mr. Marriott gehört habe. Das mußte ihm mal gesagt werden, hab ich mir gedacht, wo er doch hier immer herumschnüffelt. Und was diese Mrs. Villiers angeht... Haben Sie auch gehört, daß sie ihr eigenes Mittagessen mitgebracht hat? Bestimmt bloß ein paar kümmerliche belegte Brote. Als ob sie von mir kein schönes Mittagessen bekommen würde. Sie hätte nur wie eine Dame darum bitten müssen.«

»Ist das der Raum, Mrs. Cantrip? Es ist so dunkel hier unten.«

»Das müssen Sie mir nicht sagen, Sir. Ich liege Mr. Nightingale schon dauernd in den Ohren, hier unten eine Lampe anbringen zu lassen. Vor fünf oder sechs Jahren ist hier ein schlimmes Unglück passiert, als dieser Twohey über die Stufe stolperte und dachte, er hätte sich das Bein gebrochen, aber es war dann bloß ein verstauchter Knöchel. Das kam aber nur, weil er sich ein bißchen zu ungeniert aus Mr. Nightingales Whiskyflasche bedient hatte, das ist so sicher wie das Amen in der Kirche.«

»Wer ist Twohey?« fragte Wexford und trat beiseite, um Mrs. Cantrip die Tür öffnen zu lassen. »Ein Freund der Familie?«

»O nein, Sir, bloß ein Hausangestellter. Er und seine Frau arbeiteten hier früher, falls man das arbeiten nennen kann. Sie haben mir das Leben nicht gerade leichter gemacht, das können Sie mir glauben. Es war wie eine Erlösung für mich, als Mr. Nightingale sie an die Luft setzte. Das ist der Geräteraum, Sir, und hier gibt's erfreulicherweise auch ein bißchen mehr Licht.«

Das Licht fiel durch eine Glastür, die in den Garten führte. Mit teilnahmsloser Miene ließ Wexford den Blick über den kleinen Raum ohne Teppich schweifen. Die Wände waren getüncht, an einer davon hingen zwei Schrotflinten, während Golfschläger und Spazierstöcke in einem langen Regal darunter lagen. Zwei Tennisschläger in Spannern, ein Netz mit Tennisbällen, ein Spankorb und eine Schere zum Blumenschneiden lagen ebenfalls auf dem Regal. Sein Blick fiel auf ein Brett über dem Regal, auf dem eine Reihe Taschenlampen standen: eine Leuchte mit einem roten Aufsatz an der Spitze, wie sie von Autofahrern zur Absicherung einer Pannenstelle benutzt wird, eine größere Sturmlaterne, eine Stablampe und eine Fahrradlampe.

»Komisch«, sagte Mrs. Cantrip. »Da müßte noch eine stehen, eine grobe silberfarbene.« Mit einemmal war sie ziemlich blaß. »Eine Taschenlampe mit großem Lampenkopf und so einem langen Gehäuse zum Halten. Ich schätze, sie ist ungefähr zwanzig Zentimeter lang.«

»Sie müßte also dort oben bei den anderen stehen?« Mrs. Cantrip nickte und biß sich auf die Unterlippe. »Wann haben Sie sie dort zuletzt gesehen?«

»Oh, das muß schon zwei oder drei Wochen her sein. In so einem Raum wird ja eigentlich nicht geputzt, wenn Sie verstehen, was ich meine, Sir. Abgestaubt oder gewischt wird hier nicht. Hin und wieder kehrt unser Sean mal durch.«

»So?« Wexford zog eine kleine Trittleiter unter dem Regal hervor, stieg hinauf und sah sich die Stellfläche des Bretts genau an. Auf dem nicht eingelassenen Holz lag eine ziemlich dicke Staubschicht. Vorn zwischen der Fahrradlampe und der Sturmlaterne war ein staubfreier Kreis von ungefähr zehn Zentimetern Durchmesser.

Er leckte sich über den Finger und legte ihn leicht auf den Mittelpunkt des sauberen Kreises. Mit Blick auf seine Fingerspitze sagte er: »Diese Taschenlampe ist gestern oder vorgestern hier weggenommen worden.« Er wischte den Finger an seinem Taschentuch ab, wobei er darauf achtete, daß keine Flecken im Stoff blieben. Sein vager Verdacht hatte sich als begründet erwiesen.

Das Haus war enorm groß, überlegte er sich, als er aus dem Gang trat und wieder in der Diele stand, ein großes Landhaus voller Schränke und Verstecke. Seine Leute hatten die Anweisung erhalten, nach einem Tatwerkzeug zu suchen, doch nach was genau sie suchen sollten, hatte man ihnen nicht gesagt. Angenommen, sie hatten die fehlende Taschenlampe in Nightingales Schlafzimmer gesehen, wo sie vielleicht ein Stück weit aus der Tasche eines Regenmantels hervorsah, wäre dann einer so intelligent und besonnen gewesen, es zu bemerken, zwei und zwei zusammenzuzählen und seine Vorgesetzten darauf aufmerksam zu machen? Wexford zweifelte daran. Sie würden sich das Haus noch einmal vornehmen müssen, diesmal mit einem konkreten fehlenden Gegenstand im Auge.

Er klopfte an die Tür des Damenzimmers und öffnete

sie dann. Das Zimmer war leer. Nur eine Zigarettenkippe, die in einem blauen Keramikaschenbecher noch glimmte, wies daraufhin, daß Marriott hier gewesen und Wexfords Anweisung gemäß gegangen war.

Wexford gab sich freie Hand bei der Erkundung des Hauses, schaute in den Salon und das Eßzimmer und fand beide verlassen. Er stieg die Treppe hinauf bis zum ersten Absatz, zertrat ein paar abgefallene Rosenblätter unter seinen Füßen und spähte zwischen den karmesinroten Samtvorhängen nach draußen. Auf dem Rasen stand Georgina Villiers, kaute belegte Brote und sprach mit Will Palmer. Von Quentin Nightingale keine Spur. Wexford ging wieder nach unten, trat in das leere Arbeitszimmer und rief Burden an, den er bat, mit Loring, Bryant, Gates und allen, die er auftreiben konnte, zum Herrenhaus zu kommen. Er legte den Hörer auf die Gabel und horchte in die Stille.

Anfangs wirkte die Stille vollkommen. Dann drang von weit über ihm schwach und leise schrille Radiomusik an sein Ohr, vielleicht aus Nellekes Zimmer, und aus der Küche, wo Mrs. Cantrip das Mittagessen zubereitete, das gedämpfte Klirren von Tellern. Schließlich hörte er Schritte; woher sie kamen, konnte er nicht feststellen, aber sie kündigten Quentin Nightingales Erscheinen an.

»Im Geräteraum fehlt eine Taschenlampe«, sagte Wexford in gelassenem, ruhigem Ton. »Eine große Taschenlampe, sieht ungefähr so aus.« Mit beiden Händen zeichnete er in der Luft die Umrisse nach. »Haben Sie die in letzter Zeit irgendwo gesehen?«

»Am Sonntag war sie noch da. Ich ging in den Geräteraum, um meine Golfschläger zu holen, und dabei ist sie mir aufgefallen.«

»Jetzt ist sie jedenfalls nicht mehr da. Mit dieser Taschenlampe wurde Ihre Frau getötet, Mr. Nightingale.«

Quentin lehnte sich an ein Bücherregal und stützte den Kopf in die Hände. »Ich glaube wirklich nicht«, flüstere er, »daß ich noch mehr ertragen kann. Gestern war der schrecklichste Tag meines Lebens.«

»Das kann ich verstehen. Leider kann ich Ihnen nicht versprechen, daß der heutige oder morgige Tag besser wird.«

Aber Quentin schien ihn nicht gehört zu haben. »Ich glaube, ich werde wahnsinnig«, sagte er. »Ich muß wahnsinnig gewesen sein, das getan zu haben. Ich würde alles darum geben, wenn es noch einmal Dienstag abend wäre und ich neu anfangen dürfte.«

»Soll das heißen, Sie wollen ein Geständnis ablegen?« fragte Wexford streng und stand auf.

»Nicht so ein Geständnis«, rief Quentin mit erstickter Stimme. »Es handelt sich um etwas Privates, etwas...« Er ballte die Hände zu Fäusten und warf den Kopf in den Nacken. »Zeigen Sie mir«, sagte er heiser, »zeigen Sie mir, wo Ihrer Meinung nach die Taschenlampe stehen müßte. Vielleicht kann ich... Zeigen Sie es mir einfach.«

»Na schön. Ich zeige es Ihnen, aber dann werden wir uns noch einmal ein bißchen unterhalten. Lassen Sie mich zuerst jedoch eines klarstellen. Niemand, der in einen Mordfall verwickelt ist, hat noch irgendein Privatleben. Bitte vergessen Sie das nicht.«

Quentin Nightingale gab keine Antwort, sondern zog die Schultern hoch und fuhr sich mit zitternder Hand an die Stirn. Wexford grübelte darüber nach, woher jene heftige Angst wohl rührte, die aus seinem Gegenüber ein Nervenbündel machte. Hatte er seine Frau getötet? Oder war diese Qual die Folge irgendeiner anderen Handlung, einer notwendigerweise läßlicheren Sünde, die dennoch nicht minder quälende Schuldgefühle hervorrief?

Mit Wexford an der Spitze gingen sie den düsteren

Gang entlang. Vor ihnen wies ein senkrechter Lichtschlitz daraufhin, daß die Tür des Geräteraums einen Spalt weit offenstand.

»Ich habe die Tür geschlossen«, erklärte Wexford bestimmt und stieß sie auf. Auf dem hohen Brett, wo vor einer halben Stunde nur ein sauberer kreisrunder Fleck in dem Staub gewesen war, stand eine große, hochkant gestellte, verchromte Stablampe.

8

Die Taschenlampe war abgerieben und wahrscheinlich in Wasser gespült worden. Wexford hielt sie behutsam in seinem Taschentuch und schraubte die Fassung auf. Die Batterien fehlten, das Glas und die Birne waren aber heil. Ihm fiel auf, daß noch ein paar Wassertropfen auf der Innenseite der Röhre hingen, die den Griff bildete.

Bedächtig sagte er: »Nur Sie, Mr. Nightingale, haben gewußt, daß ich eine Taschenlampe suchte, als ich heute morgen in dieses Haus kam. Haben Sie darüber mit jemand vom Personal oder mit Mrs. Villiers oder Mr. Marriott gesprochen?«

Bleich schüttelte Quentin Nightingale den Kopf.

»Ich glaube«, sagte Wexford, »daß diese Taschenlampe bei dem Mord an Ihrer Frau benutzt wurde. Die Lampe war nicht hier, als ich den Geräteraum zum erstenmal in Augenschein nahm; nun ist sie hier. Irgend jemand hat sie während der letzten halben Stunde zurückgestellt. Schön, gehen wir wieder in Ihr Arbeitszimmer.«

Dem Witwer schien es die Sprache verschlagen zu haben. Er ließ sich schwer in einen Sessel plumpsen und schlug die Hände vors Gesicht.

»Haben Sie diese Taschenlampe zurückgestellt, Mr. Nightingale? Kommen Sie, ich will eine Antwort. Ich werde hier sitzenbleiben, bis ich eine bekomme.« Es klopfte an der Tür; Wexford öffnete sie und ließ Burden ein. Sie wechselten einen raschen Blick, Burden zog angesichts der schweigsamen, in sich zusammengesunkenen Gestalt die Augenbrauen hoch und steuerte dann, ohne etwas zu sagen, die Wandregale an, als faszinierten ihn die dort stehenden Bücher. »Reißen Sie sich zusammen, Mr. Nightingale«, sagte Wexford. »Ich warte auf eine Antwort.« Er hätte den Mann am liebsten am Kragen gepackt und geschüttelt, um ihn dadurch zu irgendeiner Reaktion zu bewegen. »Na schön«, sagte er schließlich. »Da ich kein Freund von Zeitverschwendung bin und Inspector Burden über ein wenig Unterhaltung nicht abgeneigt scheint, werde ich Ihnen eine Geschichte erzählen. Möglicherweise stoßen Sie auf einige Parallelen zu Ihrem eigenen Verhalten während der letzten Tage. Wer weiß?

Es war einmal ein Gutsbesitzer«, begann er, »der mit seiner schönen Frau in einem Herrenhaus lebte. Sie waren glücklich verheiratet, auch wenn ihre Ehe im Lauf der Jahre vielleicht ein wenig langweilig geworden und eingerostet war.« Quentin zuckte ganz leicht zusammen und fuhr sich grob mit den Fingern durchs Haar. »Eines Tages«, fuhr Wexford im selben vergnüglichen Plauderton fort, »fand der Mann heraus, daß ihn seine Frau betrog und sich nachts im Wald mit einem anderen Mann traf. Eifersucht nagte an ihm, und daher folgte er ihr, wobei er eine Taschenlampe mitnahm, weil der Mond nicht mehr zu sehen und die Nacht sehr finster war. Er sah sie mit diesem Mann zusammen, sie küßten sich, und er hörte, wie sie Pläne schmiedeten und sich Versprechungen machten. Vielleicht beleidigten sie ihn sogar. Als der

Mann ging und sie allein war, stellte er die Frau zur Rede, sie widersetzte sich aber, und er schlug mit der Taschenlampe nach ihr, schlug in seiner rasenden Eifersucht immer wieder auf sie ein, bis er sie zu Tode geprügelt hatte. Sagten Sie etwas, Mr. Nightingale?«

Quentins Lippen bebten. Er feuchtete sie an, beugte sich mühsam in dem Sessel nach vorn und sagte mit erstickter Stimme: »Wie… wie es auch immer geschehen ist, so… so jedenfalls nicht.«

»Nein? Hat der Mann seinen blutbefleckten Pullover nicht auf dem noch schwelenden Unkrautfeuer verbrannt? Ist er in seiner Qual nicht stundenlang im Park hin und her gelaufen, bis er sich schließlich in seinem Badezimmer einschloß, wo er jede Spur vom Blut seiner Frau an sich entfernte? Merkwürdig. Wir wissen, daß er ein Bad nahm, und dies zu einer Zeit, die manche unchristlich nennen würden…«

»Aufhören!« rief Quentin und hielt sich krampfhaft an den Armlehnen des Sessels fest. »Kein Wort ist davon wahr. Alles ein ungeheuerlicher Schwindel.« Erst schluckte er, dann räusperte er ich. »Ich habe nicht gebadet.«

»Sie haben es mir selbst gesagt«, erwiderte Wexford.

»Zweimal«, sagte Burden, und das Wort wirkte wie eine kalte Dusche.

»Ich weiß. Es war gelogen.« Er wurde feuerrot und schloß die Augen. »Würden Sie mir bitte etwas zu trinken geben? Whisky. Er steht da unten.«

Burden blickte zu Wexford, und Wexford nickte. Der Whisky stand in einem kleinen Schränkchen unter dem Fenster. Burden schenkte ungefähr zwei Zentimeter ein, drückte ihm das Glas in die zitternde Hand. Als Quentin trank, schlug ihm das Glas klappernd gegen die Zähne.

»Ich werde Ihnen sagen, wo ich war«, erklärte er. Wexford bemerkte, daß er sich endlich bemühte, seine Stimme unter Kontrolle zu bringen. »Aber nur Ihnen. Es wäre mir recht, wenn der Inspector uns allein ließe.«

Und wenn er nun den Mord gestehen wollte...? Wexford gefiel die Sache gar nicht. Doch er mußte es herausbekommen. Er traf eine rasche Entscheidung. »Würden Sie bitte draußen warten, Inspector Burden?«

Gehorsam ging Burden ohne einen Blick zurück aus dem Zimmer. Quentin stieß einen tiefen Seufzer aus. »Ich weiß nicht, wo ich anfangen soll«, sagte er. »Ich könnte es Ihnen ganz unverblümt erzählen, aber ich muß mich rechtfertigen. Mein Gott, wenn ich geahnt hätte, welche Gewissensbisse, welche Scham... es tut mir leid. Ich versuche, mich zu beherrschen. Also, ich... irgendwo muß ich anfangen.« Er trank das Glas aus, dachte Wexford, weil er den schlimmen Moment so lange wie möglich hinauszögern wollte. Schließlich sagte Nightingale: »Ich möchte Ihnen klarmachen, daß es schon richtig war, was Sie über mich und meine Frau gesagt haben, daß wir glücklich waren, meine ich, unsere Ehe im Lauf der Jahre aber langweilig wurde. Das traf zu. Ich fand mich damit ab. Ich hielt es für unvermeidlich, wenn man so lange verheiratet ist und so wie wir keine Kinder hat. Wir haben uns nie gestritten. Ich halte es für das beste, wenn ich Ihnen nun sage, daß ich nicht zornig gewesen wäre, wenn meine Frau sich in einen anderen Mann verliebt hätte. Ich hätte ihr nicht mal Vorwürfe gemacht. Vermutlich wäre ich eifersüchtig gewesen, aber ich hätte meiner Eifersucht nicht durch Gewalt – Gott behüte! – oder sonst irgendwie Ausdruck verliehen. Das möchte ich hier klipp und klar feststellen.«

Wexford nickte unverbindlich. Die Worte des Mannes waren einfach und aufrichtig und klangen seiner Ansicht nach unverkennbar wahr.

»Sie haben gesagt«, fuhr Quentin fort, »niemand, der in einen Mordfall verwickelt sei, habe ein Recht auf ein Privatleben. Ich werde Ihnen mein Privatleben offenlegen müssen, damit Sie verstehen, weshalb ich so gehandelt habe.« Unvermittelt stand er auf, lief rasch zu den Bücherregalen und legte die Handflächen auf die mit Goldprägung versehenen Einbände aus Saffianleder. Er starrte auf die Titel der Bücher, ohne sie vielleicht wirklich wahrzunehmen, und sagte: »Alle zwei Wochen ging ich zu ihr aufs Zimmer, immer Samstag abends. Sie schlug dann die Bettdecke zurück und sagte jedesmal das gleiche: ›Das ist aber nett, Liebling‹, und hinterher, wenn ich sie verließ, um wieder in mein Zimmer zu gehen, sagte sie: ›Es war wunderschön, Liebling.‹ Nie hat sie mich mit Namen angesprochen. Manchmal dachte ich, sie hätte ihn vergessen.«

Er hielt inne. Auch Wexford schwieg und hörte mit ernster Miene zu.

»Es war so langweilig«, sagte Quentin zu den Büchern. »Ich war einsam. Manchmal kam ich mir vor, als wäre ich mit so etwas wie einer schönen lebendigen Statue verheiratet, einer Puppe, die lächelte, hübsche Kleider trug und sogar über einen eng begrenzten Wortschatz verfügte.«

»Und dennoch waren Sie glücklich?« warf Wexford behutsam ein.

»Habe ich das behauptet? Vielleicht habe ich mich daran gewöhnt, mir das einzureden, weil alle es sagten.«

Er löste sich von dem Bücherregal und begann, im Zimmer auf und ab zu gehen. Einen Augenblick lang schien es, als habe er das Thema gewechselt, denn er sagte: »Früher hatten wir mehr Personal, eine richtige Dienerschaft, aber Elizabeth hat allen gekündigt. Daraufhin hatten wir eine Reihe Au-pair-Mädchen, zwei Französinnen und eine Deutsche. Ich glaube, Elizabeth legte bei der Auswahl Wert darauf, daß die Mädchen unscheinbar waren.« Er drehte sich um zu Wexford und sah ihm direkt in die Augen. »Vielleicht hielt sie Nelleke für unscheinbar. Sie hat das Mädchen einmal als ›derbe Dicke‹ bezeichnet. Ich – ich fühlte mich wohl von Anfang an zu Nelleke hingezogen, aber ich habe nie irgend etwas in der Richtung unternommen. Sie war ein junges Mädchen, und ich – nun ja, ich vertrat sozusagen Elternstelle bei ihr. Ich redete mir ein, ich sähe in ihr so etwas wie eine Tochter. Wie wir uns doch selbst in die Tasche lügen!« Er wandte das Gesicht ab. »Ich kann einfach nicht die richtigen Worte finden, um Ihnen davon zu erzählen. Ich...«

»Sie haben mit ihr geschlafen?« fragte Wexford.

Quentin nickte.

»Vorgestern nacht?«

»Es war nicht das erste Mal, Chief Inspector. Während unserer sechzehn Ehejahre habe ich meine Frau nie betrogen. Möglichkeiten dazu boten sich mir genug. Welchem Mann nicht? Ich habe meine Frau geliebt. In all den Jahren hoffte ich auf ein Zeichen von Wärme, nur ein spontanes Zeichen, daß sie mich als Mensch anerkannte. Ich gab die Hoffnung nie auf, bis Nelleke kam. Damals sah ich zum erstenmal eine Frau, zu der ich mich hingezogen fühlte, eine Frau, die unter meinem Dach lebte und sich auch benahm wie eine Frau. Vielleicht nicht so, wie sich eine Frau benehmen sollte. Sie hatte überall Freunde und pflegte mir von ihnen zu erzählen. Manchmal ging Elizabeth abends aus, machte einen Spaziergang im Park oder legte sich früh schlafen, und wenn Nelleke dann von einer Verabredung nach Hause kam, erzählte sie mir davon, lachte sich halb tot dabei und redete, als gäbe es nichts Schöneres auf der Welt, als Lust zu spenden und zu empfangen.

Eines Abends, nach einem dieser Gespräche, lag ich im Bett und wartete darauf, daß Elizabeth nach Hause kam. Ich habe gesagt, ich hätte die Hoffnung aufgegeben, aber das ist nicht wahr. Ich habe immer gehofft. Ich kann mich nicht erinnern, mich jemals so sterbenseinsam gefühlt zu haben wie an jenem Abend. Ich würde alles darum geben, ging mir durch den Kopf, dieses Haus, das Vermögen, das ich angehäuft habe, wenn sie nur in mein Zimmer kommen, sich aufs Bett setzen und mit mir reden würde.«

Wieder verbarg er das Gesicht. Als er die Hände sinken ließ, erwartete Wexford, Tränen auf seinen Wangen zu sehen, denn seinen letzten Satz hatte ein Schluchzen begleitet, doch er war ganz ruhig, anscheinend sogar erleichtert, sich schon fast alles von der Seele geredet zu haben.

»Schließlich hörte ich sie auf der Treppe«, sagte er. »Ich sehnte sie mir förmlich ins Zimmer. Meine ganze Willenskraft bot ich dazu auf. Weiß Gott, wie ich mich dazu gebracht habe, nicht laut nach ihr zu rufen. Dann ging ihre Schlafzimmertür zu, und ich hörte, wie sie sich ein Bad einließ. In diesem Augenblick vergaß ich, wer ich war, mein Alter, meine Stellung, den Respekt gegenüber meiner Frau. Ich schlüpfte in meinen Morgenmantel und ging nach oben. Ich hatte mir zurechtgelegt, was ich zu Nelleke sagen wollte: daß ich Gas gerochen und mir gedacht hätte, es käme aus ihrem Zimmer. Selbstverständlich hatte ich kein Gas gerochen. Das einzige, was aus ihrem Zimmer kam, war die leise Musik aus dem Radio.

Ich klopfte an. ›Herein!‹ rief sie. Sie hatte sich im Bett aufgesetzt und las in einer Illustrierten. Das mit dem Gas brauchte ich gar nicht zu sagen. Es klingt unglaublich, aber ich habe kein Wort gesprochen. Sie lächelte mich an und streckte die Arme aus...«

Plötzlich verstummte er. Wie in einem altmodischen Roman, dachte Wexford. Hätte man es aufgeschrieben, wären an dieser Stelle drei Sternchen gefolgt. Quentin Nightingales Sternchen äußerten sich in Form eines jähen und heftigen Errötens, wodurch das Weiß von Haar und Schnurrbart stärker betont wurde und ihn älter wirken ließ. Er suchte nach Worten, und da ihm der Chief Inspector nicht zu Hilfe kam, sagte er:

»Es – nun, es blieb nicht bei diesem einen Mal. Oft kam es nicht vor. Aber eben auch vorgestern nacht. Ich bin um Viertel nach elf zu Nelleke hinaufgegangen. Ich wußte nicht, ob Elizabeth schon zurück war. Ich habe nicht an Elizabeth gedacht. Nelleke und ich – jedenfalls blieb ich die ganze Nacht bei ihr. Erst Palmers Schritte im unteren Stock weckten mich. Ich spürte, daß etwas nicht in Ordnung war, deshalb stand ich auf, zog mich an und traf ihn auf der Terrasse.«

»Schade, daß Sie uns das nicht schon früher erzählt haben«, sagte Wexford und runzelte die Stirn.

»Versetzen Sie sich einmal in meine Lage. Hätten Sie etwas davon gesagt?«

Wexford zuckte mit den Schultern. »Darum geht es nicht.« Er wußte nicht, wie er seine Gefühle erklären sollte. Ein Alibi war zerstört und durch ein glaubhafteres ersetzt worden. Wenn so etwas geschah, verspürte er normalerweise Zorn wegen der vergeudeten Zeit und Erleichterung über den erreichten Fortschritt. Sein augenblickliches Unbehagen war nicht normal, und kurz fragte er sich nach den Gründen dafür. Dann war es ihm klar. Er hatte sich einen unentschuldbaren Fehler erlaubt: persönliche Betroffenheit. Was er für Quentin Nightingale empfand, war schlicht und einfach Neid.

»Andere Zeugenaussagen werden dies bestätigen müssen, Mr. Nightingale«, sagte er kühl und ungerührt.

Quentin erblaßte erneut. »Mir ist klar, daß Sie Nelleke befragen werden. Es wird sie nicht in Verlegenheit bringen. Sie ist merkwürdig, einzigartig. Sie ist... Ach, ich verschwende Ihre Zeit. Entschuldigen Sie.«

Wexford ging nach oben. Im ersten Stock angelangt, blieb er einen Moment vor der Tür zu Quentins Schlafzimmer stehen, dann wandte er sich der weiterführenden Treppe zu, und als er die ersten Stufen erklomm, hörte er von oben Musik. Der verbotene Traum, den sein Neid auf Nightingale ausgelöst hatte, bekam dadurch so etwas wie Substanz und rückte ihn in den Bereich des Möglichen. Eine sanfte, kehlige Stimme sang den Hit Nummer eins, sang von Liebe. Heftige Sehnsucht, ein starkes und wildes Verlangen, nur für eine Stunde noch einmal die verlorene Jugend zu erlangen, überkam Wexford. Und mit einemmal schien das Altwerden die einzige Tragödie im Leben, der Schmerz, im Vergleich zu dem alle anderen Schmerzen nichtig und klein erschienen. Er war reif, weise und abgeklärt, aber dennoch hätte er am liebsten laut aufgeschrien: »Das ist ungerecht!«

Er kam zu der Tür und pochte vernehmlich. Die Musik hätte verstummen müssen. Statt dessen verharrte die Stimme auf einem langgezogenen lauten Ton, und Nelleke kam an die Tür und öffnete ihm.

Ihr rosa Kleid war wie ein Nachthemd mit weißen Rüschen besetzt, und auch der tiefe Ausschnitt, in dem milchweiße Halbmonde und Schultern zu sehen waren, an denen sogar die Knochen weich wirkten, erinnerte an ein Nachthemd. Sie lächelte ihn an, und in ihren meerblauen Augen blitzte Humor auf. Quentin Nightingale hatte dies alles besessen, mühelos, ohne langes Herumgerede. Auch der Kellner im *Olive and Dove*. Wie viele wohl sonst noch?

Zum erstenmal in seiner Laufbahn verstand er, was

jene Männer antrieb, die er verhörte und vor Gericht brachte, die Männer, die ritterliches Benehmen, gesellschaftliche Tabus und sexuelle Beherrschung eine Weile vergessen, die Vergewaltiger, die Schänder. Doch hier bedurfte es vielleicht gar keiner Gewalt, nur eines Lächelns, einer ausgestreckten Hand. *Ca me donne tant de plaisir et vous si peu de peine.* Oh, wieviel Vergnügen! Er folgte ihr in das Zimmer, und aus dem Spiegel des Toilettentischs marschierten ihnen ihre Doppelgänger entgegen.

Ein junges Mädchen mit ihrem Vater. Nein, ihrem Großvater. Sie gehörte zu den Menschen, die andere ungeschlacht und grobschrötig wirken lassen. In einem kurzen Moment bitterer Erkenntnis sah sich Wexford als zerfledderte Vogelscheuche. Nicht mal mehr in den besten Jahren. Alt, ein Opa.

»Bitte nehmen Sie Platz, Miss Doorn«, sagte er und war selbst überrascht, wie ruhig und normal seine Stimme klang. »Und würden Sie bitte das Radio ausschalten?«

Immer noch lächelnd, erfüllte sie seine Bitte.

Er empfand nach wie vor das gleiche für sie. Die Sehnsucht – vielleicht nur eine Sehnsucht nach Verjüngung – war noch vorhanden, doch als er sich von dem Spiegel abwandte, hatte er jenes Gefühl erlebt, das geistig Gesunde von Wahnsinnigen unterscheidet. Zwischen Traum und Wirklichkeit liegt eine tiefe Kluft. Und das, was möglich, vernünftig und glückverheißend erscheint, wenn es in Gedanken heraufbeschworen wird, löst sich wie Rauch in einer frischen Brise auf, sobald einem der Gegenstand dieser Begierden in Fleisch und Blut gegenübersteht. Er hatte sie einen flüchtigen Augenblick lang als hübsches Ding gesehen, aber eben nur als Ding, ohne Unterscheidungsvermögen, ohne Rechte, ohne Verstand. Nun sah er ein junges Mädchen vor sich, das ihn für das hielt, was er war: einen alten Mann. Innerlich schien sein ganzer Körper bitter über sich zu lachen.

»Ich habe einige Fragen an Sie«, sagte er. Er wollte, das Gelächter würde aufhören, damit er Fassung bewahren und so gut wie möglich in die von ihm angestrebte Rolle hineinschlüpfen konnte, einer Mischung zwischen dem lieben Gott und einem Roboter, gemildert durch onkelhafte Herzlichkeit. »Über Ihre Beziehung zu Mr. Nightingale.« Schade, daß sie über Sex reden mußten. Aber wäre es anders gewesen, hätte der Traum vielleicht nie Gestalt annehmen können. »Wie stehen Sie zu ihm?«

»Stehen?«

»Sie wissen sehr gut, was ich meine«, brummte er.

Sie zuckte die Achseln und breitete die Hände aus »Ich für ihn arbeite und wohne hier in seine Haus.« Sie zog an einer Haarsträhne, begutachtete sie und steckte sie dann in den Mund. »Er ist sehr nett und freundlich. Ich haben ihn gern.«

»Er ist Ihr Geliebter, nicht wahr?«

Vorsichtig, ohne Verlegenheit und keineswegs verängstigt, fragte sie: »Er hat das gesagt?«

»Ja.«

»Ach, der arme Kventin. Er will, daß niemand nicht davon erfahren, muß alles ganz geheim bleiben. Und jetzt haben Sie es herausgefunde.«

»Leider muß ich Sie bitten, mir davon zu erzählen.«

Sie schob trotzig die Unterlippe vor und schüttelte den Kopf.

»Kommen Sie. Er hat es mir schon erzählt. Oder wollen Sie, daß er ins Gefängnis wandert?«

Sie sperrte erschreckt den Mund auf. »Ist das wahr? In England kann man wandern ins Gefängnis, weil man jemand liebt?«

»Natürlich nicht!« rief Wexford halblaut. »Jetzt hören Sie mal zu. Mr. Nightingale wird nicht ins Gefängnis wandern, wenn Sie mir die Wahrheit sagen. Erzählen Sie mir einfach alles, was zwischen Ihnen vorgefallen ist... Nein, nein, nicht *alles*.« Ein ungläubiges Lächeln war in ihre Augen getreten. »Wie eben alles anfing und so weiter.«

»Na schön.« Sie kicherte quietschvergnügt. »Das ist immer schön, finde ich, über die Liebe sprechen. Ich sprechen darüber lieber als über alles andere.« Wexford spürte, wie die ungnädige Miene, die er bewußt hatte aufsetzen wollen, sich von ganz allein einstellte. »Es ist vier, fünf Wochen her. Ich liegen in Bett, es klopft, und es ist Kventin. Vielleicht will er sagen, das Radio ist zu laut, oder ich habe Wagen falsch abgestellt, aber er sagt nichts, weil ich sofort merken, daß er kommt, um zu lieben. Ich lese es in seine Gesicht. Immer kann ich es an den Gesichtern ablesen.«

Allmächtiger! dachte Wexford, und das Herz drehte sich ihm im Leib herum.

»Ich denke mir: wieso nicht? Ich denke, wie nett er ist, hat gute Manieren und schlanken straffen Körper, und ich vergessen, daß er ist älter als mein Vater in Holland. Außerdem weiß ich, er ist einsame Mann, verheiratet mit kalter Frau. Deshalb lieben wir uns sehr bald, und alles ist anders, denn wenn er ist in meine Bett, er ist nicht mehr alt.«

Sie sprach diesen letzten Satz triumphierend aus und zeigte auf ihr Bett. Ihr Lieblingsthema hatte ihr Gelächter gebremst, sie erzählte nun ernst und ganz konzentriert. »Viel besser als mein Freund, der Kellner«, sagte sie. »Weil Kventin viel Erfahrung hat und genau weiß, wie...«

»Ja, ja, das kann ich mir vorstellen«, unterbrach Wexford sie. Er holte tief Luft. »Miss Doorn, bitte verschonen Sie mich mit einem Vortrag über sexuelle Techniken. Halten wir uns an die Tatsachen. Dies wiederholte sich also?«

»Was?«

Zähneknirschend sagte Wexford. »Mr. Nightingale hat Sie – äh noch mehrmals geliebt?«

»*Natürlich.* Er mögen mich genauso sehr wie ich ihn. Die nächste Woche und die Woche darauf und dann vorgestern nacht.«

»Fahren Sie fort.«

»Aber ich habe es Ihnen doch schon gesagt. Ich gehe aus mit meine Freund, und der unfreundliche Mann will uns nicht lassen in das Hotel. Mein Freund will, daß wir ins Auto gehen, aber das möchte ich nicht. Das ist nicht schön. Kventin würde so was nicht tun. Ich komme nach Hause und denke, vielleicht kommt Kventin hoch, und wir lieben. Und ich wünsche und wünsche, bis es klopft an Tür, und dann bin ich glücklich. Wir sind beide sehr, sehr glücklich.«

»Wie lange ist er bei Ihnen geblieben?«

»Die ganze Nacht«, sagte Nelleke leichthin. »Ich erzählen ihm, daß gerade, wie ich nach Hause kommen, ich sehe Mrs. Nightingale in den Wald gehen, und er sagt sehr, sehr traurig: Sie will mich nicht, sie hat mich nie gewollt. Aber ich sagen, *ich* will dich, Kventin, und deshalb bleibt er ganze Nacht. Aber er geht sehr früh am Morgen weg, weil er den alten Gartenmenschen herumlaufen hört. Deshalb liege ich ganz allein in Bett und denke, vielleicht werde ich mich mit meine Freund, dem Kellner, nicht mehr treffen, sondern bloß noch mit Kventin gehen, und dann stehe auch ich auf, um nachzusehen, warum der alte Gartenmensch im Haus ist. So, jetzt habe ich alles erzählt!«

Wexford schwieg einen Moment. Dann sagte er: »Um wieviel Uhr haben Sie Mrs. Nightingale die Straße überqueren sehen?«

»Zwei Minuten nach elf«, erwiderte Nelleke sofort.

»Und um wieviel Uhr hat Ihnen Mr. Nightingale diesen nächtlichen Besuch abgestattet?« Sie sah ihn an, der Blick ihrer blauen Augen naiv und fragend. »Ich meine, wann ist er in Ihr Zimmer gekommen«

»Fünfzehn Minuten nach elf. Ich kommen heim, ich gehe gleich ins Bett.«

»Wie können Sie über die Zeit so sicher sein?«

»Ich habe eine neue Uhr und schaue ständig darauf.« Sie hielt ihm das linke Handgelenk unter die Nase. Das Zifferblatt der Armbanduhr maß fünf Zentimeter im Durchmesser und war an einem breiten, rosa und purpurnen Glanzlederband befestigt. »Das gibt mir mein Freund zum Geburtstag, und die ganze Zeit sehe ich drauf.« Sie sah unter langen mattgoldenen Wimpern zu ihm auf. »Sie sind böse mit mir?«

»Nein, nein, ich bin nicht böse, Miss Doorn.«

»Ich möchte, daß Sie bitte Nelleke zu mir sagen.«

»Gern, Nelleke«, sagte Wexford alles andere als verärgert.

Mit einemmal korrekt und sehr unenglisch, streckte sie ihm die Hand entgegen. Ihre Finger fühlten sich sanft und warm an. »Weil Sie nämlich meine alte Onkel in Friesland ähneln«, sagte sie, »der ist manchmal nett und manchmal brummig – wie Sie.« Sie drohte ihm mit dem Zeigefinger.

Mein Gott, dachte er, während er noch diesen letzten Seitenhieb verdaute, wie niedlich diese Geste heute wirkt, und wie gräßlich sie sein wird, wenn sie vierzig ist. Ob sie dann wohl immer noch an ihrem Haar kauen würde? In solchen Erwägungen liegt ein gewisser Trost.

»So«, sagte sie und neigte den Kopf zur Seite, »Ich glaube, ich jetzt gehe nach unten und staube Kventins Arbeitszimmer ab.«

9

Verächtlich und ungläubig hörte sich Burden den aufs Wesentliche beschränkten und bis zu einem gewissen Grad gereinigten Bericht über die beiden Gespräche des Chief Inspectors an. Er rief Ekel und kalten Zorn in ihm hervor. Jeder, der Wexford weniger gut kannte als er, hätte glauben können, der Chief Inspector sei von dem für Burden schleierhaften Charme dieser unmoralischen jungen Holländerin völlig hingerissen.

»Ich verstehe nicht«, sagte er vom Fenster in Wexfords Büro aus, wo er einen Knoten in der Schnur der Jalousie aufdröselte, »weshalb Sie annehmen, die beiden seien durch diese Geschichte aus dem Schneider.« Er entwirrte die Schnur und wickelte sie in Form einer Acht um die Haken. Burden hielt sehr auf Ordnung und Sauberkeit, selbst in anderer Leute Arbeitsbereich. »Im Gegegenteil, sie könnten doch beide unter einer Decke stecken. Sie haben nur das Wort dieses Mädchens, daß er – äh, sich um Viertel nach elf zu ihr gesellt hat. Es könnte auch später gewesen sein. Sie deckt ihn natürlich.«

»Ach? Und weshalb sollte sie das? Was hätte sie davon, sich zur Komplizin bei dem Mord an der Frau ihres Arbeitgebers zu machen?«

Burden stierte ihn an. Also manchmal war der Alte fast schon begriffsstutzig.

»Was sie davon hätte? Natürlich Nightingale heiraten zu können.«

»Sagen Sie nicht dauernd ›natürlich‹. Daran ist gar nichts natürlich. Und nehmen Sie die Finger von der Jalousie. Manchmal glaube ich, Sie leiden unter Zwangsneurosen, dauernd müssen Sie überall Ordnung machen. Hören Sie mir mal zu, Mike. Sie müssen Ihre Ansichten mal ein wenig überholen. Sie sind zwar erst sechsunddreißig, aber so verknöchert und altmodisch, daß es schon fast nicht mehr wahr ist. Als erstes möchte ich mal klarstellen, daß ich Nightingale glaube. Ich nehme ihm seine Geschichte ab, weil ich einen Instinkt habe, der mir sagt, ob ich die Wahrheit höre oder nicht. Ich glaube nicht, daß er zu Gewalttätigkeiten fähig ist. Falls er der Meinung wäre, daß seine Frau einen Geliebten hat – und falls ihm das überhaupt etwas ausmachen würde, was wichtiger ist –, würde er sich einfach scheiden lassen. Zweitens ist Nelleke Doorn keine neue Lady Macbeth. Sie ist eine moderne junge Frau, die das Leben in vollen Zügen genießt, und zu den Dingen, die ihr Spaß machen, gehört eben auch eine Menge angstfreier Sex.«

Bei diesen Worten errötete Burden leicht und blinzelte verblüfft. Er bemühte sich um einen abgeklärten Gesichtsausdruck, was ihm mißlang.

»Welchen Grund haben wir zu der Annahme, daß sie Nightingale heiraten will? Für sie ist er doch ein alter Mann«, fuhr Wexford weltmännisch fort. »Das hat sie praktisch selbst gesagt. Trotz ihres unmoralischen Lebenswandels, wie Sie das ausdrücken würden, ist sie ein nettes, normales Mädchen, das schaudernd vor dem Gedanken zurückschrecken würde, mit einem Mann ins Bett zu gehen, der gerade seine Frau ermordet hat. Mike, bei diesen Mordfällen in Privathaushalten müssen wir unsere Denkgewohnheiten radikal ändern. Die Zeiten haben sich gewandelt. Heutzutage halten junge Mädchen die Ehe nicht mehr für das A und O des Lebens.

Mädchen wie Nelleke helfen einem Mann nicht bei der Ermordung seiner Frau, damit er sie ehrbar machen kann. Sie halten sich nicht für entehrt, nur weil sie keine Jungfrauen mehr sind. Und falls Sie vermuten, Nelleke sei auf sein Geld scharf, so glaube ich kaum, daß sie sich über Geld schon viele Gedanken macht. Das kommt vielleicht noch. Im Moment ist sie darauf aus, sich ohne Reue zu amüsieren.«

»Manchmal frage ich mich«, sagte Burden wie ein alter Mann, »wo das noch hinführen soll mit dieser Welt.«

»Darüber mögen sich andere Leute den Kopf zerbrechen. Hier haben wir genug eigene Probleme. Wir haben eine Hypothese aufgestellt, die nun widerlegt wurde. Was nun? Mir scheint, wir können in zwei Richtungen weiterermitteln. Wer war Mrs. Nightingales Geliebter? Wer hatte Zugang zu der Taschenlampe?«

»Haben Sie schon den Laborbericht darüber?«

Wexford nickte. »Es fanden sich Blutspuren am unteren Gewinde, an der Lampenfassung und unter dem Schalter. Die Blutgruppe – eine seltene Blutgruppe übrigens, AB negativ – stimmt mit der von Mrs. Nightingale überein. Es besteht kein Zweifel, daß die Taschenlampe die Tatwaffe war.«

»Wer hatte also Zugang zu der? Wer hat sie heute morgen zurückstellen können?«

Wexford zählte die Betreffenden an den Fingern ab. »Nightingale, Nelleke, Mrs. Cantrip, Will Palmer, Sean Lovell, Georgina Villiers – oh, und Lionel Marriott. Ziemlich lange Liste. Auf die können wir auch Villiers setzen, da Georgina sie an seiner Stelle zurückgebracht haben könnte. Und wie steht es nun mit Sean? Er hat seine Bewunderung für Mrs. Nightingale eingestanden. Er ist jung und hitzköpfig, folglich auch eifersüchtig. Vielleicht hat sie sich nicht mit ihm getroffen, aber möglicherweise hat er sie mit dieser Person beobachtet. Sein Alibi ist miserabel. Er hatte Zugang zu der Taschenlampe; sein Garten grenzt direkt an den Wald.«

»Dem Alter nach hätte sie seine Mutter sein können«, gab Burden zu bedenken.

Wexford lachte, ein kehliges Wiehern. »Lieber Himmel, Mike, Sie haben aber auch gar keine Ahnung vom Leben. Wenn er ein Verhältnis mit ihr gehabt hat, dann gerade *weil* er zwanzig und sie vierzig war. Das ist wie...« Er hielt kurz inne und führte den Satz dann mit scheinbarer Gleichgültigkeit zu Ende. »...wie bei Männern mittleren Alters und jungen Mädchen. Das kommt immer wieder vor. Waren Sie nie in eine Freundin Ihrer Mutter verschossen?«

»Aber nein!« rief Burden empört. »Die Freundinnen meiner Mutter waren wie Tanten für mich. Ich redete sie auch mit Tante an. Sogar heute noch, was das betrifft. Was ist daran so komisch?«

»Sie«, sagte Wexford, »und wenn ich nicht lachen müßte, würde ich glatt den Verstand verlieren.«

Burden war an derlei Sprüche gewöhnt, fühlte sich aber dennoch tief beleidigt. Er hielt es für unanständig, ein betrübliches Zeichen der Zeit, daß man sich über jemanden lustig machte, weil er noch strenge Grundsätze und eine schickliche Lebensauffassung vertrat. Er hüstelte leise und trocken, dann sagte er:

»Ich werde mir noch mal Ihren Lieblingsverdächtigen vorknöpfen, den jungen Lovell.«

»Tun Sie das.« Wexford warf einen Blick auf seine Armbanduhr. »Um vier habe ich eine Verabredung.« Er grinste. »Eine Verabredung mit jemandem, der noch ein bißchen mehr Licht in die Vergangenheit gewisser Leute bringen wird.«

Wexford parkte hundert Meter vor den Schultoren in gehörigem Abstand zu den Autos der Eltern, die ihre Sprößlinge abholen wollten. Kricketspieler in mit Grasflecken verschmutztem Weiß trabten in Zweierreihen vom Spielfeld, als die Uhr im Schulturm vier schlug. Wenn die Schüler des King's vielleicht auch sonst nicht pünktlich waren, beim Verlassen der Schule konnte man die Uhr nach ihnen stellen. Der letzte Glockenschlag war noch nicht verklungen, als sich ein Strom von lachenden und sich herumschubsenden Schülern durch die Tore wälzte; an die Regeln der Verkehrserziehung, die ihnen, wie Wexford gedacht hatte, durch die Beamten vom Verkehrsdezernat gründlich eingebleut wurden, schien keiner der Jungen einen Gedanken zu verschwenden. Nur die hochnäsigen Schüler der Abschlußklassen gingen gelassenen Schrittes und zündeten sich Zigaretten an, sobald sie in den Schatten der ausladenden Bäume gelangten.

Denys Villiers fuhr in seinem dunkelblauen Anglia aus dem Schulhof. Er betätigte mehrmals die Hupe, um Jungen von der Straße zu vertreiben, streckte den Kopf aus dem Fenster und rief etwas, das Wexford nicht hören konnte. Sein Ton verriet alles. Hätte der Mann eine Peitsche gehabt, hätte er sicherlich Gebrauch von ihr gemachte, dachte Wexford. Er wandte den Kopf und sah Marriott durch das Haupttor schlendern. Als der kleine Mann an Wexfords Auto vorbeigegangen war, kurbelte der Chief Inspector das Fenster herunter und zischelte:

»›Ein Teufelsgeist verfolgt Euch, dicht auf den Fersen stets!‹«

Marriott zuckte zusammen, gab sich einen Ruck und lächelte.

»Ein äußerst überschätztes Gedicht – zumindest meiner Meinung nach«, sagte er.

»Allerdings. Aber ich bin nicht gekommen, um mit dir über Gedichte zu sprechen. Hast du mich sitzenlassen wollen?«

Marriott ging um die Motorhaube herum und stieg in den Wagen.

»Offen gestanden ja. Ich habe mir gedacht, du würdest mir eine Standpauke halten, weil ich heute vormittag ins Herrenhaus gegangen bin. Sei so lieb und fang also jetzt nicht damit an. Ich habe einen mehr als aufreibenden Nachmittag hinter mir, weil ich *Das verlorene Paradies* in der Untertertia einführen mußte, mehr halte ich jetzt einfach nicht aus.«

»›Der Geist‹«, zitierte Wexford, »›ist selbst sein eigner Ort und macht aus Himmel Hölle sich, aus Hölle Himmel.‹«

»Ja, alles schön und gut. Aber ich bin anders. Mein Geist macht sich eine Hölle aus der Hölle. Drück mal auf die Tube, Schätzelchen, damit wir möglichst schnell ein großes Glas in Händen halten. Ich nehme an, du willst unterwegs den nächsten Teil meiner ergötzlichen Erzählung hören.«

»Ich kann's kaum erwarten«, sagte Wexford, ließ das Auto an und fädelte sich in den Verkehr ein.

»Wo war ich stehengeblieben?«

»Bei Villiers' erster Frau.«

»June«, sagte Marriott. »Sie konnte mich nicht leiden. Meine Güte, nein, wirklich nicht. Sie meinte, ich könnte mich nützlicher machen, wenn ich in einem Jugendgefängnis unterrichtete. Weißt du, was sie zu Quentin gesagt hat, als sie zum erstenmal das Herrenhaus besuchte? ›Ich halte es für einen Skandal‹, hat sie gesagt, ›daß zwei Menschen ganz allein in diesem Riesenschuppen wohnen. Man sollte eine Nervenklinik daraus machen.‹ Den armen Quen hätte fast der Schlag getroffen. Sein geliebtes Haus! Aber das war typisch June. Sie hatte Soziologie studiert und als so eine Art Bewährungshelferin gearbeitet.

Sie und Denys hatten eine furchtbare Wohnung über der Tierhandlung in der Quen Street. Du weißt ja, wo ich meine. Ich war nur einmal dort, das reicht mir fürs Leben. Der Gestank von verwesendem Pferdefleisch, vielen Dank, und überall hockten Junes komische Freunde herum. Abends trafen die sich dort immer scharenweise, bierernst und fest entschlossen, die Welt in Ordnung zu bringen. Schluß mit dem Atomtod war damals das Neueste, du weißt schon, und June pflegte in ihrer Wohnung Versammlungen darüber abzuhalten, darüber und über die Hungerhilfe, bevor die Hungerhilfe überhaupt in Mode kam. June war so eine richtige Berufsdemonstrantin. Wenn es mal wieder Krawall auf dem Grosvenor Square gibt, sehe ich mir immer die Zeitungsfotos ganz genau an, denn irgendwann, da bin ich hundertprozentig sicher, werde ich auf ihr Gesicht stoßen.«

»Sie ist also nicht gestorben?« fragte Wexford, als sie auf die High Street einbogen.

»Lieber Himmel, nein. Denys hat sich von ihr scheiden lassen – oder sie sich von Denys. Wer von wem, weiß ich nicht mehr. Weshalb sie überhaupt geheiratet haben, ist mir ein Rätsel. Sie hatten weiß Gott nichts gemeinsam. Sie konnte Quen und Elizabeth nicht leiden und sah es gar nicht gern, daß Denys so oft ins Herrenhaus ging. Sich reaktionären Elementen anschloß, so nannte sie es.«

»Wenn er seine Schwester nicht mochte, warum ist er dann so oft hingegangen?«

»Ganz einfach deshalb, weil er und Quen von Anfang an hervorragend miteinander auskamen«, sagte Marriott, als Wexford die Straßenmitte ansteuerte, um rechts abzubiegen. »Quen war Feuer und Flamme, als er erfuhr, daß er einen vielversprechenden Schriftsteller zum Schwager hatte, und er betrachtete sich wohl als sein Mäzen.« Gemächlich rollte der Wagen die Gasse entlang, bis Wexford vor dem weißen, mit Blumen geschmückten Haus anhielt. »Jedenfalls muß sich Denys irgendwann einmal bei ihm beklagt haben, daß er in seiner häuslichen Umgebung unmöglich arbeiten könne, und Quen machte ihm den Vorschlag, im ›Old House‹ zu schreiben. Laß uns ins Haus gehen, Reg, ich komme um vor Durst.«

In den Zimmern, wo die Party stattgefunden hatte, roch es noch stark nach Zigarrenrauch. Jemand hatte aufgeräumt und den Abwasch erledigt. Vermutlich Hypatia, dachte Wexford, während Marriott sämtliche Fenster aufriß.

»Schön, Reg, die Cocktailstunde ist angebrochen, wie man so sagt. Es ist vielleicht noch ein bißchen früh, aber auf dem Land findet alles ein bißchen früher statt, nicht wahr? Was soll's denn sein? Whisky? Gin?«

»Eine Tasse Tee wäre mir lieber«, sagte Wexford.

»Ernsthaft? Wie merkwürdig. In Ordnung, ich setze den Kessel auf. Ich muß schon sagen, Hypatia hat hier sehr gewissenhaft aufgeräumt. Ich darf nicht vergessen, das zu erwähnen, wenn ich sie mal wieder sehe.«

Wexford ging hinter ihm in die Küche. »Sie wohnt also nicht hier?«

»O nein. Das wäre mir gar nicht recht.« Marriott rümpfte verächtlich die Nase. »Wenn sie einem erst mal auf der Pelle sitzen, ist man nicht mehr sein eigener Herr.« Er warf Wexford einen verschlagenen Seitenblick zu. »Vielfalt statt Einfalt ist meine Devise.«

Wexford lachte. »Du bist wohl ein richtiger Schürzenjäger, Lionel?«

»Man hat so seine Erfolge«, erwiderte Marriott bescheiden. Er gab drei Löffel Earl Grey in die Teekanne und schüttete behutsam das kochende Wasser darüber. »Soll ich mit der Geschichte fortfahren?«

»Bitte.«

»Wie ich schon sagte, war es June gar nicht recht, daß Denys im Herrenhaus arbeitete. Die meisten Abende verbrachte er nämlich ohnehin dort und schwatzte mit Quen, und in den Ferien ging er nun tagtäglich zum Arbeiten hin. Sie fand, er sollte mehr mit ihr unternehmen, also Transparente schwenken und Sprüche an Hausmauern pinseln. Deshalb hat sie ihm den Laufpaß gegeben.«

»Und ihn seiner ménage à trois überlassen?«

»Wenn man so sagen will. Ein Dreiecksverhältnis war zwar zweifellos vorhanden, aber es war kein gleichschenkliges Dreieck. Der armen Elizabeth fiel die Rolle des spitzen Winkels zu. Ich war stets aufs neue davon fasziniert, wenn ich dort zu Besuch war, wie Denys und Quen völlig ineinander aufgingen; Bücher, Bücher, Bücher, mein Lieber, Wordsworth-Zitate prasselten auf einen herab, daß es einem in den Ohren klang, und dann raunten die beiden sich noch zu, sie schöpften ihre Gedanken aus Tiefen, welche Tränen nicht betaun. Die ganze Zeit über saß die arme Elizabeth nur da, las die *Vogue* und konnte sich überhaupt nicht am Gespräch beteiligen.«

»Ich glaube, du hast bestimmt ein Thema gefunden, über das ihr plaudern konntet«, sagte Wexford und trank seinen Tee. »Mir ist noch nie jemand begegnet, der so gut über – wie soll ich es ausdrücken? – die alltäglichen Nichtigkeiten Bescheid wußte.«

»Reg, manchmal bist du hundsgemein. Eines möchte ich aber klarstellen: Elizabeth war keineswegs eine geistlose Frau. Auf ihre Art war sie nicht minder intelligent als Denys.«

»Da ist er zwar anderer Meinung, aber reden wir nicht mehr davon.«

»Warum sitzen wir eigentlich hier draußen? Ich habe Küchen noch nie leiden können, außerdem lechze ich nach meinem Gin. Prima, der Zigarrenqualm hat sich verzogen.«

Marriott holte sich ein Glas und schob zwei Stühle an die offene Terrassentür. In dem kleinen, von einer Mauer umgebenen Garten wimmelte es von Schmetterlingen, die den Nektar des Fliederspeers aufsaugten und sich mit ausgebreiteten Flügeln auf den Steinen sonnten. Wexford ließ sich an einer Stelle nieder, wo er die kostbare Septembersonne spüren konnte, die sich bald rar machen würde. Die Wärme rief eine gewisse Trägheit in ihm hervor, und er ermahnte sich streng, geistig auf dem Posten zu bleiben.

»Villiers verbrachte demnach ziemlich viel Zeit im Herrenhaus?« fragte er.

»Glaube mir, man konnte praktisch keinen Fuß in das Haus setzen, ohne über ihn zu stolpern. Und als wäre das noch nicht genug gewesen, damit er und Quen sich herzlich satt bekamen, ging er auch noch in Urlaub mit ihnen.«

»Das muß schlimm für Mrs. Nightingale gewesen sein, vor allem, weil die beiden sie von ihren Gesprächen ausschlossen. Für was hat sie sich eigentlich interessiert?«

Marriott biß sich auf die Unterlippe und schien nachzudenken. »Laß mich mal überlegen«, sagte er mit der Miene dessen, der die Tiefen seiner Erinnerung auslotet. »Nun, sie nahm aktiv am gesellschaftlichen Leben teil, organisierte Veranstaltungen, saß in Komitees und so was. Daneben wandte sie mehrere Stunden am Tag für ihre Schönheitspflege auf. Sie kümmerte sich um die Blumen, arbeitete ein bißchen im Garten...«

»Wirklich?« unterbrach ihn Wexford. »Vielleicht im Gewächshaus, zusammen mit Sean Lovell?«

»Auf was willst du damit nur hinaus, alter Junge?«

»Um es mit einem von Wordsworth' Zeitgenossen auszudrücken:

›Was Menschen Liebelei und Götter Sünde nennen
Gedeiht viel besser dort, wo schwüle Dämpfe
sengen.‹«

Marriott lächelte und machte große Augen. »Daher weht also der Wind?«

»Na, mit dem alten Sir George Larkin-Smith wird sie sich kaum heimlich im Wald getroffen haben. Auch der Pfarrer von Myfleet und Will Palmer dürften wohl ausscheiden. Es sei denn, du warst es, Lionel.«

»Ich war schon gespannt, wann du mich das fragen würdest.« Marriott rekelte sich wohlig im Sonnenschein und lachte. »Tut mir leid, aber ich war's nicht. Und falls es dir wirklich ernst damit ist, Reg, wird dir Hypatia gern erklären, wo ich war. Das heißt wohlgemerkt nicht, ich hätte etwas gegen die Gelegenheit einzuwenden gehabt...«

»Hast du es vielleicht sogar bei ihr probiert?«

»Vielleicht.«

Nun war Wexford mit Lachen an der Reihe. »Folglich landen wir wieder bei Sean Lovell, oder?«

»Sie mochte Sean«, sagte Marriott. »Ich habe sie einmal getroffen, als sie aus dem Plattenladen hier in der High Street kam. Sie hatte gerade eine Single mit der Nummer eins der Hitparade gekauft. ›Schließlich muß ich mit meinem kleinen Minnesänger Schritt halten‹, hat sie gesagt. ›Im Grunde ist er der einzige echte Nightingale in Myfleet – wir andern sind bloß komische Käuze.‹ Fand ich ziemlich witzig. Elizabeth war nicht auf den Kopf gefallen.«

»Eine ungewöhnliche Bemerkung«, sagte Wexford.

»Ah, ich weiß nicht. Du liest da zuviel hinein, mein Bester. Ihr Polizisten seid alle furchtbar lüstern. Sean stellte sich manchmal unter Elizabeths Fenster und brachte ihr ein Ständchen. Vermutlich fühlte sie sich dadurch geschmeichelt und kam sich jünger vor. Es war ein Fall von vergötternder Huldigung auf der einen und geschmeicheltem Gewährenlassen auf der anderen Seite.«

»Kommen wir noch mal auf Villiers zurück«, schlug Wexford vor. »Aber hättest du vielleicht erst noch eine Tasse Tee für einen armen, alten lüsternen Polizisten?«

Myfleet wirkte sogar im Winter hübsch. Wie das Dorf nun in seiner Senke unterhalb des Walds in mildes Sonnenlicht getaucht lag, schien es einen Dornröschenschlaf zu träumen. An diesem Nachmittag war es völlig entvölkert; nur die Blumen in den Vorgärten standen im Freien und genossen die Sonne.

Burden fuhr von Kingsmarkham bis zum Eingang des Dorfs und beschloß, den restlichen Weg zu Fuß zu gehen. Der Tag schien wie gemacht zum Spazierengehen, zum genüßlichen Einatmen des Geruchs reifender Früchte und zum Bewundern der großen, vielblütigen Dahlien, die für eine Blumenausstellung oder ein Erntedankfest gezüchtet wurden.

Doch er hatte sich geirrt, als er das Dorf für völlig ausgestorben hielt. Während er nun zum Herrenhaus ging, bemerkte er Mrs. Lovell, die sich im Gespräch mit einem dunkelhäutigen Mann mit einer Mütze, der zwei tote, blutige Hasen im Arm hielt, über das Gartentor ihres anrüchigen Hauses lehnte. Die verschlagenen Blicke, die er zum Herrenhaus sandte – obwohl vermutlich sehr naheliegend angesichts ihres Gesprächsstoffs, denn worüber konnten sie sich unterhalten, wenn nicht über das augenblickliche Thema Nummer eins in Myfleet? –, verliehen ihm das Aussehen eines Wilderers. Mrs. Lovells rückhaltloses schallendes Gelächter ermutigte ihn in seinen Ausführungen.

Burden traf Sean im Stammhaus an, wo er Äpfel aus einem Eimer in die alten Gestelle umsortierte. Sie stammten alle von der gleichen Sorte – Beauty of Bath – und hatten hellrote und goldgelbe gemaserte Schalen, die schimmerten wie alte Seide. Der Junge pfiff vor sich hin, hörte aber, als Burden eintrat, sofort damit auf.

»Sie kommen wohl oft hierher?« fragte Burden milde. »Haben Sie sich hier immer mit Mrs. Nightingale getroffen?«

»Ich?« Er warf Burden einen mürrischen Blick zu, ließ sich auf einem Stoß Weißbirkenholz nieder und drehte sich eine Zigarette. »Es wäre nützlich«, sagte er, »wenn ich wüßte, auf was Sie eigentlich hinauswollen. Nein, ich bin nicht oft hier. Tatsächlich hab ich seit April keinen Fuß mehr in das alte Gemäuer gesetzt.« Er deutete mit dem Daumen auf die Stiege. »Wegen *dem* da oben.« Mit finsterer Miene zündete er sich die Zigarette an. »Ich und der alte Palmer haben nämlich strikte Anweisung, ihn hier nicht zu stören.«

»In den Geräteraum kommen Sie aber, nicht? Sie fegen ihn aus. Haben Sie sich von dort mal eine Taschenlampe ausgeliehen? Vielleicht um sich auf dem Weg zu leuchten, wenn Sie zu Mrs. Nightingale in den Wald gingen?«

»Ich?« wiederholte er. »Aber sonst geht's Ihnen gut?« Die Zigarette war ausgegangen. Er zündete sie noch einmal an und blinzelte, als die Flamme das ausgefranste Papier erfaßte und aufflackerte. »Wollen Sie mir ein Verhältnis mit Mrs. Nightingale unterschieben? Sie sind echt bekloppt, Mann, und obendrein haben Sie eine drekkige Phantasie.«

»Jetzt reicht's aber«, sagte Burden tödlich beleidigt. Die Ungerechtigkeit des Vorwurfs verletzte ihn mehr als die Unverschämtheit. »Sie müssen doch zugeben«, sagte er ruhig, »daß Sie sehr vertraut mit ihr waren.«

»Wenn Sie es unbedingt wissen müssen, sie wollte mir beruflich ein wenig unter die Arme greifen.«

»Bei der *Gartenarbeit?*«

Der Junge wurde knallrot im Gesicht. Ohne es zu wissen, hatte Burden gleiches mit gleichem vergolten. »Die Gärtnerei ist nicht mein Beruf«, erklärte Sean verbittert. »Sie ist bloß eine Notlösung, um die Zeit zu überbrükken, bis ich mit meiner eigentlichen Arbeit vorankomme.«

»Und die wäre?«

»Musik«, sagte Sean. »Die Scene, oben in London.« Wieder deutete er mit dem Daumen, diesmal nach Norden. Auf seinem Gesicht hatte sich ein entrückter Ausdruck breitgemacht, und wie die spanischen Konquistadoren schien er eine Vision zu sehen, die Vision einer mit Gold gepflasterten Stadt. »Da muß ich hin.« Seine Stimme bebte. »Ich hab alles im Kopf, verstehen Sie, bis in die letzten Einzelheiten. Ich könnte ihnen die Charts der letzten Jahre haarklein herunterbeten, darin würde ich jede Prüfung spielend schaffen.« Er ballte die Hände zu Fäusten, und in seine Augen trat der Fanatismus religiöser Eiferer. »Von den Discjockeys weiß kein einziger auch nur halb soviel wie ich.« Plötzlich schrie er Burden an: »Hören Sie auf, so zu grinsen! Sie sind genauso beschränkt wie die anderen, wie meine Alte mit ihren Makkern und ihrer Sauferei. Die einzige, die mich verstanden hat, war Mrs. Nightingale, und die ist tot.« Er wischte sich mit einem schmutzigen Ärmel über die Augen, ein Möchtegernkünstler, den seine Umgebung hartnäckig als gewöhnlichen Gärtner behandelte.

»Was wollte Mrs. Nightingale denn für Sie tun?« fragte Burden nun etwas freundlicher.

»Sie kannte da so einen Typ in London«, murmelte Sean. »Er ist bei der BBC, und sie hat mir hoch und heilig versprochen, mal meinen Namen zu erwähnen. Vielleicht als Sänger, vielleicht als Discjockey. Anfangs natürlich erst mal im kleinen«, fügte er bescheiden hinzu. »Man kann nicht anfangen und gleich groß einsteigen wollen.« Er seufzte. »Ich weiß nicht, was jetzt aus mir werden soll.«

»Am besten, Sie halten sich an die Gärtnerei, werden endlich mal erwachsen und schlagen sich diese Rosinen aus dem Kopf«, sagte Burden. Seans haßerfüllter Blick ärgerte ihn. »Vergessen wir für den Augenblick mal Ihre Ambitionen. Warum haben Sie dem Chief Inspector gesagt, sie hätten sich im Fernsehen eine Sendung angesehen, die gar nicht im Programm war?«

Sean schien es eher zu ärgern als zu erschrecken, daß man ihn bei seiner Lüge ertappt hatte. »Ich hab ferngesehen, aber dann hatte ich die Nase voll davon. Alf Tawney, der Macker meiner Alten, war den Abend über da. Die beiden haben mich angegrinst und sich lustig über mich gemacht, weil ich mir doch die Hitparade angesehen hab.« Sean spreizte die Finger um einen Apfel, bis seine Knöchel weiß hervortraten. »Einen Kerl nach dem anderen schleppt meine Mutter an, schon seit ich klein war, und denen geht's nur darum, mich möglichst weit abzuschieben. Als ich ungefähr zehn war, hab ich gesehen, wie sich meine Mutter und einer dieser Männer küßten und abtatschten, da hab ich das Tranchiermesser genommen und ging auf sie los, das kann ich Ihnen sagen. Ich hätte sie umgebracht, ehrlich, bloß hat der Kerl mir das Messer weggenommen und mich geschlagen. Ich hätte sie umgebracht«, wiederholte er grimmig, dann brachte ihn der Ausdruck in Burdens Augen zum Schweigen. Verlegen sagte er: »Mir ist jetzt schnuppe, was sie macht, nur – nur daß es mir eben manchmal auf die Nerven geht.« Er löste seinen Griff und ließ den Apfel auf das Regal fallen. Burden bemerkte, daß er mit den Nägeln die Schale durchbohrt und tiefe saftige Wunden gerissen hatte.

»Anscheinend lassen Sie Ihren Gefühlen ziemlich freien Lauf.«

»Damals war ich zehn, das hab ich doch gesagt. Ich bin heute anders. Ich würde ihr kein Haar krümmen, ganz gleich, was sie macht.«

»Ich nehme an«, sagte Burden, während Sean sich die klebrige Hand an seiner Jeans abwischte, »ich nehme an, Sie sprechen von Ihrer Mutter?«

»Von wem denn sonst?«

Burden zuckte leicht mit den Achseln. »Ihre Mutter und Alf Tawney gingen Ihnen also auf die Nerven. Wohin sind Sie gegangen?«

»Runter in meine Hütte. Ich war ganz allein und habe nachgedacht.« Er seufzte tief, stand auf, wandte Burden den Rücken zu und fing wieder an, die Äpfel umzusortieren. »Bloß nachgedacht und – und zugehört.« Die von seinen Händen angestoßenen Früchte rollten in das Regal. Sehr leise begann er wieder zu pfeifen. Sein Gesicht war nicht minder leuchtend rot als die Äpfel. Als er sich zum Gehen wandte, fragte sich Burden, weshalb.

»Denys ist immer in Urlaub mit ihnen gefahren«, sagte Marriott. »Mit beiden, meine ich. Aber vor zwei Jahren mußte er mit Elizabeth allein fahren. Quen hatte die Masern, der Arme. Äußerst demütigend. Elizabeth hat mir erzählt, daß es ihr bei dem Gedanken graute, Denys in Dubrovnik am Hals zu haben, aber Quen meinte, er werde es ihnen nie verzeihen, wenn sie seinetwegen zu Hause blieben, deshalb blieb ihnen keine Wahl.

Jedenfalls müssen sie sich die ganze Zeit in den Haaren gelegen haben, denn sie sahen beide miserabel aus, als sie zurückkamen. Damals wurde das Verhältnis zwischen Denys und Quen merklich kühler, und Denys kam den ganzen Winter über nicht mehr ins Herrenhaus. Aber eines Tages – es muß im Juni vergangenen Jahres gewesen sein – war ich bei ihnen zu Besuch, als plötzlich Denys zur Tür hereinkam. ›Ein Wunder, daß du die Adresse noch weißt‹, hat Quen gesagt, aber ich sah gleich, daß er außer sich vor Freude war. ›Ich bin nur gekommen‹, antwortete Denys, ›um dir zu sagen, daß ich nächsten Monat nicht nach Rom mit euch fahren kann. Ich habe dem Direktor versprochen, mit auf die Klassenfahrt zu gehen.‹

›Du?‹ rief ich. ›Du mußt den Verstand verloren haben.‹ In der Schule machen wir nämlich schon Witze darüber, was die Kollegen sich alles einfallen lassen, nur damit dieser Krug an ihnen vorübergeht. ›Du willst allen Ernstes das schöne Rom gegen die lausige Costa Brava eintauschen?‹ fragte ich. ›Ich gehe‹, sagte er. ›Ist alles schon abgemacht.‹ Quentins Gesicht hättest du sehen sollen. Er versuchte nach besten Kräften, Denys zu überzeugen, aber er wollte nicht hören. Er blieb eisern.«

»Und wie war es in diesem Jahr, Lionel?«

»Inzwischen war er ja verheiratet. Georgina hat er an der Costa Brava kennengelernt, aber darauf komme ich später. Nein, dieses Jahr gingen sie allein auf die Bermudas, und ich glaube, insgeheim waren sie heilfroh, den alten Miesepeter vom Hals zu haben. Elizabeth hat das anklingen lassen, als ich bei ihr war, weil sie einen Zeugen für ihr Testament brauchte, und...«

»Ihr was?« fragte Wexford bedächtig. »Hast du gesagt, ihr *Testament*?«

10

»Weshalb ich Ihnen verschwiegen habe, daß meine Frau ein Testament gemacht hat? Offen gestanden, Chief Inspector, weil ich es völlig vergessen hatte.« Quentin Nightingale hatte anfangs einen bestürzten Eindruck gemacht, doch nun lächelte er ein wenig spöttisch, als mache man aus einer Mücke einen Elefanten. Er hatte seinen Gang nach Canossa hinter sich und mit leichten Blessuren überstanden. Weshalb ihn nun mit Bagatellen belästigen? »Ich glaube wirklich nicht, daß es rechtsgültig ist. Wissen Sie, das war nur so eine Schnapsidee, die sich meine Frau in den Kopf gesetzt hatte.«

»Nein, das weiß ich nicht«, sagte Wexford, lehnte die Aufforderung ab, in einem Ledersessel Platz zu nehmen, und blieb statt dessen vor dem Bücherschrank stehen. »Ich denke mir, Leute in Ihrer Position lassen ihre Testamente von Notaren aufsetzen. Wer ist Ihr Notar, Mr. Nightingale?«

»Aber es wurde kein Notar hinzugezogen. Ich habe Ihnen doch gesagt, daß es nur eine Schnapsidee war. Mir ist ein Rätsel, wie Sie überhaupt davon erfahren haben.« Er hielt erwartungsvoll inne, doch als er merkte, daß Wexford nicht die Absicht hatte, ihn darüber aufzuklären, fuhr er in verärgertem Ton fort: »Am besten, ich erzähle es Ihnen.«

»Das wäre schön«, sagte Wexford und lehnte sich mit dem Kopf gegen den harten glatten Einband von Motleys *Rise of the Dutch Republic.*

»Es war im Sommer letzten Jahres. Meine Frau und ich hatten uns die Bermudas als Urlaubsziel ausgesucht, und selbstverständlich hatten wir vor zu fliegen. Obwohl meine Frau schon früher geflogen war – als sie vor sieben

Jahren nach Amerika ging –, flog sie nicht gern, und normalerweise fuhren wir per Schiff und Auto in Urlaub.«

»Sie hatte Angst vorm Fliegen?«

»Na, hören Sie, ›Angst‹ ist doch wohl ein zu großes Wort dafür.«

»Wenn sie ihr Testament gemacht hat«, erwiderte Wexford, »so doch wohl deshalb, weil sie dachte, sie könnte sterben. ›Angst‹ ist keineswegs ein zu großes Wort für Todesahnungen.«

»Sie sehen das viel zu dramatisch«, sagte Quentin wütend. »Ich war ein bißchen bange, doch das hielt sie nicht davon ab, Witze darüber zu machen. Das Testament war auch so ein Witz. Ich habe Ihnen ja bereits gesagt, daß ich es nie ernst genommen habe.«

Er verstummte und lauschte einen Moment. Als er die Ohren spitzte, konnte auch Wexford ganz leise weit über ihnen die Musik aus Nellekes Radio hören. Ihre Blicke trafen sich, und Quentin errötete. Rasch fuhr er in ärgerlichem Ton fort. »Eines Tages sagte sie, daß sie ein Testament machen wolle, und ich sah, wie sie etwas auf ein Blatt kritzelte. Ich glaube fast, ich habe es mir nicht einmal angesehen. Ich hielt es für eine dieser romantischen Ideen, wie sie sehr feminine Frauen manchmal überkommen.« Unvermittelt schweifte er ab. »Ich entsinne mich noch, wie sich meine Mutter kurz vor der Geburt meiner jüngsten Schwester fotografieren ließ, damit mein Vater eine letzte Erinnerung an sie hätte, falls die bei der Entbindung sterben sollte, und Abschiedsbriefe an alle ihre anderen Kinder schrieb. Aber sie starb natürlich genausowenig wie Elizabeth...«

»Ihre Frau ist aber gestorben, Mr. Nightingale«, sagte Wexford leise.

Quentin senkte den Blick und rang mit den Händen.

»Ja... Die Sache mit dem Testament, ich hielt es für

eine Schnapsidee, wie ich schon sagte. Ich bezweifle, ob es überhaupt von Zeugen unterschrieben wurde.«

»Zumindest von einem Zeugen«, sagte Wexford. »Lionel Marriott.«

Quentin blickte auf, und in seinem Blick lag echte Überraschung.

»Mr. Nightingale, ich kann dies nicht einfach auf sich beruhen lassen. Was ist aus diesem Blatt geworden, auf das Ihre Frau etwas ›gekritzelt‹ hat?«

»Sie hat es mir gegeben und mich gebeten, es in meinen Safe zu schließen.«

»Und?«

»Na, das habe ich getan. Elizabeth hat in ihrer Gegenwart darauf bestanden. Ach, es war wirklich nur Unfug, aber ich wollte sie nicht aufregen.«

»Liegt es dort noch?«

»Ich nehme an«, erklärte Quentin erstaunt. »Ich sagte ja bereits, daß ich es ganz vergessen hatte, und vermutlich hat auch Elizabeth nicht mehr daran gedacht, als wir heil und gesund zurückkamen.«

»Ich muß Sie leider bitten, den Safe jetzt zu öffnen, wenn es Ihnen recht ist, Sir«, sagte Wexford in bedeutungsschwerem Ton.

Quentin nahm ein kleines Ölgemälde – einen Stubbs, auf dem eine zweispännige Phaeton-Kutsche dargestellt war – von der Wand des Arbeitszimmers und sah Wexford dabei an, als habe er es mit einem Verrückten zu tun, den es bei Laune zu halten galt. Hinter dem Bild befand sich eine in die Wand eingebaute Stahltür. Im Flüsterton murmelte Quentin die Kombination vor sich hin und öffnete die Tür, hinter der eine Öffnung vom Format einer großen Keksdose zum Vorschein kam. Der Safe enthielt einen ordentlich aufgeschichteten Stapel Papiere, die Wexford für Aktienzertifikate und persönliche Dokumente hielt, sowie mehrere lederne Schmuckschatullen. Quentin holte einen kleinen Stapel der Papiere hervor. Er blätterte sie durch und hielt Wexford dann mit immer noch belustigter und spöttischer Miene einen langen braunen Umschlag entgegen.

»Da ist es drin«, sagte er.

»Darf ich?« Wexfords Ton duldete keinen Widerspruch. Er schlitzte den Umschlag auf und zog ein Blatt teures blaues Briefpapier mit der aufgedruckten Adresse des Herrenhauses hervor. Das Papier bedeckte eine kühne, ziemlich männlich wirkende Handschrift. Wexford drehte das Blatt um, warf einen Blick auf den unteren Teil der Rückseite und sagte mit dienstlicher Stimme: »Das Testament ist vollkommen rechtskräftig, Sir, nicht weniger gültig und verbindlich, als wenn es auf einem Testamentsvordruck oder in Gegenwart eines Anwalts aufgesetzt worden wäre.«

»Du lieber Himmel!« Quentin ließ die Safetür offenstehen und setzte sich.

»Als Zeugen haben – Augenblick – Myrtle Annie Cantrip und Lionel Hepburn Marriott fungiert, und Ihre Frau hat korrekt unterzeichnet. Sollten Sie versuchen, es anzufechten, würden Sie sich eine Menge Ärger einhandeln.«

»Ich will es doch gar nicht anfechten.«

»Sie sollten es vielleicht lieber erst einmal lesen, ehe Sie sich festlegen, Mr. Nightingale.«

»Was steht drin?« Das Lächeln war von Quentins Gesicht verschwunden, er wirkte nun völlig verwirrt. »Würden Sie es mir bitte vorlesen, Mr. Wexford?«

»Wie Sie wollen.« Endlich nahm auch Wexford Platz. Er räusperte sich und las mit monoton ausdrucksloser Stimme:

»›*Ich, Elizabeth Frances Nightingale, geb. Villiers, setze hiermit im Vollbesitz meiner geistigen Kräfte nachfolgendes Testament auf. Dies ist mein letzter Wille und hebt alle früheren von mir getroffenen letztwilligen Verfügungen auf.*‹« An dieser Stelle hatten Mrs. Nightingale offenbar ihre Kenntnisse der Rechtssprache verlassen, denn sie schrieb in ungezwungenerem Stil weiter, der allerdings mit einigen Brocken Amtschinesisch durchsetzt war. »›*Mein gesamtes Vermögen, einschließlich der Gelder, die mein Gatte für mich angelegt hat, vermache ich Sean Arthur Lovell, wohnhaft in 2 Church Cottages, Myfleet, Grafschaft Sussex, in der Hoffnung, er möge es zur Förderung seiner beruflichen Pläne verwenden...*‹«

»Lieber Himmel!« sagte Quentin. »Lieber Himmel!«

»›*... und meiner Schwägerin, Georgina Villiers, wohnhaft in 55 Kingsmarkham Road, Clusterwell 1...*‹« An dieser Stelle hielt Wexford inne und zog die Augenbrauen hoch. »›*...meinen gesamten Besitz an persönlichem Schmuck, damit sie ihrer Lust am schönen Schein frönen kann, wenn ihr Wert als tugendhafte Frau auch mit Edelsteinen nicht aufzuwiegen ist.*‹«

»Das hat Elizabeth geschrieben?« fragte Quentin mit hohler Stimme.

»Ja, Sir.«

Sie waren zwar beide überrascht, dachte Wexford bei sich, aber wahrscheinlich jeder aus anderen Gründen. Was ihn betraf, so verblüffte ihn, daß die von ihrem Bruder als frivol und hohlköpfig eingestufte Frau den Verstand und die Findigkeit besessen hatte, dieses Testament aufzusetzen und ihm eine solch versteckte Boshaftigkeit zu verleihen. Quentins Verwunderung rührte vielleicht nur von dieser unvermuteten Boshaftigkeit her. Er war bleich geworden.

»Ist das alles?« fragte er.

»Ja, das ist alles. Wieviel Geld hinterläßt Ihre Frau, Sir?«

»Oh, das ist nicht der Rede wert.« Quentin rang sich ein Lachen ab. »Um die Wahrheit zu sagen, ihr Privatkonto war sogar überzogen. Es handelt sich praktisch um dreihundert Pfund, die ich vor Jahren für sie angelegt habe.«

»Hmhm. Die werden Sie dem jungen Lovell sicherlich nicht mißgönnen. Beunruhigt Sie etwas, Sir?«

»Eigentlich nicht, nur...«

»Mrs. Villiers«, sagte Wexford nachdenklich, »scheint eine Dame zu sein, die gern Schmuck trägt, wie Ihre Frau – äh, anklingen ließ. Wollen wir hoffen, daß ein paar schöne Stücke für sie dabei sind.«

»Ein paar schöne Stücke!« Quentin sprang unvermittelt auf. »Der Schmuck meiner Frau ist in diesen Schatullen.« Er streckte die Hände in den Safe. »Über den Daumen gepeilt, würde ich seinen Wert mit dreißigtausend Pfund veranschlagen.«

Wexford hatte schon zu viele Edelsteine gesehen, um von dieser kleinen, aber erlesenen Kollektion geblendet zu werden. Doch er war ohnehin nicht leicht aus der Fassung zu bringen, und so blieb seine Miene gelassen und eine Spur verschlossen, während er Quentin beim Öffnen der drei Schatullen zusah.

Eine Schatulle war aus weißem Leder, eine aus grünem und die dritte aus mit Onyx eingelegtem Teakholz. Quentin hatte sie auf den Schreibtisch gestellt, und als er die Deckel aufklappte, kamen noch weitere Kästchen zum Vorschein: winzige Schächtelchen für Ringe und Ohrgehänge, längliche Etuis für Armbänder und Halsketten.

Quentin nahm einen der Ringe heraus, einen in Platin gefaßten Brillanten, und hielt ihn ins Licht.

»Das war ihr Verlobungsring. Manchmal trug sie ihn, wenn...«, mit heiser werdender Stimme beendete er den Satz: »...ich sie ausdrücklich darum bat.« Er blickte zu Wexford. »Vielleicht kann ich ihn Georgina abkaufen.«

»Mochte Ihre Frau sie?«

»Ich weiß nicht«, sagte Quentin ratlos und steckte den Ring wieder in das Samtkissen. »Ich habe eigentlich nie darüber nachgedacht. Anscheinend schon... Andererseits aber auch wieder nicht, oder? Man kann nicht jemanden mögen und dann eine so gemeine Bemerkung über ihn machen. Ich begreife das nicht.«

»Wie wir wissen, empfand Mrs. Nightingale eine heftige Abneigung gegen ihren Bruder. Vielleicht schloß diese Abneigung auch seine Frau ein.«

Quentin klappte das Ringkästchen zu. Bedächtig sagte er: »Anscheinend kursiert das Gerücht, meine Frau und ihr Bruder hätten auf Kriegsfuß miteinander gestanden.«

Wexford zog die Augenbrauen nach oben. »Stimmt es denn nicht?«

»Es klingt für einen Ehemann sicher merkwürdig, wenn ich das sage, aber ich weiß es wirklich nicht. Denys hat mir gegenüber niemals ein schlechtes Wort über sie verlauten lassen, und was Elizabeth betrifft... Nun, sie hat ihn nie davon abzuhalten versucht, uns besuchen zu kommen, wenn es auch wahr ist, daß sie mir gegenüber manchmal ziemlich gehässig über ihn sprach. Dabei müssen Sie aber wissen, daß ich sie öfters dabei ertappte, wie sie ihm – nun, fast mitfühlende Blicke zuwarf, wenn wir zu dritt waren. Irgendwelche Anzeichen von echtem Haß sind mir nie aufgefallen.«

»Vielleicht sind Sie nicht der Typ, der sehr sensibel auf anderer Leute Beweggründe und Gefühle reagiert.«

»Nein, wohl kaum«, erwiderte Quentin traurig. »Sonst hätte ich gemerkt, daß Elizabeth nicht gern mit Georgina zusammen war, und mir... mir wäre aufgefallen, daß sie nachts heimlich in den Wald ging. Nein, ich schätze, zwischen Elizabeth und Denys bestand eine natürliche Abneigung, ich war nur zu blind, es zu sehen. Vielleicht wollte ich es gar nicht sehen.« Er sprach nun leise und ein wenig verlegen. »Wenn man mehrere Menschen sehr gern hat, will man, daß sie sich auch untereinander gut verstehen, und mit der Zeit redet man sich das eben ein. Mir ist die Vorstellung ein Greuel, irgendwelche Klatschmäuler könnten behaupten, es habe böses Blut zwischen ihnen gegeben.«

Ein kurzes Schweigen trat ein, dann sagte Wexford: »Kommen wir noch einmal auf das Testament zurück, Sir. Offensichtlich haben Sie von der Freundschaft Ihrer Frau mit Sean Lovell nichts geahnt?«

»Ich wußte, daß sie ein gewisses mütterliches Interesse an ihm hatte. Wir selbst hatten keine Kinder. Sie hat mich einmal gebeten, mich bei meinem Freund von der BBC zu verwenden, daß er ihn mal vorsingen läßt, wozu ich jedoch keine rechte Lust hatte – jetzt werde ich mich aber darum kümmern. Das ist das mindeste – und das letzte –, was ich für sie tun kann.«

»Entschuldigen Sie meine Frage – aber ist Ihnen nie der Verdacht gekommen, es könnte sich um mehr als ein nur mütterliches Interesse handeln?«

Quentin verzog angewidert das Gesicht und schüttelte heftig den Kopf. »Mein Gott«, sagte er, »das ist nicht möglich, aber wenn doch... Ich habe nicht das Recht, über sie zu richten, nicht während ich und Nelleke... Mr. Wexford, ich begreife nicht, was da alles unterschwellig mit hineinspielt. Ich begreife rein gar nichts davon.«

»Ich auch nicht«, erwiderte Wexford grimmig.

Burden machte in der Zwischenzeit eigene Entdeckungen.

Als er aus dem Stammhaus trat und durch das Tor in den Hof ging, begegnete er Mrs. Cantrip, die mit einem Bund Petersilie in der Hand aus dem Küchengarten kam.

»Ach, haben Sie mich erschreckt, Sir«, sagte sie. »Sie gehen so leise. Möchten Sie eine Tasse Tee?«

»Ist es dafür nicht schon ein wenig spät?« fragte Burden mit einem Blick auf die Uhr, auf der es halb sechs war. »Wann machen Sie hier denn Feierabend?«

»Eigentlich um vier, schön wär's ja, aber wir sind momentan alle ganz schön durcheinander und wissen nicht, wo uns der Kopf steht. Geben Sie Ihrem Herzen einen Stoß, Sir. Der Tee wird Ihnen guttun, und Will möchte mal kurz mit Ihnen sprechen.«

»Um was geht es denn?« fragte Burden, während er mit ihr zum Haus schlenderte.

»Mir wollte er es nicht sagen, Sir. Es hat was mit einem Schal zu tun, glaube ich.«

In der Küche saß Will Palmer am Tisch neben dem Mann, den Burden am Gartentor im Gespräch mit Mrs. Lovell bemerkt hatte. Sie tranken Tee aus dunkel lasierten Steingutbechern. Der andere Mann hatte offensichtlich zwei Hasen, vier Ringeltauben und eine Steige Eier gebracht, die eine karierte Arbeitsplatte zum Großteil bedeckten.

Kaum hatte er Burden erblickt, sprang Palmer auf.

»Ich hab da was, das Sie sehen sollten, Sir.«

»Und?« Burden nahm den von Mrs. Cantrip angebotenen Tee und entfernte sich damit so weit es ging von dem toten Wild.

»Das ist es.« Mit triumphierender Miene holte Palmer unter dem Tisch eine nasse Plastiktüte hervor, die oben mit Gartenschnur zugebunden war. Burden löste den Knoten und zog einen Stoffetzen heraus. Er war feucht, aber nicht durchnäßt und immer noch auf den ersten Blick als Seidenschal erkennbar. Das aufwendige Muster darauf war jugendstilähnlich, stilisierte goldene Blätter auf blaßgelbem Grund. Über die Mitte des Schals lief ein langer brauner Fleck. Burden runzelte die Stirn.

»Wo haben Sie ihn gefunden?«

»In einem Loch in einer Eiche unten in Cleever's Vale.«

»Und wo ist Cleever's Vale, bitte?«

Auf Palmers Gesicht trat verblüfftes Befremden. Offensichtlich war es unvorstellbar für ihn, daß irgend jemand – und schon gar ein Polizist – Cleever's Vale nicht kannte, das doch ebenso zur Gegend um Myfleet gehörte wie der Wald.

»Es gehört zum Anwesen, Sir«, erklärte Mrs. Cantrip ungehalten. »Wenn Sie von Kingsmarkham zum Herrenhaus fahren, ist es der erste Teil des Parks, an dem Sie vorbeikommen.«

»Ich war dort, weil ich die alten Pilze von der Eiche schnitt«, sagte Palmer, der sich von seiner Verwunderung inzwischen erholt hatte. »Dann bin ich aber auf dieses Loch gestoßen, wahrscheinlich stammt es von einer Eule...«

»Eichhörnchen«, warf der andere Mann lakonisch ein und wischte sich den Mund ab. Er war sehr dunkel im Gesicht und hatte dringend eine Rasur nötig.

»Oder von einem Eichhörnchen, was ich auch noch gesagt hätte, Alf«, erklärte Palmer ärgerlich. »Von einer Eule oder einem Eichhörnchen, für einen Specht war's nämlich viel zu groß.«

»Verschonen Sie mich mit Ihrer Tierkunde.«

»Schon gut, Sir, brauchen ja nicht gleich aus der Haut zu fahren.« Palmers Miene wurde noch bedeutsamer, als die Tür zum Garten aufging und Sean Lovell hereinkam, um sich ebenfalls an den Küchentisch zu setzen. »Das Loch war auf gleicher Höhe wie mein Kopf, etwa ein Meter achtzig über dem Boden.«

»Einsfünfundsiebzig«, verbesserte ihn der Dunkelhäutige.

Palmer starrte ihn wütend an, ließ sich aber auf keine Diskussion mit ihm ein, sondern fuhr fort: »Rund um das Loch wuchsen jedenfalls diese Pilze. Austernpilze heißen die, Sir, weil ihr Schirm wie eine Auster aussieht. Kein Armeleuteessen, gebraten schmecken die köstlich, das können Sie mir glauben.«

»Geschmort.«

»Geschmort auch, Alf«, sagte Palmer versöhnlicher. »Kurz und gut, ich hab die Hand in das Loch gesteckt und das da gefunden, was in der Tüte ist.«

»In der Tüte? Oder haben Sie den Schal dort hineingetan?«

»Er war in keiner Tüte, Sir. Bloß so zusammengelegt und in das Loch gestopft.«

»Haben Sie ihn schon mal gesehen?«

»Natürlich«, schaltete sich Mrs. Cantrip ein. »Er gehörte der armen Mrs. Nightingale. Sie trug ihn immer so als Kopftuch, wenn sie spazierenging.« Sie beugte sich über den Schal und wich erschreckt zurück. »Ist das ihr Blut, Sir?«

»Ich fürchte, ja.«

Sean Lovell sprang auf. »Mir wird schlecht!« rief er. Mrs. Cantrip bewegte sich schneller, als Burden bei einer Frau ihres Alters für möglich gehalten hätte, und riß die Tür zum Garten auf.

»O nein, nicht in meiner Küche!«

Mit der gleichmütigen Griesgrämigkeit des englischen Bauern verfolgten der alte Gärtner und der Wildbretlieferant, wie er hinaustorkelte, und lauschten dann mit angeregterem, aber immer noch teilnahmslosem Interesse auf die Würgegeräusche. Der bislang einsilbige Alf hob zu einer für seine Verhältnisse langen Rede an:

»Altes Familienleiden – keinen Mumm in den Knochen.« Er lachte. »Möchte so'n Popsänger werden. Übergeschnappt, wenn Sie mich fragen.«

Mrs. Cantrip räumte seine Tasse ab und stellte sie in die Spülmaschine. Als der Mann keine Anstalten zum Gehen machte, wurde sie deutlicher. »Schönen Abend auch noch, Alf. Eier brauchen wir übrigens erst wieder Montag.«

Nachdem sie das Herrenhaus durch die Vorder- beziehungsweise Hintertür verlassen hatten, begegneten sich Wexford und Burden auf der Dorfstraße. Sie tauschten ihre neuesten Erkenntnisse aus und wollten sich gerade auf eine ihrer üblichen erbitterten, aber nützlichen Diskussionen einlassen, als Mrs. Cantrip, ganz außer Atem vom Laufen, sie einholte.

»O Sir«, sagte sie zu Burden, »da bin ich aber froh, daß ich Sie noch erwischt habe. Ich muß mich fast dafür entschuldigen, wie die beiden sich aufgeführt haben, der alte Will und dieser Alf. Will ist so geschwätzig, und was Alf Tawney angelangt… Er hat schon von Haus aus keine Manieren. Stört es Sie, wenn ich Sie ein Stück begleite?«

»Aber gar nicht«, sagte Wexford freundlich. Bei dem Dienstwagen blieb er stehen und gab Bryant Anweisung, zurück zum Revier zu fahren. »Wer ist Alf Tawney?«

»Nur der Mensch, von dem wir Gemüse, Hühner und so was beziehen, Sir. Er haust in einem Wohnwagen auf seinen Feldern in Clusterwell.« Mrs. Cantrips Gesicht nahm einen verschlossenen, prüden Ausdruck an, so wie Burden manchmal aussah, wenn ein Thema angeschnitten wurde, das er für »anzüglich« hielt. »Ich kann mir nicht vorstellen, daß Alf von Interesse für Sie ist.«

»Da bin ich mir nicht so sicher«, erwiderte Wexford. »Für uns ist jeder von Interesse, der mit Mrs. Nightingale Umgang pflegte, selbst wenn er nur ihr Gemüselieferant war.«

»Umgang pflegte Mrs. Nightingale mit ihm nicht, Sir.« Die Vorstellung schien Mrs. Cantrip zu schockieren. »Falls sie überhaupt von ihm wußte, dann nur durch Sean.« Sie seufzte, als bleibe ihr eine schmerzhafte Entscheidung nicht erspart. »Ich kann es Ihnen ja ruhig erzählen, denn der Dorftratsch handelt praktisch von nichts anderem. Alf hat ein Verhältnis mit Seans Mutter.«

»Meine Güte«, sagte Wexford. »Das ist schlimm.«

»Manche geben nicht Alf die Schuld dafür, weil er doch schon verwitwet ist, seit sein Junge zwölf Jahre alt war, und niemand hat, der ihm das Essen kocht und sich um ihn kümmert. Nein, für mich hat sie schuld. Denn schon in der Bibel steht, Sir, daß die Frau den Mann in Versuchung führt, da läßt sich nicht dran rütteln.«

»Stimmt«, pflichtete Wexford ihr aus vollem Herzen bei.

»Nicht daß ich sonderlich viel für Sean übrig hätte, aber niemand kann bestreiten, daß Mrs. Lovell ihn schändlich vernachlässigt hat. Eigentlich hat er nie eine richtige Mutter gehabt.«

»Und Mrs. Nightingale nie einen Sohn.«

Mrs. Cantrip sah ihm ins Gesicht. Wie schon zuvor, als das Gespräch auf ein Thema gekommen war, das sie für tabu erklärt hatte, wirkte sie empfindlich und zurückhaltend. »Sean hätte sich nie getraut, so etwas von der gnädigen Frau zu denken. Es gibt schließlich gewisse Grenzen. Und zudem – Mrs. Nightingale sah so jung und hübsch aus. Sie hatte es nicht gern, wenn die Leute ihr Alter wußten. Manchmal gab es mir einen richtigen Stich ins Herz, was sie alles tat, damit Sean und Nelke glauben sollten, sie sei so alt wie sie. Und als Sean sagte – es gehörte sich ja nicht, Sir, aber er weiß es eben nicht besser –, sie sei keine von diesen Spießern, und einmal sogar behauptete, was gutes Aussehen angehe, könne ihr von den Damen im Umkreis niemand das Wasser reichen, wirkte sie so glücklich und zufrieden.«

»Er ist ein sehr gutaussehender junger Mann«, sagte Wexford.

»Ich finde das zwar nicht, aber die Geschmäcker sind verschieden. Hier wohne ich, dann also auf Wiedersehen. Ich will nur hoffen, Sie nehmen den beiden ihr Verhalten nicht krumm, Sir.«

Burden und Wexford sahen ihr nach, wie sie zu einem frisch gestrichenen weißen Cottage ging, dessen kunterbunter Garten zu denen gehörte, die der Detective Inspector am Nachmittag bewundert hatte. Sie nahm eine gelbe Katze in die Arme, die ihr zur Begrüßung entgegengelaufen war, und schloß die Haustür hinter sich.

»Der arme vernachlässigte Junge«, sagte Wexford nachdenklich, »wurde von Mrs. Nightingale in ihrem Testament mit dreihundert Pfund bedacht. Ich frage mich, ob er davon weiß und es für wert hielt, deswegen einen Mord zu begehen. Aber lassen wir das mal für den Augenblick und statten der Haupterbin einen Besuch ab.«

»Sir?« Burden sah ihn fragend an.

»Ich erzähle es Ihnen im Wagen.« Wexford grinste breit. »Wie lieblich sind auf den Bergen die Füße der Freudenboten!«

Wexford war gespannt, wie sie die Nachricht wohl aufnehmen würde. Freudig überrascht? Oder ängstlich, weil die Polizei von dem Testament erfahren hatte? Möglicherweise hatte sie von seinem Inhalt oder auch nur von seinem Vorhandensein gar nichts gewußt.

Er teilte ihr ohne Umschweife mit, daß Mrs. Nightingale ein Testament zu ihren Gunsten hinterlassen habe, und achtete genau auf ihre Reaktionen. Sie waren enttäuschend. Georgina Villiers zuckte die Achseln und sagte: »Das überrascht mich. Ich hatte keine Ahnung.« Wie gewöhnlich trug sie ihre Kette, die Armreifen und Ohrringe, die ihr so unentbehrlich waren wie einer anderen Frau vielleicht Strümpfe und Lippenstift, und nicht einmal ein kleiner Funke Habgier in ihren Augen verriet, daß sie sich freuen würde, den Schmuck durch echte Steine zu ersetzen. Ihr Gesichtsausdruck wirkte apathisch und teilnahmslos, beinahe schläfrig, als hätte sie vor kurzem eine Tortur überstanden, die ihr gesamtes Empfindungsvermögen völlig aufgezehrt hatte.

»War Ihnen bekannt, daß sie ein Testament gemacht hatte? Oder wissen Sie nicht, was sie Ihnen hinterlassen hat?«

»Nein, weder noch«, sagte Georgina. Sie setzte sich auf eine Sessellehne. Ihre Bluse war ärmellos, und Wexford fielen die kräftigen Muskeln an ihren Schultern und Oberarmen auf. Solche Muskeln hatte er in seinem Leben nur einmal an den Armen einer Frau gesehen, und diese Frau war Ringerin gewesen.

»Sie erben den gesamten Schmuck von Mrs. Nightingale«, sagte er.

»So. Als sie sagten, das Testament sei zu meinen Gunsten, dachte ich schon, daß es etwas in der Art sein muß. Elizabeth besaß kein eigenes Vermögen, und ihr Taschengeld hatte sie immer schon durchgebracht, noch ehe das nächste in Aussicht war. Sie war schrecklich verschwenderisch.«

»Mrs. Villiers, die Umstände des Todes Ihrer Schwägerin erscheinen dadurch in ganz neuem Licht.«

»Wirklich? Ich fürchte, ich verstehe nicht ganz.«

»Dann lassen Sie mich erklären.« Wexford hielt inne, als die Tür aufging und Denys Villiers hereinkam, sein unlängst erschienenes Buch aufgeschlagen in der Hand.

»Ah, da bist du ja, Denys«, sagte seine Frau und stand auf. Ihre Stimme klang weiterhin dumpf und tonlos, als sie sagte: »Stell dir vor, Elizabeth hat ein Testament gemacht und mir alle ihre Ringe und Ketten vermacht.«

Villiers steckte den Daumen zwischen die Buchseiten, um die Stelle zu markieren, und blickte belustigt in die strengen Mienen der beiden Polizisten. Daraufhin brach er völlig unerwartet in hysterisches Gelächter aus.

11

Das Gelächter ihres Mannes löste bei Georgina viel mehr Unruhe aus als Wexfords Mitteilung. Unter der Maske ihrer Teilnahmslosigkeit lag etwas verborgen, etwas, das durch das Gelächter nun zum Vorschein kam und sich in ihren Augen und den bebenden Lippen als nacktes Entsetzen äußerte.

»Hör auf, Denys, hör um Gottes willen auf!« Sie packte ihn am Arm und schüttelte ihn.

»Dürfen wir mitlachen, Sir?« fragte Wexford kühl.

Villiers hörte abrupt mit Lachen auf, wie es nur möglich ist, wenn man nicht aus Vergnügen lacht, sondern weil man auf eine bewundernswerte Ironie des Schicksals gestoßen ist. Er zuckte die Achseln, dann schlug er mit ausdruckslos werdender Miene wieder sein Buch auf und begann zu lesen, wo er aufgehört hatte.

»Mrs. Villiers, ich möchte mit Ihnen noch einmal über die Vorkommnisse vom Dienstagabend sprechen«, sagte Wexford.

»Aber wieso denn?« fragte sie mit mühsam beherrschter Stimme. »Ich dachte, es ist alles vorbei. Gerade fange ich an, nicht mehr daran zu denken, und jetzt... Mein Gott, was soll ich nur machen?« Einen Augenblick starrte sie die beiden Polizisten verstört an, dann rannte sie aus dem Zimmer.

Villiers lächelte verschmitzt, offenbar über etwas in seinem Buch. Obwohl er sich über die maßlose Eitelkeit von Schriftstellern im klaren war, konnte Wexford dennoch nicht begreifen, wie man über etwas richtig lachen konnte, das man selbst geschrieben hatte.

»Wie ich sehe, werde ich Ihr Buch lesen müssen.«

Villiers hob den Blick, und als er das Buch zuklappte, markierte er die Stelle wieder mit seinem Finger. Von einem Stapel auf dem Fenstersims nahm er ein Exemplar *Der verliebte Wordsworth* und reichte es dem Chief Inspector. »Falls es Sie interessiert, können Sie es behalten.« Der Blick der müden grauen Augen begegnete dem von Wexford und hielt ihm stand.

»Danke. Es wird mich interessieren. Ich lasse mich gern belehren. Ich bin auch neugierig, weshalb Sie sich Wordsworth als Forschungsobjekt ausgesucht haben.«

»Eine Frage persönlicher Vorlieben, Mr. Wexford.«

»Doch Vorlieben lassen sich immer auf etwas zurückführen.«

Villiers zuckte unwirsch die Achseln. »Jedenfalls haben Sie uns die Nachricht jetzt überbracht, und wir haben sogar noch über Literatur geplaudert. Gibt es sonst noch etwas?«

»Gewiß doch. Ich untersuche einen Mordfall, Mr. Villiers.«

»Aber nicht sonderlich erfolgreich, wenn ich das mal sagen darf.« Villiers setzte sich rittlings auf einen Stuhl verschränkte die Arme auf dem Rücken und drückte die Brust an die Stäbe der Lehne. Das aschfahle, von einem Faltennetz überzogene Gesicht rief bei Wexford erneut den Eindruck hervor, daß dieser Mann krank, todkrank war. »Was hat es überhaupt für einen Sinn?« fragte er. »Elizabeth ist tot und wird nicht wieder lebendig. Sie finden den Mörder und stecken ihn zwanzig oder dreißig Jahre ins Gefängnis. Wem nützt das? Wer ist dadurch glücklicher?«

»Sind Sie denn Anhänger der Todesstrafe? Es überrascht mich, daß Ihre erste Frau Sie nicht zu einer anderen Ansicht bekehrt hat.«

Falls Villiers erstaunt war, daß Wexford von seiner früheren Ehe wußte, ließ er sich nichts davon anmerken. »Die Todesstrafe?« wiederholte er. »Nein, ich bin nicht dafür. Das ist mir ziemlich egal. Mir ist es auch egal, ob man die Leute ins Gefängnis sperrt oder nicht, abgesehen davon, daß man mit meinen Steuergeldern ihren Unterhalt bezahlt.«

»Mir scheint, Sir, Ihnen ist überhaupt sehr viel egal.«

»Richtig. Die sogenannte Tagespolitik interessiert mich nicht, ebensowenig die öffentliche Meinung. Ich mag die Menschen nicht, und die Menschen mögen mich nicht. Die meisten sind Dummköpfe«, erklärte der Misanthrop mit genüßlicher Erbitterung. »Ich habe wenig Geduld mit Dummköpfen. Fortschritt und das ganze Tamtam geht mir auf die Nerven.« Sehr leise fügte er hinzu: »Ich möchte, daß man mich in Ruhe in der Vergangenheit leben läßt.«

»Dann sprechen wir doch über die Vergangenheit«,

sagte Wexford. »Über die jüngste Vergangenheit. Dienstag abend, zum Beispiel.«

Georgina saß Burden im Wohnzimmer gegenüber und erklärte gereizt: »Ich habe Ihnen schon bei Ihrem letzten Besuch alles über Dienstag abend erzählt. Wenn Sie ein schlechtes Gedächtnis haben, hätten Sie es aufschreiben sollen.«

»Mein Gedächtnis soll nicht Ihre Sorge sein, Mrs. Villiers. Erzählen Sie es mir einfach noch mal. Sie verließen das Herrenhaus um halb elf im Auto Ihres Mannes. Wer ist gefahren?«

»Mein Mann. Er fährt immer, wenn wir zusammen ausgehen. Ich meine, es sollte immer der Mann fahren, finden Sie nicht?« Sie kniff die Lippen zusammen. »In einer Ehe sollte immer der Mann den Ton angeben, damit seine Frau zu ihm aufsehen kann.« Laut und trotzig fügte sie hinzu: »Wir sind glücklich verheiratet.«

»Wie schön für Sie«, sagte Burden. »Um wieviel Uhr sind Sie nach Hause gekommen?«

»Das habe ich Ihnen doch schon gesagt. Ungefähr zwanzig Minuten vor elf. Wir gingen ins Haus und haben uns gleich schlafen gelegt. Das ist alles.«

»Nein, das ist nicht alles. Kein Mensch kommt von einem Abend bei Freunden nach Hause und geht schnurstracks zu Bett. Einer von ihnen muß den Wagen in die Garage gefahren haben. Einer muß die Tür abgeschlossen haben.«

»Ach so, *das* meinen Sie. Mein Mann hat das Auto einfach in die Einfahrt gestellt. In der Garage stand meines.«

»Sind Sie zusammen ins Haus gegangen?«

»Natürlich.«

»Nebeneinander? Haben Sie sich gleichzeitig durch die Tür gezwängt?«

»Seien Sie doch nicht albern«, erwiderte Georgina mürrisch. »Ich ging voran, und mein Mann kam ungefähr eine Minute später nach. Er schloß das Auto ab, weil es die ganze Nacht in der Einfahrt stehen würde. Das macht er immer.«

»Sehr vernünftig. Da Sie offenkundig so sorgfältig sind, haben Sie die Milchflaschen bestimmt nicht vor Ihrem Besuch im Herrenhaus vor die Tür gestellt. Wer hat das getan, als Sie nach Hause kamen? Wer hat nachgesehen, ob die Fenster und die Hintertür geschlossen waren?«

Sie zögerte kurz und sah ihn verdrossen an. Ihre Finger rieben nervös an der Perlenkette. »Das macht immer mein Mann. Ich ging vor ihm zu Bett.«

»Wie lange haben Sie gebraucht, um zu Bett zu gehen, Mrs. Villiers? Zehn Minuten? Eine Viertelstunde? Sie haben sich schließlich nicht ungewaschen und in voller Bekleidung schlafen gelegt.«

»*Natürlich* nicht. Ich habe das Licht im Schlafzimmer angeknipst, mich ausgezogen, bin ins Badezimmer gegangen und dann ins Bett. Kurz darauf ist mein Mann gekommen. Er liest immer noch ungefähr eine halbe Stunde, ehe wir das Licht ausmachen.«

»Schlafen Sie in einem Doppelbett, Mrs. Villiers?«

»Nein, wir haben getrennte Betten. Da dürfen Sie sich aber nichts bei denken. Wir führen eine sehr glückliche Ehe.«

»Ja, das sagten Sie schon. Um wieviel Uhr sind Sie eigentlich zum Herrenhaus gefahren?«

»Es war ungefähr halb neun, als wir dort ankamen.«

»Ich glaube, Sie waren öfters zum Bridgespielen dort«, sagte Burden. »Wie lange blieben Sie in der Regel?«

»In den Ferien manchmal bis Mitternacht.«

»Am Dienstag waren doch noch Ferien, oder? Weshalb sind Sie so früh gegangen?«

»Mein Mann«, sagte Georgina, und wie immer klang ein gewisser selbstbewußter Besitzerstolz aus ihren Worten, »mein Mann mußte in der Schule noch etwas nachschlagen, und...« Sie schlug sich mit der Hand auf den Mund, doch zu spät, um einen erschreckten leisen Schrei zu unterdrücken. »Als wir nach Hause kamen«, stammelte sie, »hat er es sich anders überlegt... Oh, warum können Sie uns nicht in Ruhe lassen. Wir könnten so glücklich sein, wenn uns nur alle in Ruhe ließen.«

Burdens Blick blieb starr auf sie gerichtet. Unbewegt sah er mit an, wie sie zu weinen begann.

»Ich habe den Wagen in der Einfahrt abgestellt«, sagte Villiers zu Wexford. »Nein, ich habe nicht nachgesehen, ob im Haus die Hintertür und die Fenster geschlossen waren. Das fällt in die Zuständigkeit meiner Frau. Ich bin gleich zu Bett gegangen und sofort eingeschlafen.«

Burden trat ins Zimmer. »Darf ich, Sir?«

»Nur zu«, sagte Wexford.

»Was ist mit der Sache, die Sie in der Schule nachschlagen wollten? Das Nachschlagen war doch unbedingt erforderlich, denn deshalb mußten Sie doch schon um halb elf aus dem Herrenhaus weg?«

Villiers zündete sich eine Zigarette an. »Haben Sie noch nie einen Vorwand benutzt, um langweiligen Gastgebern zu entfliehen, Inspector?« fragte er gelassen. »Haben Sie nicht auch schon mal behauptet, Sie würden einen Anruf erwarten oder müßten sich um Ihren Jungen kümmern?«

Burden blickte ihn finster an; er war wütend, daß John in diese Vernehmung hineingezogen wurde. Es war demütigend, feststellen zu müssen, daß Villiers, der ihn als Privatperson demonstrativ ignorierte, von Anfang an gewußt hatte, daß Burdens Sohn zu ihm in die Klasse ging.

»Dann war das also eine faule Ausrede«, sagte er zornig. »Eine bewußte Lüge.«

»Manchmal lüge ich eben«, sagte Villiers und sog mit einer Art frivoler Genüßlichkeit den Rauch ein. »Ich bin ein guter Lügner.«

»Aus dem Munde eines Mannes, dem nach eigenem Bekunden die Meinung anderer gleichgültig ist, klingt das merkwürdig«, warf Wexford ein, und als er Villiers' arroganten Blick zu spüren bekam, fiel ihm plötzlich ein Verspaar ein. Er zitierte es nicht nur, weil es paßte, sondern weil er ein drängendes, unbezähmbares Verlangen empfand, Villiers zu beweisen, daß er kein Trottel, kein tumber, ungebildeter Provinzpolizist war, wie der Schriftsteller offenbar dachte.

»So stieg, so fiel er, niemals gleich der Schar
Mit der zu atmen er verurteilt war.«

Die Wirkung war verblüffend; damit hatte er in keiner Weise gerechnet. Villiers rührte sich nicht, wurde aber kreidebleich. Reglos wie eine Statue schien er auf etwas zu warten, jedoch nicht auf weitere Worte, dachte Wexford, sondern auf Taten, auf eine ausschlaggebende entscheidende Handlung. Doch dann, vielleicht weil die beiden Polizisten verdutzt dastanden und keine Anstalten dazu machten, lachte Villiers.

Dieses Gelächter brachte Burden in Harnisch.

»Was bezwecken Sie damit eigentlich?« fuhr er ihn an. »Was möchten Sie damit beweisen? Weshalb möchten Sie sich über den Rest der Menschheit dermaßen erheben?«

»Erheben – oder mich unterwerfen, Mr. Burden.« Villiers hatte einen Blick von Wexfords Gesicht gewandt, und seine Augen waren groß und »*So stieg, so fiel er* – vergessen Sie das nicht. Und was ich möchte, ist ganz einfach.« Er stand auf und wandte ihnen den Rücken zu. »Ich möchte sterben.«

»Was zum Teufel«, sagte Wexford nachdenklich, als sie wieder im Wagen saßen, »ist denn in den gefahren, als ich diese Zeile zitiert habe?«

»Keine Ahnung«, sagte Burden. Schließlich raffte er sich auf. »Äh – von wem stammt das Zitat? Wordsworth?«

»Ich glaube nicht. Ich weiß nicht, von wem es ist. Es ging mir nur so durch den Kopf.« Burden nickte gleichgültig. Er war es gewohnt, mit Zitaten traktiert zu werden, die seinem Vorgesetzten nur so durch den Kopf gingen. Trockenes Bücherwissen, und mehr steckte schließlich nicht dahinter, brachte ihn immer in Verlegenheit. »Aber es wäre interessant, das herauszufinden«, sagte Wexford. »Gar nicht so leicht, so etwas ausfindig zu machen, wo es in unserem England von Musensöhnen doch nur so wimmelt.«

»Wir dürften wohl Wichtigeres zu tun haben«, meinte Burden unwirsch. »Weiterbringen würde uns, wenn wir einen Zeugen fänden, der bestätigen kann, daß Villiers nach seiner Heimkehr nicht mehr das Haus verließ.«

»Er oder seine Frau.«

»Ein Jammer, daß ihr Haus so abgelegen ist.«

»Ja. Wir müssen jemand finden, der an dem Haus vorbeigefahren ist. Aber das hat Zeit bis morgen früh. Lassen Sie den Schal ins Labor bringen, dann können Sie nach Hause gehen und den Anstreicher spielen. Körperliche Arbeit regt den Geist an, Mike, und während Sie den Pinsel schwingen, können Sie sich den Fall mal gründlich durch den Kopf gehen lassen.«

Burden atmete erleichtert auf und ließ den Wagen an. »Wen von den beiden haben Sie eigentlich in Verdacht?«

»Sie werden mir vorwerfen, meine Schlüsse seien voreilig, Mike, aber ich bin mir so gut wie sicher, daß sie es war. Georgina ist eine kräftige, gesunde junge Frau, körperlich dazu in der Lage, eine andere Frau mit einer Taschenlampe niederzuschlagen. Nicht ihr Mann, sondern *sie* erbt. Sie hielt sich im Herrenhaus auf, als die Taschenlampe zurückgestellt wurde. Sie kannte sich in dem Anwesen aus, und möglicherweise ist ihr das Unkrautfeuer früher am Abend aufgefallen. Jedenfalls wußte sie, daß sie ihre Kleidung auf dem Feuer verbrennen konnte, falls irgendwo – zum Beispiel auf einem Pullover – Blutflecke zurückbleiben sollten.«

»Das deutet alles auf einen vorsätzlichen Mord hin«, sagte Burden. »Demnach hätte sie ausgerechnet eine Taschenlampe als Waffe gewählt.«

»Denken Sie darüber nach. Versuchen Sie, sich einen Reim darauf zu machen. Ich werde inzwischen Lionel Marriott aufgabeln und ihn auf ein Glas ins *Olive* einladen.«

12

Die neue Cocktailbar im *Olive and Dove* war fast menschenleer, denn inzwischen hatte es die meisten Hausgäste in den Speisesaal gezogen, während die ernsthaften Trinker in den Pub oder den Salon abgewandert waren. Wexford bugsierte Marriott in einen abgelegenen Winkel und stellte ihm einen großen Whisky vor die Nase. Die Bar war durch eine gläserne Flügeltür mit dem Speisesaal verbunden, doch Wexford hatte dafür gesorgt, daß die Gäste nicht in Marriotts Blickfeld gerieten. Er wollte ungestört mit Marriott sprechen und ihn nicht der Versuchung aussetzen, Bekannten zu winken oder lächelnd und pantomimisch mit hübschen Frauen Verbindung aufzunehmen.

»So«, sagte er. »Ich möchte, daß du mir etwas über diesen Urlaub an der Costa Brava erzählst.«

»Urlaub!« rief Marriott und blinzelte entgeistert. »Vierzehn Tage Arbeitslager wären mir ehrlich lieber. Schlimm genug, die pickligen Racker nach London ins Victoria and Albert Museum zu schleppen, aber stell dir mal vor, zwei Wochen mit denen in so einer fünftklassigen Absteige eingepfercht zu sein – und das in der Gluthitze. Weißt du, die sind dort unten wie vom wilden Affen gebissen. Von den Einheimischen ist kein Mädchen vor ihnen sicher. Sie leiden ohnehin schon alle an Satyriasis in fortgeschrittenem Stadium, und sobald sie ein wenig Sonne abbekommen...! Und was die erschreckenden Verstöße gegen die Ausfuhrbestimmungen betrifft, so machst du dir kein Bild, wie teuflisch erfindungsreich manche von denen sind. Noch kaum aus den Windeln, und schon alle erfahrene Schmuggler.«

»Schon gut, schon gut«, sagte Wexford lachend. »Was war mit Villiers?«

»Weiß Gott, woher er die Zeit nahm, dort unten auch noch auf Freiersfüßen zu wandeln. Man sollte doch glauben, es bliebe einem keine freie Minute, wenn man gleichzeitig Zollbeamter, Kindermädchen und Anstandswauwau spielen muß. Wie auch immer, er lernte jedenfalls Georgina kennen.«

»War sie auch auf Urlaub dort?«

»Nur in demselben Sinne wie er«, sagte Marriott und winkte begeistert einer Brünetten zu, die in einem Satinkleid an ihrem Tisch vorbeirauschte. Sehnsüchtig sah er ihr nach, wie sie im Speisesaal verschwand. »Georgina war ebenfalls Begleitlehrerin auf einer Klassenfahrt.

Nach dem, was man so hört, hatte sie einen Verein mannstoller Teenager auf dem Hals. Denys und sie sind sich auf einem ihrer nächtlichen Streifzüge durch die Kneipen begegnet, wo sie ihre Schützlinge vom Boden auflasen.«

»So schlimm kann es nun wirklich nicht gewesen sein, Lionel.«

»Vielleicht übertreibe ich ein wenig«, räumte Marriott unbekümmert ein. »Von Denys habe ich darüber natürlich kein Wort erfahren. Nicht mal eine Karte hat er mir geschrieben. Nein, erst am Tag vor seiner Rückkehr habe ich davon Wind bekommen. Elizabeth und Quen kamen abends noch auf einen Sprung vorbei. ›Wir haben eine erfreuliche Nachricht für dich‹, sagte Quen. ›Denys hat ein Mädchen kennengelernt, und sie wollen heiraten.‹ ›Fixer Junge‹, erwiderte ich, und dann mußte ich natürlich sagen, wie sehr ich mich darüber freute, obwohl ich insgeheim dachte, das arme Ding hat ja wohl nicht alle Tassen im Schrank. Die nächste Runde geht auf mich, Reg.«

»Nein!« widersprach Wexford energisch. »Heute abend bist du eingeladen.« War Marriott erst einmal an der Bar, würde er den Verlockungen seiner Bekannten ausgesetzt sein. Wexford bestellte noch zwei Whiskys; während er an der Theke wartete, ließ er den Blick prüfend über die Kellner im Speisesaal schweifen und fragte sich, welcher davon wohl Quentin Nightingales Nebenbuhler war. Der Große mit der Akne? Der dünne Junge mit den zurückgekämmten schwarzen Haaren?

»Geheiratet haben sie in Georginas Heimatstadt in Dorset«, fuhr Marriott fort. »Quen kam zur Hochzeit, aber Elizabeth war verhindert. Sie hatte Migräne. Diese Wohnung über dem Abdecker konnte natürlich nicht mal Denys seiner zweiten Frau zumuten, deshalb bot ihnen Elizabeth an, im Herrenhaus zu wohnen, während sie auf Haussuche waren.

Die Nightingales richteten ein Diner für die Braut aus. Alles, was Rang und Namen hat, war dort. Die gute alte Priscilla und Sir George, die Rogers' aus Pomfret, die Primeros aus Forby und meine bescheidende Wenigkeit natürlich auch.« Alles andere als bescheiden wirkend, senkte Marriott die Stimme zu einem durchdringenden Flüstern. »Georgina wohnte im Haus, erschien aber als letzte. Aha! dachte ich mir, das schlaue kleine Ding will Eindruck schinden. Niemand von uns hatte sie zuvor schon gesehen, deshalb warteten wir natürlich mit angehaltenem Atem auf ihren Auftritt. Die Frauen hatten sich alle schwer in Schale geworfen. Elizabeth sah entzückend aus. Weißer Samt, du wirst es dir vorstellen können. Das steht fast jeder Frau. Ob du es glaubst oder nicht, ich habe mit eigenen Augen gesehen, wie sogar Denys sie mit einer Art widerwilliger Bewunderung ansah.

Und dann, als wir unsere Ungeduld kaum mehr bezähmen können, schneit Georgina herein – mit popeligen Zuchtperlen und in einem Fetzen von der Stange. Was die Frauen für Augen machten! Georgina war keine Spur von schüchtern. Die Unterhaltung bei Tisch bestritt sie im Grunde allein. Wir erfuhren alles über ihre hausfraulichen Pläne und Absichten, daß sie Denys ein richtiges Heim einrichten würde und sie sechs Kinder haben wollten. Aber sie war eifersüchtig! Sie beschwerte sich doch glatt bei Elizabeth, daß man sie nicht neben ihren Mann gesetzt hatte.

Elizabeth war reizend zu ihr, das muß man ihr lassen. Sie hat ihr sogar ein Kompliment wegen dem Kleid gemacht und gab sich wirklich alle Mühe, Georgina in den Mittelpunkt zu stellen. Sie sprudelte über vor Fröhlichkeit und sah keinen Tag älter aus als fünfundzwanzig.«

»Wirkte Georgina neidisch?« fragte Wexford.

»Auf die Anwesenden? Falls sich Neid dahinter verbirgt, wenn eine alles, was um sie herum ist, madig macht und sich bemüht, auf Grund ihrer spießbürgerlichen Ansichten eine Überlegenheit für sich in Anspruch zu nehmen, ja, dann war sie wohl neidisch. Seit damals bin ich ihr natürlich x-mal begegnet, und ihr einziges Thema ist, was für eine Musterehe sie und Denys doch führen und wie sie ineinander aufgehen.«

»Stimmt das denn?«

»Er ist der Mann ihrer Träume«, sagte Marriott. »Obwohl von den sechs Kindern ja noch nicht viel zu sehen ist. Was ihn betrifft, so denke ich, daß er sich in seiner zweiten Ehe genauso langweilt wie in der ersten, aber Denys Villiers interessiert sich eben nur für eines, und das ist seine Arbeit. Kaum hatten sich er und Georgina in dem Bungalow eingelebt, als er sich auch schon wieder wie in alten Zeiten im Herrenhaus herumtrieb.«

»Anscheinend hast auch du dich dort herumgetrieben, sonst hättest du ihn nicht gesehen«, sagte Wexford gewitzt.

Einen Moment wirkte Marriott verdutzt. Dann sprang er wie von der Tarantel gestochen auf. »Entschuldige mich bitte einen Augenblick, ich will nur mal kurz in den Speisesaal und ein Wort mit...«

Wexford lachte. »Du bist entschuldigt – für heute abend.«

»Du glaubst«, sagte Dr. Crocker am Morgen darauf, »sie hätte zur Tatzeit das Kopftuch getragen. Da muß ich dich leider enttäuschen. In diesem Fall müßte es mit Blut durchtränkt sein.«

»Eigentlich ist es ein Schal – vielleicht trug sie ihn um den Hals oder hielt ihn in der Hand.«

Der Arzt schnaubte verächtlich. »Klar – und nachdem

sie erschlagen war, hat sie ihn abgelegt und sich den Kopf damit abgewischt. So sieht er nämlich aus, als sei Blut damit abgewischt worden.«

Wexford faltete den Bericht zusammen und legte ihn auf sein Dienstbuch. »Du hast gesagt, am Dienstag abend mußtest du zu einer Entbindung. Die Straße von Clusterwell nach Myfleet bist du dabei nicht zufällig gefahren?«

»Aber sicher. Warum?«

»Kennst du Villiers' Bungalow?«

»Natürlich. Er ist ein Patient von mir. Ich bin so gegen elf daran vorbeigefahren.«

»Ist dir der Bungalow irgendwie aufgefallen?« hakte Wexford nach. »Hat Licht gebrannt? Sind die Autos in der Einfahrt gestanden?«

Der Arzt machte ein langes Gesicht. »Ich habe nicht darauf geachtet. Meine Gedanken kreisten um meine Patientin und die Möglichkeit einer Steißgeburt. Aber wenn ich gewußt hätte...«

»Das sagen alle«, erwiderte Wexford. »Da kommt Mike.«

Ein abgeschlaffter Burden trat in das Büro. »Wir haben zu dritt ganz Myfleet abgeklappert«, berichtete er. »Anscheinend fährt dort kein Schwanz abends noch weg. Um neun werden in dem Nest die Bürgersteige hochgeklappt, und wer um diese Zeit noch nicht im Bett ist, sitzt im Pub. Außer Nelleke Doorn kam niemand an Villiers' Haus vorbei. Ich habe sie mir noch mal vorgenommen, aber sie hat nur albern gekichert und mir von einem ekelhaften schwedischen Film erzählt. Ich habe allerdings den Eindruck, daß sie über ihre Fahrt nicht gern sprechen will.«

Wexford hüstelte verlegen. »Quatsch«, sagte er, bemerkte den drohenden Unterton in seiner Stimme und bemühte sich, ihn zu unterdrücken. »Glauben Sie mir, das Mädchen hat nichts mit Mrs. Nightingales Tod zu tun.«

»Schon möglich. Aber komisch ist es trotzdem, finden Sie nicht? Über ihr Techtelmechtel mit Nightingale und dem Kellner redet sie wie ein Wasserfall, aber sobald ich von ihr will, daß sie ihre Fahrt nach Hause beschreibt, kriegt sie den Mund nicht mehr auf. Ach, und noch was – Nightingales Mini stand auf dem Platz vor den Stallungen, und der junge Lovell gab sich beim Waschen alle Mühe, einen Kratzer an der vorderen Stoßstange herauszupolieren.«

»Ich weiß nicht, wo uns das hinführen soll, Mike. Wir suchen nicht nach einem Unfallwagen, sondern nach einem Zeugen, dem etwas aufgefallen ist, als er an Villiers' Bungalow vorbeikam.«

»Halbe Sachen sind nicht meine Art«, verteidigte sich Burden. »Jedenfalls habe ich unten nachgefragt, aber für Dienstag abend liegt keine Unfallmeldung vor.«

»Also Schluß damit, ja?« sagte Wexford mürrisch. »Schicken Sie Martin nach Clusterwell, er soll feststellen, ob jemand abends seinen Hund ausführt. Kann nicht schaden, wenn ich mitkomme«, fügte er hinzu. »Mal die Lage peilen. Es ist doch nicht möglich, daß *gar* niemand auf dieser Straße war.«

Die Häuser von Clusterwell lagen in großen Abständen an einem spinnenförmigen Straßennetz. Sergeant Martin übernahm den Rumpf der Spinne, Wexford die Beine. Während er von Tür zu Tür ging, rief er sich die nervtötenden Routineaufgaben seiner Jugend ins Gedächtnis zurück. Doch die Einwohner von Clusterwell schienen sich auf ihren höchst eigenartigen Begriff von Ehrbarkeit auch noch etwas einzubilden. Wie die Myfleeter blieben sie abends zu Hause. Rechtschaffen war, wer die Türen verriegelte, die Vorhänge zuzog und spätestens um neun vor dem Fernseher saß. Und nach der Anzahl der Promenadenmischungen zu schließen, die Wexford in den Gassen begegneten, machten sich die Hunde auf ihre eigene Art Bewegung.

Ein großer schwarzer Köter knurrte ihn an, als er an die Hecke seines Reviers trat, das wie eine Schrebergartenkolonie aussah. Er verzichtete darauf, sich näher an den hinter Bohnenstangen und aufeinandergestapelten Hühnerställen stehenden Wohnwagen zu pirschen – sein Besitzer war offensichtlich nicht zu Hause. Statt dessen trat er einen Schritt zurück und las den Text des auf einem Pfosten angebrachten schmuddeligen Schildes: *A. Tawney. Frische Eier, Hähnchen zum Braten, Gemüse.*

»Myfleet«, wies er seinen Fahrer lapidar an.

Mrs. Cantrip saß in die Zeitung vertieft im Schaukelstuhl und hatte sichtlich ein schlechtes Gewissen, daß er sie beim Nichtstun ertappt hatte. Nelleke, die ihn hereingeführt hatte, verschwand in Richtung Arbeitszimmer.

»Alf Tawney, Sir? Wenn er nicht seine Runde macht, können Sie ihn wahrscheinlich bei Mrs. Lovell finden.«

»Wie liefert er denn seine Ware aus?«

»Mit dem Rad, Sir. Vorn am Lenker hat er so einen großen Korb.«

Wexford nickte. »Bleibt er die Nacht über bei Mrs. Lovell?«

Mrs. Cantrip zu schockieren war leicht, denn sie gehörte jener Denkrichtung an, die der Ansicht ist, Geschlechtsverkehr könne nur zwischen Mitternacht und Morgengrauen stattfinden. »O nein, Sir«, sagte sie errötend und mit gesenktem Blick. »Spätestens um elf geht er. Ich schätze, sogar Mrs. Lovell hat eine verschwommene Vorstellung davon, was sich gehört.«

Das Liebespaar saß gerade beim Abendessen. Mitten auf dem Tisch ohne Tischtuch stand ein Topf Baked Beans.

Mrs. Lovell setzte sich wieder. »Hat Seine Lordschaft was angestellt?« fragte sie, während sie eine Scheibe Brot absäbelte und den Busen auf die Krümel lagerte.

»Mein Besuch hat nichts mit Sean zu tun.« Wexford war klar, daß man ihm keinen Tee anbieten wollte, doch ein Blick auf die angeschlagenen Tassen und den verkrusteten Rand an der Milchflasche hielt sein Bedauern in Grenzen. »Ich habe auf das Vergnügen gehofft, mich mit Mr. Tawney ein wenig zu unterhalten.«

»Mit Alf? Was wollen Sie von Alf?«

Wexford musterte den Eier- und Gemüselieferanten und fragte sich, wie man einen Mann verhören sollte, der anscheinend nie den Mund auftat. Die kleinen schwarzen Augen in dem dunkelhäutigen Spitzmausgesicht erwiderten seinen Blick starr und ausdruckslos.

Schließlich sagte er: »Sie verbringen wohl ziemlich viel Zeit bei Ihren Freunden hier, Mr. Tawney?«

Mrs. Lovell lachte lauthals auf. »Mein Sean zählt nicht zu seinen Freunden. Du kommst wegen mir, stimmt's, Alf?«

»Hm«, sagte Tawney bekümmert.

»Ist auch nichts gegen einzuwenden«, meinte Wexford. »Nach der täglichen Schufterei braucht ein Mann ein wenig weibliche Gesellschaft.«

»Und ein warmes Essen im Magen. Alf ist ja direkt vom Fleisch gefallen, bevor er auf mich hörte und zu mir kam. Hast du Lust auf ein Cremehörnchen, Alf?«

»Hm.«

»Um wieviel Uhr gehen Sie denn normalerweise von Mrs. Lovell nach Hause?« fragte Wexford.

»Alf muß beizeiten aufstehen«, sagte Mrs. Lovell und wirkte zigeunerinnenhafter denn je.« Spätestens um

Viertel vor elf geht er.« Sie seufzte, und Wexford vermutete, daß dieser frühzeitige Weggang ein ewiger Zankapfel zwischen ihnen war. Erstaunlich scharfsinnig sagte sie: »Sie wollen wohl wissen, ob ihm was aufgefallen ist an dem Abend, als die vom Herrenhaus umgebracht wurde?«

»Genau. Ich möchte fragen, ob Mr. Tawney einen Blick auf Mr. Villiers' Bungalow – Sie wissen, welchen ich meine? – geworfen hat, als er zurück nach Clusterwell geradelt ist.«

»Das mit dem Blick weiß ich nicht. Aber er hat versucht, sie rauszuklopfen, stimmt's nicht, Alf?«

»Hm«, sagte Tawney. Wexford war ganz Ohr und wartete.

»Sag schon, Alf. Der Herr hat dich etwas gefragt.« Ein Beben durchlief Tawneys Körper, als versuche er, tief in seinem Innersten die Sprache zu finden. »Er hatte da eine Stinkwut im Bauch«, erzahlte Mrs. Lovell. »Hat für seine Verhältnisse ziemlich viel gesprochen. *Na los,* Alf.«

Tawney machte den Mund auf.

»War zwecklos«, sagte er. »Sie waren nicht da, Fenster und Türen zu.«

»Damit wir uns richtig verstehen« – Wexford reimte sich die Geschichte so gut es ging zusammen und leistete im Geiste Abbitte bei Burden –, »Mr. Tawney fuhr nach Hause, als ihn ein Auto überholte und beinahe vom Rad stieß.« Mrs. Lovells anerkennungsvolles Grinsen verriet ihm, daß er auf der richtigen Fährte war. »Aber er schrieb sich die Nummer des Wagens auf, die er der Polizei geben wollte, damit sie den Fahrer ermitteln konnte.«

»Die Nummer hat er sich nicht aufgeschrieben.« Mrs. Lovell fischte aus einer Papiertüte das letzte Hörnchen heraus. »Er hat gewußt, wer's war. Die junge Ausländerin vom Herrenhaus.«

»Mr. Tawney hat bei Villiers geklopft, weil er telefonieren wollte?« Unglaublich, sich vorzustellen, wie Tawney die Sache erklärte, sich entschuldigte, wählte, sie nochmals erklärte.

»Im Haus war's stockdunkel«, erklärte Mrs. Lovell ausführlich.« Alf hat sich fast die Finger wundgeklopft, aber niemand ist an die Tür gekommen, stimmt's?«

»Jupp«, sagte Tawney.

Und so was nennt sich dann Beweis vom Hörensagen, dachte Wexford bei sich. »Um wieviel Uhr war das?«

»Alf ist um halb elf hier weggefahren. Er klopfte schon eine ganze Weile, als er hörte, wie die Uhr im Kirchturm von Clusterwell elf schlug. Na los, Alf, erzähl's du ihm. Du bist dabeigewesen.«

Tawney kippte den letzten Schluck Tee hinunter, vielleicht um seine eingerosteten Stimmbänder damit zu schmieren. »Ich hab geklopft, ist aber niemand gekommen.« Er hustete entsetzlich, und Wexford wandte den Blick ab. »Er ist nicht da und sie auch nicht, hab ich mir gesagt.«

»So ist's recht, Alf.« Mrs. Lovell strahlte ihn aufmunternd an.

»Das hätte ich mir denken können. Das Garagentor stand offen.«

»Und von den beiden Autos keine Spur! Deshalb hat er's aufgegeben, und am nächsten Morgen – nun, so ein Zorn verfliegt schnell wieder. Man denkt sich: Was regst du dich auf, die Knochen sind ja noch heil. Aber der kleinen Ausländerschlampe erzähl ich was, wenn sie mir im Dorf über den Weg läuft; darauf können Sie Gift nehmen.«

Arme Nelleke. Wexford spielte mit dem Gedanken, ob er ihr nicht einen zarten Wink geben sollte, unter vier Augen, wo er sie mit Vornamen anreden konnte, wenn sie ihm dieses Vorrecht auch nur deshalb eingeräumt hatte, weil er sie an einen alten Onkel erinnerte. Den freundlichen Onkel spielen – das fehlte noch! Er lachte in sich hinein. Lieber nicht, lieber schön sicher an den Mast gefesselt bleiben, während die Sirene für andere sang.

Im September sehen gewöhnlich auch die gepflegtesten Gärten ein wenig verwildert aus. Dieser hier bildete eine Insel der Ödnis zwischen den Feldern, ein steriles, tristes Stück Land, auf dem jeder widerspenstige Ast und jeder wuchernde Halm zurechtgestutzt war. Das Gras war braun und sehr kurz gemäht; nirgends bot sich ein schattiges Plätzchen.

Denys und Georgina Villiers saßen in zwei Liegestühlen der unbequemen, billigen Sorte, die Metallgestelle und kümmerlich schmale hölzerne Armlehnen haben. Wexford beobachtete sie einen Augenblick, ehe er sich bemerkbar machte. Der Mann, der behauptet hatte, er lese keine Zeitungen, war jetzt so vertieft in eine, daß er keine Notiz von seiner Frau zu nehmen schien. Ohne sich mit einem Buch oder einer Näharbeit die Zeit zu vertreiben, stierte sie ihn mit der gespannten Aufmerksamkeit eines fasziniert auf die Leinwand starrenden Filmfans an.

Wexford hüstelte, und prompt sprang Georgina auf. Villiers hob den Blick und sagte in dem frostig unfreundlichen Ton, der ihm anscheinend ganz nach Belieben über die Lippen kam: »Nimm dich zusammen. Sei nicht so albern.«

Wexford trat zu ihnen. Über Villiers' Schulter warf er einen Blick in die Zeitung und sah, was der Schriftsteller gelesen hatte: eine Rezension seines neuesten Buchs, die eine halbe Seite einnahm. »Mr. Villiers, weshalb haben Sie mir gesagt, Sie seien am Dienstag abend vom Herrenhaus direkt nach Hause gefahren und gleich zu Bett gegangen?« fragte der Chief Inspector schroff. »Um dreiundzwanzig Uhr war Ihr Haus leer, und nirgends brannte Licht. Weshalb haben Sie mir verschwiegen, daß sie noch einmal weggingen?«

»Ich habe es vergessen«, sagte Villiers gelassen.

»Sie haben es *vergessen!* Obwohl ich Sie ausdrücklich danach fragte?«

»Ich habe es trotzdem vergessen.« Auf Villiers' ungerührtem Gesicht zeichnete sich weder Furcht noch Verlegenheit ab. Der Mann verfügte über eine eigenartige Kraft, eine eiserne Selbstbeherrschung; er wirkte unerschütterlich. Weshalb beschlich Wexford dann dieses merkwürdige Gefühl, daß der Mann schon vor langer Zeit einen unheilbaren Knacks abbekommen hatte, daß seine Kraft nie ganz ausgereicht hatte?

»Jetzt hören Sie mal zu, Sir. Sie haben also vergessen, daß Sie noch mal weggegangen sind. Schön. Haben Sie auch vergessen, wohin Sie gegangen sind?«

»Ich war dort, wo ich gesagt habe«, erwiderte Villiers. »In der Schulbibliothek, weil ich etwas nachschlagen wollte.«

»Was nachschlagen?«

»Könnten Sie irgend etwas damit anfangen, wenn ich es Ihnen sagen würde?« fragte Villiers kühl und verächtlich, dann zuckte er mit den Achseln. »Na schön. Ich habe das genaue Verwandtschaftsverhältnis zwischen George Wordsworth und William Wordsworth nachgeschlagen.«

Ein wenig beschämt mußte sich Wexford eingestehen, daß er nichts damit anfangen konnte. Er wandte sich an Georgina, die sich in ihrem Liegestuhl zusammengekauert hatte; an den Armen hatte sie eine Gänsehaut, und auf ihrer Oberlippe schimmerten winzige Schweißperlen. Heute trug sie ausnahmsweise keinen Schmuck. Fand sie nun, da sie sich bald mit echten Edelsteinen schmücken konnte, an den billigen, protzigen Klunkern keinen Gefallen mehr? Oder hatte sie Nightingale aus der Nase gezogen, in welch geringschätzige Worte das Legat ihrer Schwägerin gekleidet war?

»Haben Sie Ihren Mann zur Schule begleitet, Mrs. Villiers?« Ihr mattes Kopfschütteln war gerade noch wahrnehmbar. »In diesem Fall wären Sie ja auch kaum in zwei verschiedenen Autos gefahren. Aber Sie sind noch einmal weggegangen. Wohin?«

Ein schriller, piepsiger Ton lag in ihrer Stimme. »Ich bin herumgefahren – einfach so, auf den Landstraßen.«

»Darf ich fragen, weshalb?«

Villiers antwortete für sie. »Meine Frau hat sich geärgert, weil ich noch einmal weggegangen bin«, sagte er aalglatt. »Wie sie dies bei solchen Gelegenheiten öfters zu tun pflegt, hat sie mit ihrem Auto eine Spazierfahrt unternommen.« Er lächelte giftig. »Um sich abzureagieren«, fügte er hinzu.

»Das nehme ich Ihnen nicht ab«, sagte Wexford bedächtig. Er warf einen schnellen Blick auf den kümmerlichen Garten. »Ich glaube, auf dem Revier könnten wir uns sehr viel offener unterhalten.«

Georgina schrie entsetzt auf und warf sich ihrem Mann an den Hals. Wexford erwartete, er würde sie zurückstoßen, doch statt dessen nahm er sie zärtlich in die Arme. Er war nun aufgestanden und strich ihr über das trockene, struppige Haar. »Wie Sie meinen«, sagte er gleichgültig.

»Nein, nein, nein«, schluchzte sie an seiner Schulter. »Du mußt es ihm sagen. Sag's ihm.«

Er würde eine neue Lüge auftischen, davon war Wexford überzeugt.

»Meine Frau möchte, daß ich Ihnen sage«, erklärte Villiers, »was für ein ausgesprochener Volltrottel Sie doch sind.« Er streichelte Georgina wie einen Hund, dann schob er sie zur Seite. »Nehmen Sie einen Rat von mir an, Chief Inspector. Ehe Sie das nächste Mal jemandem einen Mord in gewinnsüchtiger Absicht unterstellen, sollten Sie vorher lieber erst einmal den Wert dessen überprüfen, was er durch den Mord gewinnt. Ich bin ein guter Lügner«, fuhr er beredt fort, »aber was ich Ihnen jetzt sage, ist keine Lüge. Die Schmuckstücke meiner Schwester sind samt und sonders Kopien. Ich wäre überrascht, wenn der ganze Plunder mehr als fünfzig Pfund einbringt. Suchen Sie sich lieber einen anderen Sündenbock, Mr. Wexford. Sie wissen so gut wie ich, Ihr lächerlicher, aus der Luft gegriffener Verdacht gegen meine Frau steht und fällt mit dem Motiv, und wo ist Ihr Motiv jetzt?«

Den Bach runter, dachte Wexford und sah auf den kleinen Flußlauf, der sich zwischen den im letzten Sonnenlicht neblig schimmernden Feldern hindurchschlängelte. Er war mit einemmal völlig sicher, daß Villiers diesmal nicht gelogen hatte.

13

Von Nelleke war nichts zu sehen, und so öffnete diesmal Quentin Nightingale persönlich die Tür des Herrenhauses, um Wexford einzulassen. In dem schmucklosen Arbeitszimmer ahnte Wexford jedoch, daß ihre Anwesenheit noch nicht lange zurücklag. Sie war hier bei Quentin gewesen, das spürte er, hatte ihn umarmt und geküßt, um dann wegzulaufen, als es an der Tür geklingelt hatte.

Quentin machte einen abwesenden Eindruck, wirkte

wie ein Verliebter, der in der Vergangenheit schwelgt und die nahe Zukunft herbeisehnt. Wexfords Nachricht holte ihn unsanft auf den Boden der Realität.

»Ich habe jedes Schmuckstück, das Elizabeth besaß, selbst für sie gekauft«, sagte er. »Die meisten Quittungen habe ich noch, falls Sie sie wollen.«

»Später. Erst würde ich gern noch einmal die Steine sehen.«

Quentin hängte den Stubbs ab und öffnete den Safe. Mit beiden Händen raffte er die Juwelen aus den Kästchen und ließ sie sich durch die Finger rieseln wie ein Kind, das bei seinem ersten Ausflug ans Meer Muscheln und Steine durchsiebt, und in dessen Vergnügen sich das Staunen über das Unbekannte mischt.

Aus dem Haufen wählte er den Verlobungsring seiner verstorbenen Frau aus und ging mit ihm ans Fenster, doch die einsetzende Dämmerung vereitelte seine Absicht, weshalb er zurückging und die Schreibtischlampe einschaltete.

»Meine Brille«, sagte er. »Direkt neben Ihrem Ellbogen. Wären Sie so freundlich?«

Wexford reichte sie ihm.

»Das ist eine Imitation.« Quentins Stimme bebte leicht. »Es ist nicht der Ring, den ich Elizabeth zu unserer Verlobung geschenkt habe.«

»Woran sehen Sie das?«

»Nicht weil ich mich mit Edelsteinen auskenne. Ich werde mich an einen Fachmann wenden müssen, um uns über die anderen Stücke Gewißheit zu verschaffen. Gibt es so jemanden hier in der Gegend, oder sollte ich einen aus London kommen lassen?«

»Wir können hier einen finden. Sie haben mir aber noch nicht gesagt, woran Sie erkennen, daß der Ring falsch ist.«

»Als ich ihn kaufte, habe ich auf der Innenseite ein paar Worte für sie eingravieren lassen«, sagte Quentin verbittert. Wexford nahm ihm den Ring aus der Hand und war sich darüber im klaren, daß Nightingale nicht die Absicht hatte, ihm den genauen Wortlaut mitzuteilen. »In diesem hier steht nichts.«

»Nein.«

Quentin setzte sich. Mit einer raschen, reflexartigen Bewegung schob er den funkelnden Haufen von sich weg und stieß eine mit Brillanten – Brillanten oder Simili? – besetzte Revière auf den Teppich. Wie eine glitzernde Schlange lag sie vor Wexfords Füßen.

»Ich nehme an, es sind alles Kopien«, sagte Quentin. »Perfekte Kopien, finden Sie nicht? Alle außer einer. Vorzügliche Imitationen der echten Stücke. Mit Ausnahme dieses Rings. Sie ließ die Steine nachmachen und auch das Platin, aber die Inschrift nachmachen zu lassen, war ihr zuviel, weil sie ihr nichts bedeutete. Wie gleichgültig ich ihr doch gewesen sein muß...«

War es diese Quentin nun endgültig und unumstößlich zum Bewußtsein kommende Gleichgültigkeit, die für ihn den Ausschlag gab? War es diese Erkenntnis, die ihn zu jenem unvermuteten und möglicherweise leichtsinnigen Schritt führte? Viel später, nachdem der Fall abgeschlossen war, stellte sich Wexford oft diese Fragen. Doch als er am Morgen darauf von dem Juwelier wieder zum Herrenhaus fuhr, hatte er nicht einen Gedanken darauf verschwendet, und die Nachricht traf ihn völlig unvorbereitet.

Nelleke führte ihn in den Salon, und als er ihr folgte und die Schmuckschatullen schon aus dem braunen Papier auswickelte, stellte er fest, daß Quentin nicht allein war. Denys Villiers stand bei ihm an der Terrassentür und schüttelte Quentin beide Hände. Wexford hörte den Schluß einer offenbar längeren Rede.

»...Jedenfalls gratuliere ich dir von ganzem Herzen, Quen. Ich freue mich aufrichtig für dich.« Dann fiel Villiers' Blick auf Wexford. Er ließ die Hände seines Schwagers los und setzte eine hochmütige Miene auf.

»Darf ich fragen, welchen Anlaß es zum Gratulieren gibt, Sir?«

Villiers zuckte die Achseln und wandte ihm den Rükken zu, Quentin aber, der rot geworden war, streckte die Hand nach Nelleke aus, und das Mädchen lief zu ihm.

»Vielleicht wäre es taktlos, wenn ich es Ihnen sagte, Chief Inspector. Sie könnten zu viel darin hineinlesen.« Villiers rümpfte verächtlich die Nase.

»Fürs erste möchte ich es gerne geheimhalten«, sagte Quentin. »Nelleke und ich werden heiraten.«

Wexford stellte das Paket auf ein Tischchen. »Tatsächlich?« Wie sie da standen, wirkten sie wie Vater und Tochter. Es bestand sogar eine leichte Ähnlichkeit zwischen ihnen, die Art von Familienähnlichkeit, die zwei Vertreter des gleichen klassisch nordeuropäischen Typs stets aufweisen. »In diesem Fall möchte ich mich Ihrer Gratulation anschließen«, sagte er und leistete insgeheim erneut Abbitte bei Burden, dessen Ansichten vielleicht doch nicht so altmodisch waren.

»Selbstverständlich werden wir sechs Monate warten. Ein Jahr wäre vielleicht...«

»Ein ganzes Jahr werde ich nicht warten, Kventin. Halbes Jahr vielleicht. Wäre nicht anständig, mich ein Jahr auf Wohnung in London, die neue Sportwagen und Reise um ganze Welt in Flitterwochen warten zu lassen.«

Sie hatte es also doch aufs Geld abgesehen, dachte Wexford traurig. Er hatte sich geirrt. In letzter Zeit schien er sich überhaupt nur zu irren.

»Ich möchte jetzt gern allein mit Ihnen sprechen, Sir«, sagte er.

»Ja, selbstverständlich.«

Villiers riß jäh die Terrassentür auf und ging verärgert aus dem Zimmer. Nelleke warf ihnen ein strahlendes Lächeln zu, dann folgte sie ihm und blieb auf dem Rasen stehen, um mit unverhohlener Neugier alles um sie herum genau in Augenschein zu nehmen.

»Bis zur Hochzeit wird sie zu Hause bei ihren Eltern wohnen«, sagte Quentin, und in ernstem Ton fügte er hinzu: »Ich möchte, daß alles seine Ordnung hat. Ich möchte – wie sagt Antonius noch gleich? *Lies meinen Tadel nicht im Ruf der Welt. Ich hielt nicht stets das Maß.«*

»Doch für die Zukunft«, erwiderte Wexford schlagfertig, *»fügt alles sich der Form.«* Allerdings, dachte er, allerdings. Aber wie sah diese Zukunft für das Mädchen aus? Eine lange Zeit des Verheiratetseins, viel Geld und viel Muße – das hieß den Versuchungen Tür und Tor öffnen. Für ihn war sie die letzte, er für sie aber vielleicht nur einer der ersten. Würden sie wohl manchmal im *Olive* essen und dort von einem Kellner bedient werden, der sich einst im Dickicht des Cheriton Forest mit der neuen Gutsherrin vergnügt hatte? Armer Kventin, äffte Wexford in Gedanken ihren Akzent nach. Nun war er nicht mehr zu beneiden. Es war ein hübsches Spiel, das er da spielte, ein Spiel, das Wexford früher sehr verlockend erschienen war. Heute jedoch nicht mehr, nicht zu diesen Bedingungen, denn die Einsätze waren hoch, und man war immer auf der Verliererstraße.

»Alles Imitationen«, sagte er lakonisch. »Ich brachte den Schmuck zu einem Juwelier in der Queen Street. Er war mir schon früher behilflich und ist absolut verläßlich. Wenn er sagt, der Schmuck ist falsch, dann ist er falsch. Sie muß ihre Geschenke verkauft und genaue Kopien anfertigen lassen haben.«

»Aber weshalb, Chief Inspector? Mehr Geld, als sie von mir bekam, kann sie unmöglich verbraucht haben. Falls sie mehr wollte, hätte sie nur darum bitten müssen. Das wußte sie.«

»Hätten Sie ihr dreißigtausend Pfund gegeben?«

»Ich bin kein Millionär.« Quentin seufzte und biß sich auf die Lippe. »Der Schmuck war ihr Eigentum, sie konnte damit tun und lassen, was sie wollte. Sie zog es vor, ihn zu verkaufen. Vielleicht spielt der Grund gar keine Rolle.« Er sah Wexford flehentlich in die Augen. »Ich möchte das alles gern vergessen.«

»Ganz so einfach ist es nicht.« Wexford nahm Platz und forderte seinen Gastgeber ziemlich barsch auf, sich ebenfalls zu setzen. »Ihre Frau verkaufte den Schmuck, weil sie Geld brauchte. Nun bin ich an der Reihe, nach dem Weshalb zu fragen. Weshalb hat sie das Geld gebraucht, und was hat sie damit getan? Wir wissen, daß sie es ausgegeben hat. Ihr Konto war überzogen. Wo ist das Geld also geblieben?«

Quentin zuckte bedauernd mit den Achseln. »Sie war ein freigebiger Mensch. Vielleicht hat sie es für wohltätige Zwecke gespendet?«

»*Dreißigtausend Pfund?* Und weshalb hat sie Ihnen kein Wort davon gesagt? Nein, Mr. Nightingale, ich glaube, Ihre Frau ist erpreßt worden.«

Quentin beugte sich vor und runzelte verwirrt die Stirn. »Aber das ist unmöglich! Man wird doch nur erpreßt, wenn man etwas Ungesetzliches getan hat. Meine Frau war...« Er machte eine ratlose Handbewegung, die das ganze Zimmer einschloß. Wexford verstand, was er damit ausdrücken wollte: ihre Stellung und ihr Reichtum hatte die Frau, deren Heim dies hier gewesen war, gegen den Schmutz krimineller Verlockungen gefeit. Zu dieser Schicht gehören wir nicht, sagte sein Blick, mit der anrüchigen Unterwelt haben wir nichts zu schaffen. Haben Sie denn immer noch nicht begriffen, daß gleich nach dem lieben Gott die Engel kommen, und gleich nach den Engeln wir?

»Es muß sich nicht unbedingt um einen Verstoß gegen das Gesetz gehandelt haben«, erklärte Wexford bedächtig. »Vielleicht war es ein Verstoß gegen die herrschende Moral.«

Verwirrt schien Quentin darüber nachzudenken. Dann hellte sich seine Miene auf. »Sie meinen, sie könnte mir untreu gewesen sein, und jemand sei ihr auf die Schliche gekommen?«

»Ja, so ungefähr, Sir.«

»Nein, Mr. Wexford, da sind Sie auf dem Holzweg. Zu der Sorte von Ehemännern zähle ich nicht. Was meine Frau auch getan haben mag, ich hätte ihr verziehen, und das wußte sie auch. Wir haben dieses Thema kurz nach unserer Hochzeit besprochen, wie frischgebackene Ehepaare das häufig tun. Elizabeth hat mich gefragt, wie ich darüber denke. Es war eine rein theoretische Frage, Sie wissen schon, sie sollte dem besseren Kennenlernen dienen. Wir – wir waren damals sehr verliebt.«

»Und was haben Sie ihr zur Antwort gegeben?«

»Ich sagte, falls sie je zu mir kommen und mir erklären würde, sie habe – es habe einen anderen gegeben, ich ihr nie Vorwürfe machen und mich schon gar nicht von ihr scheiden lassen würde. Vorausgesetzt, sie käme zu mir und vertraute sich mir an. Ich erklärte ihr, die Bereitschaft zum Verzeihen gehöre meiner Meinung nach zur Liebe, und schließlich brauche sie mich dann, wenn es ihr schlecht ginge, gerade am nötigsten. Und ich würde von ihr erwarten, für mich erforderlichenfalls das gleiche zu tun. Ich hätte mich nie von ihr scheiden lassen. Sie war meine Frau, und selbst als wir uns so schrecklich auseinandergelebt hatten, hielt ich an der Überzeugung fest, daß eine Ehe für alle Zeiten geschlossen wird.«

Ein netter Mann, dachte Wexford, dessen üblicher Zynismus einen Augenblick in den Hintergrund trat, ein freundlicher und außergewöhnlich kultivierter Mensch. Der Zynismus meldete sich wieder zurück. Ein Mustergatte – oder ein Mann, den das Schicksal dazu bestimmt hatte, daß ihm die Frauen das Fell über die Ohren zogen. Ein Glück, überlegte er sich, daß Quentin Nightingale während seiner ersten Ehe solch bewundernswerte Grundsätze entwickelt hatte, denn während seiner zweiten würde er sie gewiß in die Praxis umsetzen müssen.

»Manche Dinge kann man nicht verzeihen«, sagte er. Beispiele kamen ihm in den Sinn, Fälle aus seiner langen Erfahrung mit Missetätern. Die Frau, die ihren Mann mehr als zehnmal nach seinen wegen Diebstahls verbüßten Gefängnisstrafen wieder aufgenommen hatte, sich jedoch weigerte, ihn nach seiner Verurteilung wegen unsittlichen Entblößens auch nur noch eines Blickes zu würdigen. Oder der Mann, der sich die Seitensprünge seiner Frau gefallen ließ, sie jedoch verstieß, als man sie beim Ladendiebstahl erwischte. »Sie sind ein vernünftiger, toleranter Mann«, sagte er schließlich, »doch Sie denken in zu engen Bahnen. Ich frage mich, ob Sie wirklich genau über sich Bescheid wissen. Sie wissen, was Ihnen gefällt, aber wissen Sie auch, was Sie abstößt?«

»Nichts, was Elizabeth getan haben könnte«, beharrte Quentin eigensinnig.

»Vielleicht, doch sie war überzeugt, es würde Sie abstoßen, so fest überzeugt, daß sie bereit war, dreißigtausend Pfund zu bezahlen, damit Sie nichts davon erfuhren.«

»Wenn Sie meinen«, sagte Quentin ratlos. »Aber wer aus ihrem Bekanntenkreis könnte Geld von ihr erpreßt haben?«

»Ich habe eigentlich gehofft, Sie könnten mir das sagen. Jemand vom Personal?«

»Mrs. Cantrip, die uns seit sechzehn Jahren treu ergeben ist? Der alte Will, die Anständigkeit in Person? Sean, der sie wie eine Heilige verehrte? Sie sehen selbst, wie unsinnig das ist. Weshalb sollte es überhaupt jemand vom Personal sein?«

»Es ist weniger wahrscheinlich, daß es jemand aus Ihrem Freundeskreis ist, finden Sie nicht, Sir? Ein Dienstbote, der hier im Haus wohnte, hätte Zugang zu persönlichen Schriftstücken gehabt, könnte Augenzeuge von etwas geworden sein oder Fotos entdeckt haben.«

»Beweise für ihre Untreue? Aber ich sage Ihnen doch, sie *wußte*, daß ich Verständnis gehabt hätte. Ich hätte darüber hinweggesehen, wie sehr es mich auch geschmerzt hätte.«

Wexford starrte ihn an und war nur mühsam in der Lage, seinen Ärger zu unterdrücken. Der Mann hatte keine Ahnung vom Leben. Er redete von ehelicher Untreue, als wäre sie stets eine unkomplizierte und zeitweilige Schwärmerei für jemand anders, eine Frage von Verführung, Liebe und späteren Schuldgefühlen. Er war naiv. Wexford jedoch nicht. Er hatte die Liebesbriefe gesehen, die sich auch die hochgestelltesten und kultiviertesten Menschen schreiben, die Fotos, für die sich auch die elegantesten und anspruchsvollsten Frauen in Pose setzen. Dreißigtausend Pfund waren unter Umständen kein zu hoher Preis, sie nicht in die Hände eines Ehemanns gelangen zu lassen.

»Sie haben eine Reihe von Au-pair-Mädchen beschäftigt, das haben Sie erwähnt.«

»Ganz normale junge Mädchen«, sagte Quentin. »Absolut ehrlich und froh, bei uns zu sein. Sie empfanden tiefe Bewunderung für Elizabeth.«

So wie Nelleke?

»Vor den Mädchen hatten Sie ein Ehepaar«, hakte Wexford nach. »Wie war noch gleich der Name?«

»Twohey«, sagte Quentin Nightingale.

In dem kleinen weißen Cottage wurde das Unterste zuoberst gekehrt. Als Wexford in das Haus kam, hörte Mrs. Cantrip mit dem zwangsläufig auf den Samstag verlegten Großputz auf und setzte sich mit der gelblichbraunen Katze auf dem Schoß in einen Sessel. In dem Zimmer hing ein starker Geruch nach Bohnerwachs und Mottenkugeln.

»Twohey?« fragte sie. »Mr. Nightingale hat ihn wegen seiner Unverschämtheit entlassen. Er hat nie angemessenen Respekt gezeigt, schon von Anfang an nicht. Und ordentlich gearbeitet hat der sein Lebtag nicht, soweit ich das beurteilen kann. Lungerte immer herum, wo er nichts verloren hatte, schnüffelte alles aus und machte lange Ohren, wenn Sie wissen, was ich meine.«

»Und deshalb hat man ihn rausgeworfen?«

Die Katze glitt geschmeidig auf den Boden und begann, sich die Krallen an einem Tischbein zu wetzen. »Laß das, Ginger«, sagte Mrs. Cantrip. »Mit der Zeit trieb er's zu bunt, Sir, das können Sie mir glauben. Ein paar Wochen vor seinem Rausschmiß wurde er so aufsässig gegenüber der gnädigen Frau, daß es nicht mehr feierlich war, wo doch die Gnädige immer so liebenswürdig war und sich nie zur Wehr setzte.« Sie hob die Katze auf und ließ sie aus dem Fenster zwischen die Zinnien und Dahlien plumpsen. »Sie ertappte ihn, wie er sich gerade von Mr. Nightingales Whisky bediente, und als sie ihn zur Rede stellte, sagte er doch glatt: ›Das bißchen wird Sie wohl nicht gleich an den Bettelstab bringen.‹ Da bleibt einem doch die Spucke weg!«

»Und seine Frau?«

»Die war gar nicht so übel. Um die Wahrheit zu sagen, sie stand ziemlich unter seiner Fuchtel. Mich fand sie ganz nett. Hat mir noch zwei Jahre später eine Karte zu Weihnachten geschickt.«

»Sie kennen also ihre Adresse?« fragte Wexford.

»Ich habe nie zurückgeschrieben, Sir«, sagte Mrs. Cantrip und schnaubte entrüstet. »Auf Umgang mit solchen Leuten lege ich keinen gesteigerten Wert. Mir ist aber aufgefallen, daß die erste Karte in Newcastle abgestempelt war.«

»Haben sie eine andere Stellung angenommen?«

»Das kann ich Ihnen leider nicht sagen, Sir. Im Angeben und Aufschneiden war Twohey ganz groß, und er hat immer wieder betont, wie satt er das Dienstbotenleben habe. Als Eisenwarenhändler werde er sich selbständig machen, hat er gesagt, aber unter vier Augen hat mir Mrs. Twohey anvertraut, das seien alles Luftschlösser. Woher sollten sie auch das Anfangskapital nehmen, Sir? Sie hatten keinen roten Heller, das können Sie mir glauben.«

Nachdem er Sergeant Martin auf die Suche nach Twohey angesetzt hatte, fuhr Wexford zur Tabard Road und parkte vor einem Bungalow, dessen rosa Haustür farblich zu den Geranien im Garten paßte. Auf einer Regenplane auf dem Rasen saßen zwei Kinder, jedoch nicht nebeneinander, sondern an entgegengesetzten Enden, als wollten sie soviel Abstand halten wie mit dem Verbot ihrer Mutter, sich nicht ins feuchte Gras zu setzen, vereinbar war. Der Junge wusch Malerpinsel aus, das Mädchen quartierte Raupen aus einem Einmachglas in diverse Streichholzschachteln um.

Wexford grüßte sie freundlich, dann schlenderte er zu ihrem Vater, der gerade die Garagentüren strich. Er lachte in sich hinein, als er bemerkte, daß Burden alles andere als erfreut auf sein Erscheinen reagierte.

»Streichen Sie ruhig weiter«, sagte Wexford. »Mir macht es Spaß, anderen Leuten bei der Arbeit zuzusehen. Sie brauchen keine so betretene Miene zu machen. Ich möchte nur, daß Sie mir Ihr geneigtes Ohr leihen, während ich Ihnen etwas erzähle.« Dann informierte er Burden über den Schmuck und Twohey.

Hinter ihnen begannen die Kinder, die seit Wexfords Ankunft völlig still gewesen waren, sich leise, aber heftig zu streiten.

»Ich habe mich gefragt, ob dieser Twohey vielleicht auf das Geheimnis der starken Abneigung zwischen Villiers und Mrs. Nightingale stieß. Nightingale ist fraglos sehr eingenommen von Villiers, und wenn er herausgefunden hätte, daß seine Frau ihrem Bruder früher einmal etwas Schreckliches angetan...«

»Was hätte sie ihm denn antun sollen, Sir?« Burden tauchte den Pinsel in die Farbe und kratzte den letzten Rest vom Dosenboden zusammen. »Sehen Sie sich nur mal meine beiden an«, sagte er grimmig. »Sie scheinen sich wirklich zu hassen, und soviel ich weiß, gibt es keinerlei Grund dafür. Wie Hund und Katz sind sie zueinander, und das schon, seit John ein Dreikäsehoch war und Pat noch im Kinderwagen lag.«

»Bis sie erwachsen sind, wird sich das ändern.«

»Glauben Sie? Weshalb könnte die Villiers-Nightingale-Sache nicht genauso verlaufen sein? Offenbar gibt es eben Geschwisterpaare, die sich absolut nicht ausstehen können.«

»Die Villiers wurden getrennt«, sagte Wexford. »Sie hatten nie die Möglichkeit, sich zwischen fünfzehn und fünfundzwanzig einander anzupassen. Nur wenn Sie Pat und John auseinanderrissen, würden sie vielleicht so wie Villiers und Elizabeth werden, weil einer von beiden möglicherweise einen schwelenden Groll in sich hineinfressen würde. Der tägliche Kontakt wird Ihre beiden versöhnlicher stimmen.«

»Ich weiß nicht«, meinte Burden. »Manchmal überlege ich mir, ob ich Pat oder John nicht auf ein Internat schicken soll.«

»Aber unser Fall zeigt Ihnen doch, daß eine Trennung keine Lösung ist, Mike.« Wexford ließ sich auf einer kurzen Trittleiter nieder. »Ich frage mich, könnte es nicht sein, daß Twohey selbst sie getötet hat? Könnte sie sich nicht mit ihm im Wald getroffen haben, wo er sie tötete, als sie ihm mitteilte, ihre Mittel seien nun erschöpft?«

»Wie ist er dann an die Taschenlampe herangekommen?« wandte Burden ein. »Er wäre der letzte, der Zugang zum Geräteraum im Herrenhaus hätte.«

»Stimmt. Also, mal überlegen. Unser Verdacht gegen Georgina fällt in sich zusammen, weil wir jetzt wissen, daß sie kein Motiv hatte. Villiers kommt weiterhin in Frage. Er könnte sie getötet haben, weil sie, da ihr Geld nun zur Neige ging, ihm erklärte, sie werde Nightingale alles enthüllen – eben das verfluchte Geheimnis, was es auch sein mag. Sean könnte sie umgebracht haben, weil er sie mit einem anderen Mann zusammen sah.«

»Nein, Sir. Wir wissen, daß es ein vorsätzlicher Mord war. Der Täter hatte die Taschenlampe bei sich.« Burden legte den Pinsel auf einen Lumpen und drehte die inzwischen leere Dose um. »John!« rief er, dann noch einmal lauter, um sich über dem Gezänk Gehör zu verschaffen: »*John!* Geh mal bitte in den Schuppen und hol mir noch eine Dose rosa Farbe.«

»Ich kann nicht. Es ist stockdunkel da drin, und die Birne ist kaputt.«

»Na, dann nimm eine Taschenlampe. Sei nicht so lahm und laß die Sachen deiner Schwester in Ruhe.«

»Ungeziefer heranzüchten«, höhnte John. Seufzend stand er auf, trottete in die offene Garage und griff nach einer Taschenlampe, die auf einem Regal stand.

Wexford sah ihm zu, dann sagte er: »Aber natürlich. Weshalb habe ich nicht gleich daran gedacht? Wir waren uns doch fast von Anfang an im klaren, daß man eine Taschenlampe mitnimmt, wenn man weiß, daß es dort, wo man hingeht, dunkel ist. Aber man nimmt die eigene Taschenlampe mit, nicht? Eine Taschenlampe hat jeder. John wußte genau, wo seine Taschenlampe steht, und er holte sie ganz selbstverständlich. Wir waren ganz schön dämlich, Mike. Wir dachten, jemand sei ins Herrenhaus gegangen und hätte die Taschenlampe der Nightingales gestohlen. Aber weshalb denn? Welchen Sinn könnte es haben, große Mühen auf sich zu nehmen, um sich eine Waffe aus dem Besitz der Frau zu beschaffen, die man umbringen will? Weshalb nicht die eigene mitbringen?«

»Der Mörder hat aber nicht die eigene mitgebracht«, wandte Burden ein. Er schlug sich mit der Handfläche gegen die Stirn, wo sie einen großen rosa Fleck hinterließ. »Nein, was bin ich blöd. Sie meinen, außer Nightingale selbst kann nur Elizabeth diese Taschenlampe in den Wald mitgenommen haben?«

»Genau das. Und wissen Sie, was das bedeutet? Niemand würde eine Taschenlampe als Mordwaffe wählen, wenn irgend etwas anderes zur Hand wäre. Daraus folgt: *Niemand hat diesen Mord geplant.* Es war kein Vorsatz im Spiel. Der Mörder (oder die Mörderin) handelte impulsiv und schlug auf Elizabeth Nightingale mit der Taschenlampe ein, die sie selbst mitgebracht hatte.«

Burden nickte ernst. »Sie hat die Lampe mitgebracht«, stimmte er zu. »Aber zurückgestellt hat sie jemand anders.«

Aber woher, fragte sich Wexford, hat Villiers gewußt, daß der Schmuck falsch war?

14

Wexford schlenderte mit seiner Frau zur Kirche und trennte sich von ihr an der Pforte. Obwohl er selbst nicht religiös eingestellt war, besuchte er manchmal den Frühgottesdienst, um ihr eine Freude zu machen. Heute zog ihn sein Büro ebenso unwiderstehlich an wie die Kirchenglocken seine Frau, doch der stille Lockruf war nur für ihn hörbar.

Burden war bereits dort, telefonierte geschäftig und setzte die Fahndung nach Twohey in Gang.

»Geboren in Dublin vor ungefähr fünfzig Jahren«, hörte Wexford ihn sagen. »Dunkelhaarig, irischer Typ, kleine Augen, hat am linken Mundwinkel eine Zyste, falls er sie nicht hat entfernen lassen. Eine Vorstrafe wegen Unterschlagung, 1954 als Hoteldirektor in Manchester. Jawohl, könnte sich in Ihrem Newcastle oder in Newcastle under Lyme aufhalten. Sie bleiben in Verbindung mit uns.« Er legte auf und grinste seinen Vorgesetzten erwartungsvoll an.

»Sie haben Ihre Hausaufgaben gemacht«, sagte Wexford, als Burden ihm ein Foto des Mannes reichte, den er gerade beschrieben hatte. »Habe ich Sie nicht ausdrücklich angewiesen, Sie sollen sich den Abend freinehmen und Ihr Haus fertigstreichen?«

»Habe ich doch. Außerdem habe ich meine Hausaufgaben nicht gestern abend gemacht, sondern bin heute morgen früh aus den Federn gekrochen. Mrs. Cantrip und ich haben ein Arbeitsfrühstück eingenommen.«

»Hat sie irgendeine Idee, wie das Geld an Twohey ausbezahlt wurde?«

Burden schloß das Fenster. Auf das Glockengeläut legte er keinen gesteigerten Wert. »Sie hatte keine Ahnung davon. Ich glaube nicht, daß sie es wirklich geschluckt hat. Ihre Mrs. Nightingale das Opfer einer Erpressung?«

»Da bleibt einem doch die Spucke weg, das können Sie mir glauben«, ahmte Wexford sie schmunzelnd nach.

»So ähnlich. Sie ist sicher, daß Twohey nicht hier in der Gegend ist, weil seine Frau sie sonst besucht hätte.«

Wexford zuckte mit den Achseln. Den stabilen Drehstuhl hatte Burden in Beschlag genommen, weshalb ihm nichts anderes übrigblieb, als sich mit einem der wackligen Stühle zu begnügen. Er warf dem Inspector einen ungnädigen Blick zu und fragte verstimmt: »Weswegen sollte er hier in der Gegend sein?«

»Wegen dem, daß vielleicht er es war, mit dem sich Mrs. Nightingale im Wald getroffen hat«, antwortete Burden, der mit der Grammatik manchmal auf Kriegsfuß stand.

»Getötet werden Erpresser, nicht ihre Opfer.«

»Mal angenommen, sie hat ihm gesagt, ihre Mittel seien erschöpft? Er könnte sie aus Wut umgebracht haben. Wir sind uns doch darüber einig, daß es ohne Vorsatz geschah, nicht? Gott sei Dank ist das Gebimmel vorbei.« Er öffnete das Fenster wieder und zog die Jalousie hoch, so daß Wexford von der Sonne geblendet wurde. Gereizt rückte der Chief Inspector den Stuhl ein Stück zur Seite. »Oder Sean Lovell hat sie mit ihm zusammen gesehen, sich über den Grund ihres Treffens getäuscht und...«

»Dann schließen Sie den jungen Lovell jetzt also doch nicht mehr aus?«

»Ich habe meine Meinung über ihn geändert, seit er mir erzählt hat, daß er als junger Kerl mit einem Messer auf seine Mutter losgegangen ist, als er sie mit einem ihrer Freunde ertappte. Außerdem ist da noch das Geld, das er bekommt. Ich wette, sie hat ihm gesagt, er erbe ihr gesamtes Vermögen, ohne vielleicht zu erwähnen, wieviel es eigentlich ist. Er könnte gedacht haben, es sei verdammt viel mehr.«

»Vergessen Sie's, Mike. Entweder hat er sie aus Eifersucht umgebracht oder des Geldes wegen. Beides zusammen geht nicht.« Wexford stand auf. »Jedenfalls gehe ich jetzt ins *Olive* und gebe Lionel Marriott einen aus.«

Burden nahm wieder den Hörer ab. »Wie schön«, sagte er abweisend. »Leider habe ich dafür zuviel zu tun.«

»Sie hat auch niemand gefragt«, schnauzte ihn Wexford an. Dann schmunzelte er. »*Wohl dem*, Mike, *der nicht sitzt, wo die Spötter sitzen.*«

»Na, für gewöhnlich sitzen Sie hier, Sir«, erwiderte Burden zugeknöpft.

Es war merkwürdig, wie in letzter Zeit alles Burden in die Hand nahm, dachte Wexford, als er sich an die Brücke über den Kingsbrook lehnte und wartete, bis das *Olive and Dove* öffnete und Marriott kam. Wenn er auf die Ermittlungen der vergangenen Woche zurückblickte, hatte er den Eindruck, daß die meisten Nachforschungen Burden durchgeführt hatte, während er sich von Marriott Geschichtchen erzählen ließ. Vielleicht war das übertrieben. Aber wie sich immer mehr herausstellte, hatte Burden mit seinen Hypothesen richtig gelegen. Zum Beispiel, daß es kein vorsätzlicher Mord war, daß Nelleke auf eine Heirat mit Nightingale aus und Georgina Villiers nur eine nette, normale Frau war. Bestimmt würde er schon bald auch mit einer Erklärung für das Geheimnis aufwarten und mit einer anderen für Seans nicht vorhandenes Alibi. Er schnippte ein abgesprungenes Stückchen Stein vom Brückengeländer ins Wasser. Unsere Jünglinge sollen Gesichte sehen, dachte er, und unsere Alten sollen Träume haben...

»Ich gäb was dafür, wenn ich wüßte, woran du jetzt denkst«, sagte Marriott und tippte ihm auf die Schulter.

»Ich dachte daran, daß ich alt werde, Lionel.«

»Aber du bist doch so alt wie ich!«

»Ein bißchen jünger, glaube ich«, verbesserte Wexford ihn. »Mir ist gerade eingefallen, daß es in diesem Fall nur so von Menschen wimmelt, die für andere Menschen zu alt sind. Das ruft mir ins Gedächtnis, daß ich älter bin als sie alle.« Er blickte zu dem heiteren Himmel über Sussex auf, der sich wolkenlos und strahlend über ihm wölbte. »Ein alter Mann in einem Monat ohne Regen«, sagte er. »Ein alter Mann an einem Fall ohne Hoffnung...«

»Aber kein altes Hotel mit einer Bar ohne Whisky«, tröstete ihn Marriott. »Na los, Gerontius, trinken wir einen.«

An sonnigen Tagen konnten die Gäste des *Olive* die Drinks im Garten einnehmen. Es war ein staubiger kleiner Garten mit kümmerlichen Gewächsen, doch wie die meisten Engländer hielten es auch Wexford und Marriott fast schon für ihre Pflicht, bei Sonnenschein an den kleinen Tischen im Freien zu sitzen, denn schönes Wetter gab es so selten und immer nur so kurze Zeit.

»Aber ich habe dir doch schon alles erzählt, Reg«, sagte Marriott. »Mehr gibt es einfach nicht.«

»Und das aus deinem Munde?«

»Leider ja, es sei denn, ich soll die Sache mit meinen eigenen Gedanken ausschmücken.«

Wexford fischte ein Blatt aus seinem Glas und blickte ungehalten zu dem Baum auf, von dem es abgefallen war. In schneidendem Ton fragte er: »Hältst du es für möglich, daß Villiers homosexuell ist?«

»Du meine Güte, das glaube ich kaum.«

»Dennoch hast du gesagt, daß er in der Zeit zwischen den beiden Ehen keine Freundinnen hatte.«

»Aber auch keine Freunde.«

»Nein? Und was ist mit Quentin Nightingale?«

»Quentin ist bestimmt nicht homosexuell. Ich habe den starken Verdacht, daß er hinter dieser kleinen Holländerin her ist. Er ist total verknallt in sie, wenn du mich fragst. Ich gebe zu, daß Denys nur mittelprächtige Zuneigung für seine Ehefrauen empfand, doch Quentin war in Elizabeth verliebt, als er sie kennenlernte, und jetzt ist er wieder verliebt.«

Wexford wollte Nightingales vertrauliche Mitteilung nicht einmal durch ein zustimmendes Nicken verraten. »Ich habe mir überlegt, ob Elizabeth vielleicht von der Homosexualität ihres Bruders wußte und ihn dafür haßte, jedoch bereit war, fast alles zu tun, um es geheimzuhalten.«

»Bloß verstehe ich dann nicht, weshalb sie deshalb ermordet werden sollte.«

Als er sein Glas austrank, entschied sich Wexford, Marriott gegenüber kein Sterbenswörtchen über das erpreßte Geld verlauten zu lassen. »Nein, wahrscheinlicher ist, daß sie mit einem Mann im Wald gesehen wurde und die Person, die sie beobachtet hat, zu ihrem Mörder wurde.« Nachdenklich fügte er hinzu: *»Mein kleiner Minnesänger, der einzige echte Nightingale in Myfleet.«*

In übereifrigem Ton sagte Marriott: »Vielleicht ist er ein uneheliches Kind von Quen. Will Palmer sagt doch immer: ›Einen Vater hat der nie gehabt.‹ Wie steht's damit?«

»Was hast du in letzter Zeit gelesen?« grollte Wexford. »Mrs. Henry Wood? *Die Hochzeit des Figaro?*«

»Tut mir leid. War nur so eine Idee.«

»Und als solche mehr als bescheiden. Du bist vielleicht ein guter Englischlehrer, Lionel, aber als Detektiv bist du miserabel.« Wexford lächelte trübselig. »Sogar noch schlechter als ich«, sagte er im Aufstehen, wobei er sich fragte, was Burden während seiner Abwesenheit wohl herausgefunden hatte.

Marriott blieb noch einen Augenblick am Tisch sitzen, doch er holte Wexford ein, als der Chief Inspector gerade über die Brücke ging.

»Mir ist noch etwas eingefallen«, sagte er atemlos. »Elizabeth hat immer eine ganze Menge Päckchen verschickt. Ziemlich kleine, in braunes Packpapier eingewickelte Päckchen. Wenn ich tagsüber im Herrenhaus war, habe ich auf dem Garderobentisch oft so ein Päckchen gesehen – aber es lagen immer ein paar Briefe darauf, die ebenfalls zur Post gingen. Kannst du damit etwas anfangen?«

»Ich weiß nicht, aber trotzdem vielen Dank.«

»Keine Ursache, mein Bester«, flötete Marriott und wandte sich zum Gehen. Er blickte über die Schulter und fügte ziemlich wehmütig hinzu: »Laß mich nicht fallen, Reg, jetzt, wo du mich ausgequetscht hast.«

»Auch ein Bulle braucht Freunde«, erwiderte Wexford, dann ging er über die High Street zum Polizeirevier zurück.

Burden saß hinter dem Schreibtisch aus Rosenholz und aß ein Sandwich zu Mittag.

»Verziehen Sie sich«, fuhr ihn Wexford an. »Sie krümeln auf meine Schreibunterlage.«

»Sie krümeln doch auch immer.«

»Schon möglich, aber es ist meine Unterlage und zufällig auch mein Büro.«

»Tut mir leid, Sir«, entschuldigte sich Burden. »Ich dachte, Sie zögen mit Marriott durch die Kneipen.«

Wexford schnaubte unwirsch. Er blies die Krümel weg und nahm würdevoll Platz. »Gibt's was Neues?«

»Nein, noch nicht. Beide Newcastles erwiesen sich als Nieten. Ich habe mich mit Dublin in Verbindung gesetzt.«

»In einem irren Sie sich, Mike. Twohey hat sich mit Mrs. Nightingale nie im Wald getroffen. Sie hat ihm das Geld in Päckchen geschickt. Ich weiß nicht, an welche Adresse, aber wir könnten versuchen, Nelleke danach zu fragen.«

Burden kniff die Lippen zu einem schmalen Strich zusammen.

»Da Sie bereits zu Mittag gegessen haben«, sagte Wexford, »schlage ich vor, Sie übernehmen das.«

Burden ächzte. »Muß das sein?« fragte er im Ton eines Schuljungen, dem Ton, in dem sein Sohn sprach.

»Soll das ein Witz sein?« brüllte Wexford. »Haben Sie den Verstand verloren? Sie wird Sie schon nicht gleich auffressen.«

»Vor dem Aufgefressenwerden habe ich auch keine Angst«, erwiderte Burden. Er knüllte das Butterbrotpapier zusammen, warf es in den Papierkorb und ging hinaus, wobei er Wexford mit einem Blick bedachte, der gespieltes Entsetzen zum Ausdruck brachte.

Jetzt blieb ihm nichts mehr übrig als abzuwarten, überlegte Wexford. Er schickte Bryant in die Kantine, um eine Kleinigkeit zu Mittag für ihn zu holen, und nachdem er gegessen hatte, übermannte ihn große Müdigkeit. Er beschloß, zum Wachbleiben etwas zu lesen, und weil außer einem Stapel Berichte, die er in- und auswendig kannte, der einzige Lesestoff das Buch war, das ihm Denys Villiers geschenkt hatte, las er das. Oder um es genauer auszudrücken, er las die ersten drei Absätze, nur um dann einzunicken und fast vom Stuhl zu fallen, als die Telefonklingel schrillte.

»Versuchen Sie es mit Eisenwarenhandlungen«, erklärte er dem Anrufer müde. »Vor allem solche, die während der letzten vier Jahre den Besitzer wechselten. Er hat vielleicht seinen Namen geändert.« Einer plötzlichen Eingebung folgend, setzte er hinzu: »Besonders würde mich ein Laden interessieren, der *Nightingale's* heißt, oder vielleicht *Manor Stores*.«

Er wandte sich wieder der Seite eins von *Der verliebte Wordsworth* zu, dann blätterte er weiter bis zu einem Stammbaum. Dort stand der Name, in dicken schwarzen Lettern: George Gordon Wordsworth. Er war, wie Wexford bemerkte, der Enkel des Lyrikers gewesen. Und diese Information, die in seinem jüngst erschienenen Buch bereits enthalten war, hatte Villiers in der Schulbibliothek nachgeschlagen – zumindest hatte er ihm das weismachen wollen. Demnach hatte der Mann die Schwäche, seine Gegner zu unterschätzen.

Es war fast sechs, als Burden zurückkam.

»Sie haben sich weiß Gott Zeit gelassen.«

»Die Holländerin und Nightingale waren nicht zu Hause. Haben anscheinend ein Picknick gemacht. Ich wartete, bis sie zurückkamen.«

»Konnte sie sich an die Adresse auf den Päckchen erinnern?«

»Sie sagt, die von ihr aufgegebenen Päckchen hätten nur Sachen enthalten, die Mrs. Nightingale nach Holland schickte, außer letzten Dienstag, dem Tag, an dem Mrs. N. ermordet wurde. Damals brachte sie zwei Päckchen zur Post, eins für ihre Mutter in Holland, und noch eines. Auf die Adresse hat sie nicht mal einen Blick geworfen.«

Wexford zuckte mit den Achseln. »Na ja, einen Versuch war's wert, Mike. Tut mir leid, daß Ihr Sonntagnachmittag dabei draufging. Aber vergewaltigt wurden Sie nicht, oder?«

»Nightingale war die ganze Zeit dabei.«

»Wie Sie von ihm sprechen, könnte man ihn für die Krankenschwester im Sprechzimmer eines Arztes halten«, sagte Wexford. »Jedenfalls gehe ich jetzt selbst nach Myfleet, ich will mich bloß noch mal im Wald umsehen und vielleicht mit Mrs. Cantrip reden. Ihnen rate ich, nach Hause zu gehen. Falls Anrufe kommen, kann man die zu Ihnen durchstellen.«

Es mochte Tage dauern, es mochte Wochen dauern, doch irgendwann würde man Twohey finden. Und dann, dachte Wexford, als er an der King's-Schule vorbeifuhr, würde er reden. Er würde in Wexfords Büro sitzen und durch die Panoramafenster in die Weite des hellblauen Himmels starren wie Hunderte skrupelloser Gauner vor ihm, doch im Unterschied zu ihnen würde er keine Veranlassung haben, den Mund zu halten. Eine lange Haftstrafe erwartete ihn, ob er nun aussagte oder sich ausschwieg. Wahrscheinlich würde er gern reden, um sich an der Toten und ihrer ganzen Familie zu rächen, denn diese Geldquelle war nun versiegt.

Und was würde er sagen? Daß Villiers' Liebe zu seinem Schwager von der Sorte war, wie sie ihre engstirnige Gesellschaft nicht tolerieren konnte? Daß Elizabeth eine Reihe von Geliebten gehabt hatte, die dem Alter nach Kinder von ihr hätten sein können? Oder daß Villiers und Elizabeth vor langer Zeit in ein Verbrechen verwickelt gewesen waren?

Plötzlich mußte Wexford an das ausgebombte Haus denken, in dem ihre Eltern umgekommen waren. Damals waren sie noch Kinder gewesen, aber auch Kinder hatten schon Morde begangen… Zwei Menschen, unter Trümmern begraben, aber noch am Leben, Eltern, die dem Fortkommen ihrer Kinder im Wege standen. Villiers hatte gewiß einen großen Vorteil durch ihren Tod gehabt. Seine Schwester nicht. Lag darin der Schlüssel zum Ganzen?

Twohey würde es wissen. Der Gedanke, Twohey könnte möglicherweise der einzige sein, der noch am Leben war und es wußte, und sich nun in aller Gemütsruhe verkriechen, war schrecklich frustrierend für Wexford. Und es mochte Tage dauern, vielleicht Wochen…

Weiter nach Myfleet. Die Kirchenglocken von Clusterwell läuteten zur Abendandacht, und kaum waren ihre Schläge hinter ihm verklungen, hörte er vor sich das Geläut von Myfleet, acht Glocken, deren dröhnendes Wechselläuten die Abendluft erfüllte.

An Mrs. Cantrips Haustür hing ein Zettel: *Bin zur Kirche. Komme um 19.30 zurück.* Für jeden Einbrecher die reinste Einladung, dachte Wexford, nur konnte er sich nicht entsinnen, daß in den letzten zehn Jahren jemals in Myfleet eingebrochen worden war. Die umstehenden Bäume verbargen Verbrechen von größerer Tragweite. Er wandte sich um, und die gelbbraune Katze, die ausgesperrt war und zwischen den Blumen herumstrich, schmiegte sich an seine Beine. Tief atmete er den Duft der den ganzen Tag über von der Sonne überfluteten Kiefern ein. Wexford ging in den Wald. Er schlug den Weg ein, den Elizabeth Nightingale an jenem Abend gegangen war, und er folgte ihm bis zu der Lichtung, auf der sie sich Burdens Ansicht nach mit Twohey getroffen hatte und Wexfords Ansicht nach – ja, was getan hatte?

Vielleicht hatte Burden trotz allem wieder recht. Diese Päckchen waren vielleicht nicht mit der Post geschickt, sondern persönlich übergeben worden. Beträge von dieser Größenordnung hätte sie wohl kaum lose mit sich in der Handtasche herumgetragen. Außerdem hatte sie keine Handtasche mit, nur einen Mantel und eine Taschenlampe... Er starrte auf den mit Flechten bewachsenen Baumstamm, auf dem sie gesessen hatte. Auf dem trockenen Sandboden und in den von vier scharrenden Füßen aufgehäuften Kiefernnadeln waren noch die Kratzspuren von vier Schuhen sichtbar.

Wenn Twohey ihr Begleiter gewesen war – mit dem sie vielleicht Sean gesehen hatte, der den Zweck ihrer Zusammenkunft mißverstanden hatte –, woher war Twohey dann gekommen? Aus Pomfret, über den mit Tannen bewaldeten Hügel? Oder hatte er den Weg genommen, der an den Schrebergärten von Myfleet vorbeiführte und schließlich – wohin führte? Wexford beschloß, ihn zu erkunden.

Die Kirchenglocken waren verstummt; Totenstille hatte sich im Wald ausgebreitet. Er ging zwischen den geradwüchsigen schmalen Kiefernstämmen hindurch, warf mal einen Blick nach oben zu den silberhellen Himmelsflecken, mal rund um sich in den Wald hinein, der so düster und bis in Kopfhöhe so kahl war, daß kein Vogel zwitscherte und die einzige Spur von Leben die tanzenden Mückenschwärme waren.

Wegen der Mücken war er froh, als die Bäume zu seiner Linken allmählich lichter wurden und er schließlich entlang den Gartenzäunen von Myfleet ging. Bald darauf hörte er von vorn leises Musikgesäusel. Es war eine rührselige süßliche Melodie, die er unschwer in den Bereich der Pop- oder Tanzmusik einordnete, und sie erinnerte Wexford an jene sanften und leicht erotischen Klänge, die aus Nellekes Transistorradio an sein Ohr gedrungen waren. Gerade als er dachte, wie angenehm anspruchslos die Musik an einem friedlichen Sommerabend wie heute doch klang, hörte sie auf und wurde von einer entsetzlichen Kakophonie abgelöst, die sich aus dem dröhnenden Zusammenspiel eines Schlagzeugs mit mehreren Saxophonen, Hammondorgeln und Elektrogitarren zusammensetzte.

Wexford streckte den Kopf über den Zaun und starrte auf das rechteckige Stückchen Land, teils Wildnis, teils Müllabladeplatz, das der hintere Garten der Lovells war. Aus dem offenen Küchenfenster führte eine ungefähr fünfzehn Meter lange Leitung zu dem Schuppen, aus dem das Getöse drang. Wexford wich ein Stück zurück und hielt sich die drangsalierten Ohren zu.

Dann ließ er die Hände sinken.

In dem Schuppen sprach jemand. Ton und Timbre der Stimme waren unverkennbar, ihr Akzent künstlich gepflegt. So sprach man in der Gegend zwischen Lands End und New York, dachte Wexford.

Mit wachsender Neugier hörte er zu.

Nachdem er sein unsichtbares, ja, nicht vorhandenes Publikum als »Freaks und Frikadellen« angesprochen hatte, machte Sean Lovell in gewandtem Profijargon eine kurze, abschätzige Bemerkung über das letzte Musikstück und kündigte dann mit etwas mehr Enthusiasmus die nächste Platte an. Diesmal war es das Gedudel einer Big Band, und es klang noch mißtönender als der Titel, der Wexford dazu veranlaßt hatte, sich die Ohren zuzuhalten.

Dann hörte es auf. Sean ergriff wieder das Wort, und als Wexford die ganze Bedeutung des Gesagten klar wurde, stieg tiefes Mitleid in ihm auf. Es gibt kaum etwas Jämmerlicheres, dachte er, als einen Mann zu belauschen, der sich allein mit seinem Tagtraum wähnt, einen Mann, der seinem einzigen, privaten und lächerlichen Laster frönt.

»Und jetzt kommen wir zu dem«, kündigte die körperlose Stimme an, »auf den ihr alle gewartet habt. Ihr habt einen langen Weg hinter euch, um heute abend dabeizusein, und ich kann euch versprechen, ihr werdet nicht enttäuscht sein. Hier ist er, Boys und Girls. Applaus für euren Sean Lovell!«

Ohne Begleitung begann er zu singen. Wexford ging weg, sehr behutsam und leise für einen so stattlichen Mann, fast ohne mit den Füßen auf dem mit Kiefernnadeln bedeckten Waldboden ein Knistern zu verursachen.

Nun wußte er, was Sean an jenem Abend getan hatte, was er allabendlich tat und vielleicht noch jahrelang tun würde, bis ihn sich ein Mädchen schnappte und ihm zeigte, daß Träume Schäume sind und der Sinn des Lebens in der Arbeit im Garten eines reichen Mannes liegt.

15

Wexford war so müde, daß er schon eingeschlafen war, kaum daß sein Kopf aufs Kissen sank. Wie die meisten Menschen, die auf jenen Lebensabschnitt zugehen, der nach den besten Jahren kommt, jedoch noch nicht das eigentliche Alter ist, fiel es ihm immer schwerer, eine Nacht wirklich durchzuschlafen. Vor Jahren, als er noch jung war, hatte er es sich vernünftigerweise zur Gewohnheit gemacht, nachts seine Gedanken von den Vermutungen und Sorgen, die ihn tagsüber plagten, zu lösen und auf zukünftige private Vorhaben oder angenehme Erinnerungen zu richten. Sein Unterbewußtsein entzog sich jedoch seiner Kontrolle und machte sich in Träumen von diesen Tagesängsten bemerkbar.

So auch in dieser Nacht. In seinem Traum befand er sich unten am Kingsbrook, wo er gern und oft spazierenging, als er flußaufwärts einen Jungen fischen sah. Der Junge war blond und schlank und hatte ein grobknochiges angelsächsisches Gesicht. Wexford ging auf ihn zu und hielt sich im Schatten der Bäume, da er aus einem unerfindlichen Traumgrund nicht bemerkt werden wollte. Unten am Fluß war es behaglich und warm, ein Sommerabend, dem, wie ihm schien, ein langer heißer Tag vorausgegangen war.

Gleich darauf hörte er jemanden rufen und sah ein Mädchen, das über den Böschungsrand gelaufen kam. An ihrem hellen, fast gelben Haar und der Form ihres Gesichts konnte er erkennen, daß es sich um die Schwester des Jungen handelte, die älter war als er, vielleicht vierzehn oder fünfzehn. Sie war gekommen, um ihn zu holen, und er hörte, wie heftiger Streit zwischen ihnen ausbrach, weil der Junge hierbleiben und weiterfischen wollte.

Ihm war klar, daß er ihnen über die Wiesen nachgehen mußte. Sie liefen vor ihm her, das Mädchen mit wehendem Haar. Über ihm donnerte ein Flugzeug vorbei, und er sah Bomben wie schwere schwarze Federn zur Erde fallen.

Ein Teil des Hauses blieb stehen, kahle, fensterlose Mauern umgaben einen rauchenden Trümmerhaufen, aus dem die Schreie der lebendig Begrabenen drangen. Die Kinder standen weder unter Schock, noch waren sie verängstigt, denn dies war ein Alptraum, in dem natürliche Gefühle außer Kraft sind. Als gleichgültiger Beobachter sah er zu, wie das Mädchen sich tastend einen Weg in das schwarze Inferno bahnte, der Junge dicht hinter ihr. Nun konnte er einen langen bleichen Arm aus dem Schutt ragen sehen und eine Stimme hören, die um Hilfe, um Gnade winselte. Die Kinder fingen an, mit bloßen Händen zu graben, und er ging näher, um ihnen zu helfen. Dann bemerkte er, daß sie die schreienden Gesichter nicht freilegten, sondern noch tiefer eingruben und dämonisch lachend wie besessen daran arbeiteten, das Vernichtungswerk der Bombe zu Ende zu führen; gerade als er ihnen zurief, sofort damit aufzuhören, schreckte er aus dem Traum auf.

Nun wieder bei vollem Bewußtsein, merkte er, daß er sich aufgerichtet und seine Schreie die Form von ersticktem Schnarchen angenommen hatten. Seine Frau, die neben ihm lag, hatte sich nicht gerührt. Er rieb sich die Augen und warf einen Blick auf die Leuchtzeiger seiner Armbanduhr. Es war fünf nach zwei.

Wenn er um diese Zeit einmal wach wurde, wußte er, daß er nie wieder einschlafen würde, und für gewöhnlich ging er dann nach unten, setzte sich in einen Sessel und suchte sich etwas zu lesen. Der Traum blieb ihm quälend deutlich im Gedächtnis, während er seinen Morgenmantel anzog und sich zur Treppe wandte. Am Morgen würde er entsprechende Nachforschungen veranlassen, um genau zu erfahren, was an dem Tag geschehen war, als die Bombe das Elternhaus der Villiers' zerstört hatte. Jetzt aber erst mal was zu lesen…

In seiner Jugend, als er mehr Freizeit und weniger Verpflichtungen gehabt hatte, war er ein Bücherwurm gewesen, und zu seiner Lieblingslektüre hatten sekundärliterarische Werke und Biographien über Schriftsteller gezählt. Mrs. Wexford konnte dies nicht verstehen, und nun erinnerte er sich, daß sie ihn einmal gefragt hatte, weshalb er lesen wolle, was jemand anderes über ein Buch sagte. Weshalb nicht einfach das Buch selber lesen?

Und er hatte nicht recht gewußt, was er ihr darauf zur Antwort geben, wie er es ausdrücken sollte, daß er auf diesem Gebiet dem eigenen Urteil nicht trauen konnte, weil er bloß ein Polizist war und nicht studiert hatte. Er hätte ihr auch schlecht erklären können, daß er nach Belehrung und Wissen strebe, weil es Ziel der Bildung sei, den Blick der Seele auf das Licht zu richten.

Während er daran dachte und an das Vergnügen, das ihm derlei Werke bereitet hatten, richtete er den Blick seiner Augen auf das Buch *Der verliebte Wordsworth*, das er auf dem Couchtisch hatte liegenlassen. Nach nur vier Stunden Schlaf war er nicht mehr müde und wesentlich aufmerksamer als bei seinem früheren Versuch, sich diesem Buch zu widmen. Er konnte es sich ruhig noch einmal vornehmen. Bloß schade, daß es über Wordsworth war. Ziemlich langweiliger Dichter, ging ihm durch den Kopf. Dauernd diese Zwiegespräche mit der Natur und die Spaziergänge im Lake District. Wirklich ein wenig öde. Wenn das Buch doch nur von Lord Byron gehandelt hätte, das wäre etwas anderes gewesen, da hätte man sich mit Lust drüber hergemacht. Bitte schön, das war eine interessante Persönlichkeit, ein romantischer Mann, ein Bilderbuchheld einschließlich spannungsgeladenem Liebesleben, einer katastrophalen Ehe und dem Skandal wegen Augusta Leigh. Doch es war halt ein Buch über Wordsworth. Schön, er würde es lesen, und selbst wenn es ihn langweilte, würde er vielleicht eine Vorstellung von der Art der Faszination erhalten, die dieser Dichter auf Villiers ausübte, fast schon der Besessenheit, die ihn dazu veranlaßt hatte, Gott weiß wie viele Bücher über ihn zu schreiben.

Er fing an zu lesen, und diesmal fand er den Text leicht und eingängig. Nach einer Weile stellte sich der Wunsch bei ihm ein, mehr von Wordsworth' Lyrik gelesen zu haben. Er hatte keine Ahnung gehabt, daß der Mann in eine junge Französin verliebt gewesen war und an der Revolution teilgenommen hatte, was ihn fast den Kopf gekostet hatte. Der Stoff war farbig und reizvoll, und Villiers schrieb gut.

Um sechs machte er sich eine große Kanne Tee. Er las weiter, völlig gefesselt und mittlerweile beträchtlich aufgewühlt. Allmählich strömte Licht in das Zimmer, und nach und nach, im gleichen gemächlichen Tempo wie der heraufziehende Morgen, dämmerte es auch Wexford. Er las das letzte Kapitel zu Ende und klappte das Buch zu.

Er seufzte, dann tadelte er sich: »Du beschränkter alter Idiot!« Daraufhin massierte er sich die steifen Hände und sagte laut: »Wenn es nur Byron gewesen wäre! Mein Gott, wenn doch nur. Längst hätte ich die Lösung gehabt.«

»Der erste Montag morgen nach Schulbeginn«, sagte John Burden und aß seinen dritten Toast mit Marmelade auf, »ist noch schlimmer als der erste Schultag.« Und trübsinnig fügte er hinzu: »Allmählich wird's wirklich ernst.« Mit einem klebrigen Finger piekste er seine Schwester. »Müßte dir jetzt nicht wieder schlecht werden?«

»Wird mir nicht, du Ekel.«

»Warum denn nicht? Heute wird's schlimmer als am ersten Tag, viel, viel schlimmer. Ich wette, wenn du auf die High-School kommst, wird dir dauernd schlecht werden. *Falls* du es schaffst. Dir wird zu übel sein, um die Prüfung zu machen.«

»Wird mir nicht!«

»O doch, dir wird.«

»Seid ruhig, ihr Quälgeister«, sagte Burden. »Manchmal glaube ich, auf dem Revier herrscht mehr Ruhe und Frieden als hier.« Er stand vom Frühstückstisch auf und traf Anstalten, zum Dienst zu gehen. »Ihr müßt die unnatürlichsten Geschwister in ganz Sussex sein.«

John schien es zu gefallen, daß man ihn in diese einzigartige Gruppe einordnete. »Kannst du mich mitnehmen, Dad? Der alte Ablabs führt uns zur Morgenandacht, und wenn ich zu spät komme, ist der Teufel los.«

»Laß den Teufel aus dem Spiel«, sagte Burden zerstreut. »Von mir aus, komm schon. Ich hab heute viel zu tun.«

Ein Tag, an dem es galt, die Stecknadel im Heuhaufen zu finden, eine Ratte in ihrem Loch aufzuspüren. Zügig betrat er das Polizeirevier und begegnete Sergeant Martin in der Halle.

»Gibt's schon was Neues über Twohey?«

»Nein, Sir, soweit ich weiß, nicht, aber Mr. Wexford verfolgt da eine Spur. Er hat gesagt, er will sofort mit Ihnen sprechen, wenn Sie kommen.«

Burden fuhr mit dem Aufzug nach oben.

Der Chief Inspector saß an seinem Schreibtisch und trommelte ungeduldig mit den Fingern auf die Schreibunterlage. Er hatte Ringe unter den Augen und machte, wie Burden fand, einen mehr als angeschlagenen Eindruck. Dennoch deutete sein ganzes Betragen auf einen Augenblick des Triumphs für ihn hin, auf eine folgenschwere Entdeckung, die er bis zu diesem Moment für sich behalten hatte.

»Sie kommen spät«, raunzte er ihn an. »Ich habe den Haftbefehl selbst besorgen müssen.«

»Welchen Haftbefehl? Soll das heißen, Sie haben Twohey gefunden?«

»Zum Teufel mit Twohey.« Wexford sprang auf und nahm seinen Regenmantel vom Kleiderständer. »Ist es denn noch nicht bis in Ihre kleinen grauen Zellen vorgedrungen, daß wir auf der Suche nach einem *Mörder* sind? Wir fahren wegen einer Verhaftung nach Clusterwell.«

Gehorsam ging Burden hinter ihm aus dem Büro. Wexford mochte den Aufzug nicht sonderlich, und seit er eines Nachmittags zwei Stunden darin festgesessen hatte, neigte er dazu, ihn zu meiden. Doch nun hastete er hinein und drückte anscheinend ohne Bedenken auf den Knopf.

»Zu Villiers?« fragte Burden, und als Wexford nicht antwortete, fügte er hinzu: »Ihn werden Sie dort jedenfalls nicht antreffen. Er führt seine Schäfchen heute zur Morgenandacht.«

»Das paßt verdammt schlecht.« Wexford schnaubte aufgebracht. Der Aufzug kam zum Stillstand, und die Tür glitt auf. »Wir nehmen eine Polizistin mit, Mike.«

»Wirklich? Wann wollen Sie mir erklären, wen wir festnehmen und aus welchem Grund?«

»Unterwegs«, antwortete Wexford. »Im Wagen.«

»Erfahre ich dann auch, wie Ihnen die große Erleuchtung kam?«

Wexford lächelte, und in dem Lächeln lag Triumph und wiedererlangtes Selbstvertrauen. »Ich konnte nicht schlafen«, sagte er, während sie auf die Polizistin warteten. »Ich konnte nicht schlafen, deshalb habe ich ein Buch gelesen. Ich bin ein ungebildeter alter Polizist, Mike. Ich lese nicht genug. Dieses hätte ich gleich lesen sollen, als sein Autor es mir gab.«

»Ich wußte nicht, daß es ein Krimi war, Sir«, sagte Burden einfältig.

»Stellen Sie sich doch nicht so saudumm an«, wies ihn Wexford barsch zurecht. »Ich meine nicht, daß in dem Buch steht, welcher Plan hinter dem Mord stand. Es gab sowieso keinen Plan.«

»Selbstverständlich nicht. Es geschah ohne Vorsatz.«

»Ja, da hatten Sie recht, wie in vielem anderen auch«, sagte Wexford, um dann mit plötzlich erstarktem Selbstvertrauen hinzuzusetzen: »Ich kann es Ihnen ruhig verraten, ich dachte schon, Sie hätten in allem recht. Ich dachte, allmählich würde ich alt, zu alt.«

»Na hören Sie, Sir«, sagte Burden aufrichtig. »Das ist Unsinn.«

»Ganz richtig«, bestätigte der Chief Inspector unwirsch. »Ich habe noch gute Augen, und ein wenig Intuition bleibt mir auch noch. Na, stehen Sie hier nicht den ganzen Tag in der Gegend herum. Wir müssen jemanden festnehmen.«

Jemand anderes mußte auf der Kanzel gestanden sein und die Jungen aufgefordert haben, ihre Gedanken und Stimmen gen Himmel zu richten, denn Denys Villiers war zu Hause.

»Ich habe mir freigenommen, fühle mich nicht wohl.«

»Sie wirken krank, Mr. Villiers«, sagte Wexford ernst. Ihre Blicke trafen sich. »Sie wirken ständig krank.«

»Ach? Ja, vielleicht ist es so.«

»Auf den Zweck unseres Besuchs scheinen Sie nicht neugierig zu sein.«

Villiers warf den Kopf in den Nacken. »Nein. Mir ist klar, weshalb Sie gekommen sind.«

»Ich möchte gern mit Ihrer Frau sprechen.«

»Auch das ist mir klar. Bilden Sie sich ein, ich dächte, Sie hätten die Polizistin mitgebracht, um uns ein wenig weibliche Gesellschaft zu leisten? Sie unterschätzen Ihren Gegner.«

»Sie haben stets die Ihren unterschätzt.«

Villiers lächelte gequält. »Ja, wir könnten wohl beide dem Verein zur Förderung des Größenwahns beitreten.« Er ging zur Schlafzimmertür. »Georgina!«

Mit hochgezogenen Schultern und geneigtem Kopf kam sie heraus. Nur einmal zuvor hatte Wexford jemanden so durch eine Tür kommen sehen, und damals war es ein Mann gewesen, ein Vater, der seine Kinder mit vorgehaltener Waffe zwei Tage lang in einem Zimmer festgehalten hatte. Endlich hatte man ihn überredet, die Waffe fallen zu lassen und über die Schwelle zu treten, wo ihn die Polizei erwartete und er seiner Frau in die Arme sinken konnte.

Georgina sank in die Arme ihres Mannes.

Er umarmte sie fest und strich ihr über das Haar. Wexford hörte, wie sie ihm etwas zuflüsterte, ihn bat, sie nicht zu verlassen. Bis auf ihre Ehe- und Verlobungsringe trug sie keinen Schmuck.

Der Anblick war so quälend, daß er sich nicht dazu durchringen konnte, ihr die Anklage zu eröffnen. Verlegen stand er da, räusperte sich und hüstelte leicht. Plötzlich hob sie den Kopf und sah die beiden Polizisten über die Schulter ihres Mannes hinweg an. Tränen liefen ihr über die sommersprossigen Wangen.

»Ja, ich habe Elizabeth getötet«, sagte sie heiser. »Die Taschenlampe lag am Boden. Ich habe sie aufgehoben und Elizabeth getötet. Ich bin froh, daß ich es getan habe.« Denys Villiers, der sie immer noch in den Armen hielt, zitterte heftig. »Hätte ich eher davon erfahren, hätte ich sie schon früher getötet. Ich habe sie getötet, sobald ich davon erfuhr.«

Sehr leise eröffnete Wexford ihr die Anklage und belehrte sie über ihre Rechte.

»Es ist mir egal, was Sie schriftlich festhalten«, sagte sie. »Ich habe es getan, weil ich meinen Mann behalten wollte. Er gehört mir, nur mir. Ich habe sonst nie jemanden gehabt, der mir gehört. Sie hatte alles, aber ich nur ihn.«

Villiers hörte mit unbewegtem Gesicht zu. »Darf ich mit ihr gehen?«

Wexford hatte nie erwartet, ihn jemals so bescheiden fragen zu hören.

»Selbstverständlich dürfen Sie.«

Die Polizistin führte Georgina zu dem wartenden Auto und legte ihr dabei den Arm um die Schulter. Der Arm sollte sie nur stützen und verhindern, daß sie stolperte, doch es sah aus wie eine Geste der Freundlichkeit und so etwas wie schwesterliche Solidarität. Burden folgte ihnen mit dem bedächtigen steifen Schritt eines Trauernden bei einem Begräbnis.

Villiers schaute auf Wexford, und der Chief Inspector erwiderte seinen Blick. »Sie kann Ihnen nicht viel erzählen«, sagte Villiers. »Ich bin der einzige lebende Mensch, der alles darüber weiß.«

»Ja, Mr. Villiers, wir werden eine Aussage von Ihnen aufnehmen müssen.«

»Ich habe bereits etwas Schriftliches vorbereitet. Andere reden darüber oder fressen es in sich hinein, doch Schriftsteller schreiben. Das hier habe ich heute nacht geschrieben. Ich konnte nicht einschlafen. Ich habe überhaupt nicht geschlafen.«

Tatsächlich wartete der Umschlag auf dem Garderobentisch an eine Vase gelehnt. Als er ihn in die Hand nahm, sah Wexford, daß er an ihn adressiert und frankiert war.

»Wenn Sie nicht heute morgen gekommen wären, hätte ich ihn mit der Post geschickt. Ich hätte das Warten nicht länger ertragen. Jetzt, wo Sie ihn haben, werde ich vielleicht schlafen können.«

»Also gehen wir?« fragte Wexford.

Burden saß am Steuer, neben ihm Villiers. Niemand sprach. Als sie nach Kingsmarkham kamen, schlitzte

Wexford den Umschlag auf und warf einen kurzen Blick auf die erste, mit der Maschine geschriebene Seite. Dann bog der Wagen im Vorhof des Polizeireviers ein.

Er stieg aus und öffnete die vordere Beifahrertür. Doch Villiers rührte sich nicht. Als er ihm die Hand auf die Schulter legte, um ihn auf ihre Ankunft aufmerksam zu machen, bemerkte Wexford mit plötzlich aufwallendem Mitleid – zum erstenmal verspürte er diese Regung gegenüber Villiers –, daß der Mann eingeschlafen war.

Zu Händen von Chief Inspector Wexford

Da ich nicht davon ausgehen kann, daß ich zu Ihren Lieblingsautoren zähle, werde ich diese Erklärung so kurz wie möglich halten. Ich schreibe sie nachts, während meine Frau schläft. Ja, sie kann schlafen, den Schlaf der gerechten, unschuldigen Rächerin.

Als Sie Byron zitierten, war ich überzeugt, daß Sie das Motiv für die Tat kannten, wenn vielleicht auch nicht den Hergang. Doch seitdem habe ich mich gefragt: Kannten Sie es wirklich? Wußten Sie überhaupt, was Sie da sagten? Ich starrte Sie an. Ich wartete darauf, daß Sie nun meine Frau festnehmen würden, und im Gesicht müssen Sie mir angesehen haben, vor was ich Angst hatte: daß Sie, um mich zu erschrecken und mir ein Geständnis zu entlocken, mich mit den Worten eines Mannes konfrontierten, von dem alle Welt weiß, daß er der Geliebte seiner Schwester war.

Ich glaube, damit habe ich mich verraten. Spätestens zu dem Zeitpunkt als ich Ihnen mein Buch zu lesen gab. Aber damals dachte ich, Sie seien zu ungebildet, zu abgestumpft und begriffsstutzig, um eine kurze Stelle in meinem Buch mit meinem Leben in Verbindung zu bringen. Doch nun, während draußen der Morgen dämmert und ich in seinem Licht die Dinge kühl und nüchtern betrachte, während ich mir meine provozierende Unverschämtheit Ihnen gegenüber und Ihre kultivierte Gelassenheit ins Gedächtnis zurückrufe, während ich an Ihre brillante Auffassungsgabe denken muß, erkenne ich, daß ich mich geirrt habe. Wenn Sie weiterlesen, wird es Ihnen klarwerden: »Du bester Weiser, Auge unter Blinden du!«

Wordsworth hat das geschrieben, Mr. Wexford. Wie Ihnen sicherlich bekannt ist, hat auch Wordsworth seine leibliche Schwester geliebt, doch als wahrer Ausbund von Pflichtbewußtsein (»Strenge Tochter der Stimme Gottes« nannte er es) verließ er sie. Nun werden Sie nicht mehr fragen müssen, was mich an Wordsworth fesselte, in welchem Punkt unsere Wesensverwandtschaft begründet lag. Denn obwohl Dorothy in meinem Buch nur als kleines Intermezzo zwischen Annette und Mary auftaucht, wird Ihnen die Parallele nicht entgangen sein; Sie werden bemerkt haben, was mich als jungen Mann auf der Suche nach einem Thema, dem ich mein Leben widmen konnte, an diesem Dichter angezogen hat. Natürlich war dies nur ein Aspekt unter vielen. Meiner Meinung nach wird Wordsworth nur von Milton übertroffen, und mit Coleridge kann ich behaupten: »Wordsworth ist ein sehr großer Mensch, der einzige, dem ich mich zu allen Zeiten und in allen Spielarten der Kunst unterlegen fühle.«

Meine Wahl hätte selbstverständlich auch auf Lord Byron fallen können. Das Naheliegende einer solchen Entscheidung stieß mich daran ab. Ferner wollte ich mein Talent nicht an jemanden vergeuden, den ich für oberflächlich und schwülstig halte, einen großmäuligen Popstar, nur weil er (höchstwahrscheinlich) Inzest mit Augusta Leigh beging. Doch gerade *weil* Byron heutzutage für diesen Inzest bekannter als für seine Dichtung ist, berührt er mich seltsam, löst die bloße Erwähnung seines Namens, das Zitieren seiner Verse Nervosität in mir aus.

Doch ich vergesse mein Versprechen, mich kurz zu fassen.

Als wir Kinder waren, habe ich meine Schwester nicht geliebt. Wir stritten uns laufend und litten nicht unter unserer Trennung. Wir waren froh, einander loszuwerden. Erst in meinem Abschlußjahr in Oxford habe ich sie wiedergesehen.

Unser Zusammentreffen ereignete sich auf dem Fest zum einundzwanzigsten Geburtstag eines Kommilitonen von mir. Der Vater dieses jungen Mannes stellte mich seiner Sekretärin vor, einem Mädchen namens Elizabeth Langham. Wir gingen zusammen aus, und bald schliefen wir miteinander.

Ich habe Ihnen gesagt, ich sei ein guter Lügner, doch es ist nicht gelogen, wenn ich Ihnen nun sage, daß ich keine Ahnung hatte, wer sie in Wirklichkeit war, und sie vor diesem Fest noch nie gesehen hatte. Neun Jahre waren vergangen, und wir hatten uns beide verändert. Ich bat sie, mich zu heiraten, und da mußte sie mir die Wahrheit sagen. Zwei Monate lang war ich der Geliebte meiner eigenen Schwester gewesen.

Aus Neid und dem Gefühl heraus, bei der damals für uns gefundenen Lösung ungerecht behandelt worden zu sein, hatte sie seit Jahren mein Schicksal verfolgt. Nachdem sie nach London durchgebrannt war mit einem Mann namens Langham, der ihr einen Sekretärinnenkurs bezahlte, nahm sie eine Stelle bei dem Vater meines Freundes an, weil sie wußte, daß sein Sohn und ich zusammen in Oxford studierten. Sie kam zu dem Fest aus Neugier, mich zu sehen; sie ging mit mir aus, weil ihr ein vager Racheplan vorschwebte. Doch dann geriet ihr die Situation aus der Hand. Obwohl sie wußte, wer ich war, hatte sie sich in mich verliebt. Störte sie es? Ich glaube nicht. Lange vor diesem Ereignis hatte sie die Grenzen der allgemein anerkannten Moral weit überschritten, so daß sie hinter diesem Schritt wohl nur eine besonders gewagte Herausforderung der Gesellschaft sah.

Wir trennten uns, sie ging mit ihrem Chef nach Amerika, ich nach Oxford. Auf meine damaligen Gefühle werde ich nicht näher eingehen. Sie sind ein einfühlsamer Mensch und können sie sich vielleicht ausmalen.

Sobald ich meinen Abschluß hatte, heiratete ich; nicht aus Liebe – ich habe in meinem Leben nie jemand anderen geliebt als Elizabeth –, sondern aus einem Bedürfnis nach Sicherheit und Normalität heraus. Die mir von meinem Onkel gewährten Zuwendungen liefen mit meinem einundzwanzigsten Geburtstag aus, und da mir klar war, daß ich mir mit dem Schreiben von Lyrik oder dem Schreiben über Lyrik nie meinen Lebensunterhalt würde verdienen können, bewarb ich mich für eine Stelle als Lehrer an der King's-Schule.

Bin ich durch meine Rückkehr nach Kingsmarkham ein Risiko eingegangen? Elizabeth hatte mir erklärt, sie verabscheue die Stadt. Ich dachte, ich hätte die einzige Stadt auf der Welt gefunden, die meine Schwester mit Sicherheit meiden würde.

Lionel Marriott, diesem penetranten Salonlöwen, blieb es vorbehalten, mir die Hiobsbotschaft von Elizabeths Anwesenheit hier zu überbringen. Ich hatte Angst, ihr zu begegnen; ich sehnte mich danach, sie zu sehen. Wir trafen uns. Sie stellte mich ihrem Mann vor, einem Millionärssohn, der während der Zeit, als sie in Amerika gearbeitet hatte, dort Urlaub gemacht hatte. In der Annahme, sie würde gerne in der Nähe ihres Elternhauses wohnen, hatte er sie mit dem Kauf von Myfleet Manor überrascht.

Bei Tisch saßen wir zusammen mit ihrem Mann und meiner Frau. Wir plauderten belangloses Zeug. Bei der erstbesten Gelegenheit trafen wir uns allein, und das, Mr. Wexford, war der Neuanfang.

Hätte Quentin Nightingale unserer Liebe nicht unwissentlich Vorschub geleistet, wäre sie undurchführbar geblieben. Wenn er mich nicht gemocht hätte, wäre es Elizabeth und mir kaum möglich gewesen, uns zu treffen, und da ich es nicht ertragen hätte, in ihrer Nähe, doch getrennt von ihr zu leben, wäre ich gezwungen gewesen, mir eine andere Stelle zu suchen und wegzuziehen. Heute wünsche ich mir von ganzem Herzen, es wäre so gekommen.

Frauen sind zäher als wir, haben weniger Skrupel und neigen nicht so sehr zu Schuldgefühlen. Ich nehme an, Elizabeth war in Quentin verliebt, als sie ihn heiratete, und hatte die Absicht, ihm eine tugendhafte und treue Frau zu sein. Als ich wieder in ihr Leben trat, ließ sie diese Vorsätze sofort fallen und begann, ihn zu ihrem Werkzeug zu machen. Ihr Ziel war es, mich als Geliebten zu haben und gleichzeitig ihre Stellung, ihr Geld und ihren guten Ruf zu behalten. Sie wollte weder auf das eine noch auf das andere verzichten müssen, und das gelang ihr auch. Dennoch ist es sinnlos, die Schuld einfach auf den anderen zu schieben. Ich war ebenso schuldig wie sie. Der Unterschied zwischen uns lag darin, daß ich ein Gewissen hatte, sie jedoch nicht.

Auf heimtückische und verschlagene Weise setzte sie Quentin zu. Unter dem Vorwand, dies von June erfahren zu haben, redete sie ihm ein, ich sei ein schwieriger Mensch und leide unter Persönlichkeitsstörungen. Er könne mir helfen, indem er sich meiner annehme. Bezeichnenderweise reagierte er damit, mir ein Zimmer im Stammhaus zur freien Verfügung anzubieten.

Es mußte so aussehen, als würde ich nur auf Quentins Betreiben hin ins Herrenhaus eingeladen, denn es sollte den Anschein haben, als könnten Elizabeth und ich uns nicht ausstehen. Weshalb? Sie sagte, wenn wir in der Öffentlichkeit auch nur normale geschwisterliche Zuneigung an den Tag legten, würde uns dies bald dazu verführen, uns eine leidenschaftlichere Liebe anmerken zu lassen, als es zwischen Bruder und Schwester zulässig ist. Ich glaube nicht, daß dies der wahre Grund war. Eher scheint mir, sie mochte die Geheimnistuerei um ihrer selbst willen, und die Gleichgültigkeit, mit der wir uns in der Öffentlichkeit begegneten, verlieh ihrer Meinung nach unserer heimlichen Liebe so etwas wie Würze.

Wenn ich nun behaupte, daß ich auch Quentin liebte, werden Sie mir dies dann als schändliche Heuchelei auslegen? Oder hat Sie Ihre Erfahrung gelehrt, daß wir oft die Menschen am meisten lieben, die wir hintergangen, betrogen und entehrt haben? Denn in dem Bemühen, sie an der Entdeckung unseres Verrats zu hindern, lernen wir, sie auch vor jedem anderen Übel zu bewahren, und die freundlichen Worte, mit denen wir sie ursprünglich blenden wollten, werden zur Gewohnheit und kommen schließlich von Herzen. Ja, Mr. Wexford, ich habe Quentin geliebt, und Elizabeth, die aus Furcht, ich könnte mich hinreißen lassen und mich einem Freund anvertrauen, alle meine Freundschaften hintertrieb, billigte mir diese eine zu, weil sie nie verstand, daß ich mich danach sehnte, von allen Menschen ausgerechnet bei ihm zu beichten, und seine Vergebung die einzige war, auf die ich Wert gelegt hätte.

Ich komme jetzt zu Twohey.

Schon längere Zeit hatte er Elizabeths Besuche bei mir im Stammhaus beobachtet, und eines Tages sah er, wie ich mit ihr die Treppe hinunterging und sie im Obstlager umarmte. Es war keine brüderliche Umarmung, und Twohey fotografierte uns durch das Fenster. Ich habe mich von ihm erpressen lassen und zahlte. Als er mir alles abgeknöpft hatte, verkaufte Elizabeth nach und nach ihren Schmuck und ließ Kopien davon anfertigen.

Twohey haben Sie noch nicht gefunden, oder? Lassen Sie sich von mir helfen. Außer Georgina so viel Leid wie nur möglich zu ersparen, habe ich nur noch den einen Wunsch, Twohey in der gleichen jämmerlichen Lage zu sehen, in die er Elizabeth und mich gebracht hat. Sie finden seine Adresse auf den Schneiderrechnungen im Sekretär in ihrem Schlafzimmer. Tanya Tye ist der Name (höchstwahrscheinlich der Deckname) der Frau, mit der er in einer Luxuswohnung über dem Geschäft in der Bruton Street lebt. Die Sache war ganz einfach und sehr schlau eingefädelt. Immer wenn Twohey Geld wollte, ließ er Elizabeth eine Rechnung von Tanya Tye zukommen; die geforderte Summe ergab sich aus dem Rechnungsbetrag, an den noch eine Null angehängt wurde. Zum Beispiel:

Wenn sich die Rechnung auf einhundertundfünfzig Pfund belief, sollte sie ihm fünfzehnhundert schicken. Das Geld schickte sie ihm in mit Packpapier eingewickelten Päckchen, das letzte davon hat Nelleke am Tag vor Elizabeths Tod zur Post gebracht. Um ihr zu zeigen, daß er das Geld erhalten hatte, schickte er ihr Quittungen.

Weidmannsheil, Mr. Wexford.

Ich nehme an, Marriott hat Sie in die näheren Umstände meiner Scheinexistenz eingeweiht. Ihnen wird bekannt sein, daß die Nightingales und ich gemeinsam in Urlaub gingen, Elizabeth und ich vor zwei Jahren jedoch allein fuhren, weil Quentin krank war. Marriott meinte damals, bei unserer Rückkehr aus Dubrovnik hätten wir schlecht und abgehärmt ausgesehen, doch er kam nie auf den Gedanken, wir könnten so niedergeschlagen gewirkt haben, nicht weil wir uns gestritten hatten, sondern weil wir glücklich gewesen waren.

Ich wollte, daß sie Quentin verläßt und mit mir zusammen weggeht. Sie lehnte ab. Wären wir vor Jahren zusammengezogen, hätte uns niemand als Geschwister im Verdacht gehabt. Jetzt wußten es alle, die Folge wäre ein ungeheurer Skandal. Das hat sie zumindest gesagt. Doch ich, soror mea sponsor, kannte sie besser. Mir war klar, daß ihr das Geld und ihre Stellung genauso viel bedeuteten wie ich. Sie war daran gewöhnt, zwei Eisen im Feuer zu haben, auf zwei Hochzeiten zu tanzen, und abgesehen von ihrer entsetzlichen Angst vor Twohey war sie wohl im wesentlichen glücklich.

Ich war am Tiefpunkt angelangt. Ich war sechsunddreißig und hatte mein ganzes Leben lang hart gearbeitet, doch ich besaß keinen Penny. Die Früchte meiner Arbeit hatte der Geliebte einer Modistin in Mayfair geerntet und sich damit ein Leben in Saus und Braus ermöglicht. Ich hatte keine Frau, keine Kinder, keine Freunde und hauste in drei Zimmern. Zugegeben, ich hatte Elizabeth, aber für wie lange? Es würde der Tag kommen, an dem sie, älter und ruhiger geworden, mich zugunsten ihrer anderen, sichereren Welt aufgeben würde.

Ich beschloß, einen Schlußstrich zu ziehen, und lehnte daher Quentins Einladungen ins Herrenhaus, seine fast unwiderstehlichen Bitten alle ab. Ich dachte, ich würde arbeiten können. Statt dessen lag ich Abend für Abend auf meinem Bett, zerbrach mir den Kopf, tat nichts und spielte gelegentlich mit Selbstmordgedanken. Es war eine Finsternis der Seele, vergleichbar mit Wordsworth' Nervenzusammenbruch, als er Frankreich verlassen und Annette aufgeben mußte.

An Elizabeth lag mir nichts mehr. Wenn ich jemanden vermißte, dann Quentin. Schließlich ging ich zum Herrenhaus und gab ihnen Bescheid, daß ich nicht mit nach Rom fahren würde. Mein Blick fiel auf Elizabeth, und ich fühlte – nichts. Es war mir unbegreiflich, daß ich die besten Jahre meines Lebens damit verschwendet hatte, sie zu lieben.

Ich ging nach Spanien. Nicht in das romantische, zauberhafte Spanien von Madrid und den Sierras, sondern in ein brodelndes Blackpool, denn das haben wir aus der Costa Brava gemacht, und ich besuchte das Land als Begleitlehrer einer Klassenfahrt. Ich dachte mir damals wohl, Wut, Erbitterung und qualvolle Langeweile zu empfinden, sei immer noch besser, als gar nichts zu empfinden.

Georgina wohnte im gleichen Hotel. Ich bin kein attraktiver Mann mehr, Mr. Wexford, und ich sehe viel älter aus, als ich bin. Amüsantes Plaudern liegt mir nicht, denn ich habe mein Inneres vollständig meiner Schwester anvertraut. Schon vor sehr langer Zeit habe ich verlernt, wie man junge Frauen betört. Ich eigne mich eher für die Zelle eines Trappistenmönchs als für geistreiche Gespräche in einem Boudoir. Aber Georgina, das arme Ding, verliebte sich in mich. Eigentlich ein Witz, Georginas Liebe in dieser miserablen Absteige.

Ich hatte alles, war reich begabt gewesen, und hatte alles vergeudet. Sie hatte nie etwas. Als jüngstes Kind einer vielköpfigen armen Familie hatte sie, wie sie mir erzählte, nie etwas besessen, von dem sie das Gefühl haben konnte, daß es ganz allein ihr gehöre. Kein Mann hatte sie je begehrt oder war auch nur öfter als ein- oder zweimal mit ihr ausgegangen. Sie war unscheinbar, schüchtern und fad.

Ein armes, vom Schicksal mißachtetes Ding, aber mein eigen...

Wir heirateten. Ich brachte Georgina ins Herrenhaus und sah die Enttäuschung auf Quentins Gesicht. Für Elizabeth war es keine Enttäuschung. Sie triumphierte in dem Kleid aus weißem Samt und mit ihren nachgemachten Juwelen. Ich richtete den Blick auf sie, dann auf die arme Georgina, und während ich mich von neuem in meine Schwester verliebte, fragte ich mich: Was hast du getan?

Der dritte Anfang, und der letzte...

Ich wollte einen Hausstand gründen. Ich wollte Kinder. Wenn schon nicht sechs, so doch ein paar. Doch ich hörte nicht auf die strenge Tochter der Stimme Gottes, und auch nicht auf die schrillere, nörgelnde Stimme meiner Frau, die lautstark verlangte, ich müsse ihr ein und alles sein, ein Ausgleich für lange

Einsamkeit, ein Mustergatte, der sie zärtlich liebte. Ich hörte auf meine Schwester.

Kommen wir also zu Elizabeths Todestag. Nein, Sie haben mir natürlich nicht geglaubt, als ich behauptete, daß ich abends immer in die Schulbibliothek ginge, um Recherchen für meine Arbeit anzustellen. Nur jemand, der so unbelesen und uninteressiert an Literatur ist wie Georgina, konnte das glauben. Abgesehen von der Selincourt and Darbyshire Collection Edition, deren Bände bei mir zu Hause stehen, sind die einzigen Werke über Wordsworth in der Schulbibliothek meine eigenen. Ich traf mich zu dieser Zeit immer mit Elizabeth im Wald. An jenem Tag hatten wir den Nachmittag zusammen verbracht, aber das reichte uns nicht. Die Schulferien würden bald zu Ende sein, und dann...? Einmal in der Woche ein Treffen zum Bridgespielen? Literarische Diskussionen mit Quentin, und Elizabeth als schweigsame Dritte? Wir vergingen vor Sehnsucht nacheinander. Wir verabredeten uns auf dreiundzwanzig Uhr im Wald.

Ich habe gesagt, daß Georgina meine Entschuldigungen gelten ließ, doch wenn sie dies hätte, wäre Elizabeth heute noch am Leben. Georgina mißtraute mir allmählich, und für eine so krankhaft eifersüchtige Frau wie sie erfordert Mißtrauen sofortiges Handeln.

Wir fuhren zum Herrenhaus und spielten Bridge. Kurz bevor wir gingen, schenkte Elizabeth Georgina einen Seidenschal. Sie schenkte Georgina immer eine Menge abgelegte Kleidung. Es belustigte sie wohl, meine Frau in ihren ausrangierten Modellkleidern zu sehen, da sie genau wußte, daß Georgina eine schlechtere Figur in ihnen machte als sie und mir dies auch auffallen würde, was zu dem naheliegenden ungerechten Vergleich führte.

Ich brachte Georgina nach Hause und fuhr wieder weg, um mich mit Elizabeth zu treffen. Kurz vor elf kam sie auf die Waldlichtung. Wir setzten uns auf einen Stamm, rauchten und redeten. Elizabeth hatte jene Taschenlampe aus dem Geräteraum mitgebracht, denn wegen der Wolken, die sich vor den Mond geschoben hatten, war es dunkel.

Ungefähr zwanzig Minuten nach elf meinte sie, es sei Zeit aufzubrechen. Georginas leichte Gereiztheit nach unserer Bridgepartie hatte sie nervös gemacht, und sie sagte, ein zu langer Aufenthalt im Wald bedeute, das Schicksal herauszufordern.

Ich hatte es mir zur Gewohnheit gemacht, nach unseren Treffen neben meinem Auto zu warten und ihr nachzusehen, bis sie die Straße überquert hatte und sicher im Park des Herrenhauses angelangt war, und so gingen wir Arm in Arm zum Auto. Auf dem Weg fiel uns ein anderes Auto auf, dessen Scheinwerfer suchend am Waldrand entlangstrichen, doch es fuhr weiter, und wir dachten nicht mehr daran.

Als wir zu meinem Wagen kamen, sagte Elizabeth, sie habe ihre Taschenlampe vergessen und müsse zurückgehen und sie holen, falls sie jemand fand und ihr dadurch auf die Spur kam. Ich wollte sie begleiten, aber sie meinte, sie könne gefahrlos allein gehen. Was könne ihr schon passieren? Ja, was schon? Ich nahm sie in die Arme und küßte sie, so wie ich sie an dem Tag geküßt hatte, als Twohey vor dem Fenster stand. Dann fuhr ich nach Hause. Georgina war nicht da, als ich zurückkam; ihr Auto auch nicht. Sie kam um Mitternacht heim, fröstelte in einer dünnen Bluse – denn ihren Pullover hatte sie auf Palmers Unkrautfeuer verbrannt –, und in der Hand hielt sie eine in Zeitungspapier eingewickelte, blutbefleckte Taschenlampe.

Sie war mir gefolgt, Mr. Wexford, und hatte gesehen, wie ich Elizabeth küßte, deshalb wartete sie bei dem Baumstamm, bis Elizabeth wegen der Taschenlampe noch einmal zurückkam. Was dann geschah, weiß ich nur nach dem, was mir Georgina erzählt hat. So schokkiert, so entsetzt war sie über das, was sie gesehen hatte, daß ihr seelisches Gleichgewicht, um es in der Sprache der Justiz auszudrücken, als gestört gelten muß. Sie versuchte, dies Elizabeth zu erklären, doch sie drückte sich unverständlich aus, war hysterisch, und Elizabeth lachte ihr ins Gesicht. Was sie, Georgina, denn glaube, dagegen unternehmen zu können, fragte sie meine Frau. Es liege in der Natur der Sache, daß unser Verhältnis nicht ewig Bestand haben würde. Georgina müsse warten, bis ich eines Tages zu ihr zurückkehren würde. Bestimmt würde sie es doch nicht auf einen Skandal ankommen lassen, der unumgänglich sei, wenn sie Szenen machte oder jemandem davon erzählte?

Elizabeth beugte sich vor, um nach der Taschenlampe zu suchen, die, wie sie dachte, hinter den Baumstamm gefallen war. Sie hatte sich geirrt. Georgina hielt die Lampe in der Hand, und während Elizabeth ihr den Rücken zuwandte, versetzte sie meiner Schwester damit einen Schlag. Immer wieder schlug sie auf sie ein, bis Elizabeth tot war. Georgina trug selber den Schal. Sie riß ihn sich von den Schultern und wischte sich die Hände daran ab. Dann ging sie über die Straße, stopfte den Schal in einen hohlen Baum und verbrannte ihren Pullover auf Palmers Unkrautfeuer.

Ist damit nicht alles gesagt? Als Georgina nach Hause kam und mir erzählte, was sie getan hatte, gestand ich ihr die ganze Geschichte. Ich erzählte ihr von der Erpressung und der Sache mit dem Schmuck.

Ich weiß, was Sie mich jetzt fragen werden. Warum habe ich als Geliebter und bester Freund meiner Schwester Ihnen meine Frau nicht unverzüglich ausgeliefert? Und wahrscheinlich haben Sie sich schon selbst die Antwort darauf gegeben, nämlich daß ich fürchtete, unser Verhältnis könnte ans Licht kommen. Aber ganz so war es nicht. Vor Gram und Entsetzen war ich wie gelähmt, doch sogar in diesem Augenblick wollte ich mein Leben retten. Nun, wo Elizabeth tot war, konnte ich vielleicht doch noch zur Ruhe kommen, meinen Frieden finden, glücklich sein und ein Leben ohne Lüge führen.

Der Mensch ist ein merkwürdiges Wesen, Mr. Wexford. Er hat sich so weit über die anderen Tiere erhoben, daß ihm Darwins Theorie absurd und als ungeheuerliche Beleidigung erscheint. Aber dennoch hat er den stärksten Instinkt mit ihnen gemeinsam: den Selbsterhaltungstrieb. Die ganze Welt um ihn herum kann in Schutt und Asche liegen, und er sucht dennoch nach einem stillen Winkel, in den er sich verziehen kann, und klammert sich an seine Hoffnung, daß es, ganz gleich, welche Schicksalsschläge ihn auch getroffen haben, nie zu spät sein kann.

In diesem Augenblick haßte ich Georgina. Ich hätte sie erwürgen mögen. Doch ich sagte mir, was geschehen ist, war meine Schuld. Ich hatte es getan. Ich tat es, als ich vor so vielen Jahren zu dem Fest ging. Statt gewalttätig gegen sie zu werden, nahm ich sie daher in die Arme und roch Elizabeths Blut an ihrem Haar und unter ihren Fingernägeln. Ich wusch die Taschenlampe ab und warf die feuchten Batterien weg. Georgina ließ ich ein Bad ein und wies sie an, sich die Haare zu waschen. Den Rock und die Bluse, die sie getragen hatte, verbrannte ich in dem Heizkessel in der Küche.

Ich sah keinen Grund, weshalb Sie Georgina verdächtigen sollten, denn sie hatte kein klares Motiv, und deshalb wurde ich auch so hysterisch, als Sie uns die Nachricht von dem Testament brachten. Meine Frau festzunehmen und sie wegen des falschen Motivs zu verurteilen! Welche Ironie des Schicksals.

Sie war sehr nervös und parierte Ihre Angriffe sehr schlecht. Als wir allein waren, erklärte sie mir, sie würde gern ein Geständnis ablegen, denn Sie und jeder vernünftig denkende Mensch würden Verständnis für sie haben. Ich hielt sie davon ab. Ich dachte, wir hätten noch eine Chance. Dann zitierten Sie mir diese Stelle aus Byrons *Lara*, und ich begann, mir vorbereitende Notizen zu dieser Erklärung zu machen.

Jetzt ist alles vorbei.

Sie werden Georgina nicht zu hart zusetzen, davon bin ich überzeugt, und mir ist klar, daß während ihres Prozesses jeder Zeitungsleser in diesem Land mit Leib und Seele Partei für sie ergreifen wird, und dies gilt auch für diejenigen, deren Stimme mehr Gewicht hat, den Richter und die Geschworenen. Sie wird zwei oder drei Jahre ins Gefängnis gehen, doch irgendwann wird sie wieder heiraten, die ihr unentbehrlichen Kinder haben und das geordnete und beschauliche Leben führen, nach dem sie sich sehnt. June hat schon vor langer Zeit wieder geheiratet. Bald wird Quentin seine kleine Holländerin als Gutsherrin von Myfleet heimführen, und wenn sie ihm untreu wird, so werden es ganz normale, alltägliche Seitensprünge sein, die mein Schwager mit einer ihm hoffentlich nicht zu schwerfallenden Fassung ertragen wird. Was Elizabeth angeht, so starb sie auf dem Gipfel ihrer Liebe und ihres Triumphs, und gerade rechtzeitig, um die Schmerzlichkeit des Altwerdens nicht mehr erleben zu müssen.

Tatsächlich ließe sich mit Wilde sagen, daß die Guten ein glückliches und die Bösen ein unglückliches Ende nahmen, denn dies ist der Sinn der Dichtung. Vielleicht sollte es auch der Sinn des wahren Lebens sein. Mit anderen Worten, ich habe meinen wohlverdienten Lohn empfangen. Ich habe keine Ahnung, was ich jetzt tun soll, aber ich halte es für unwahrscheinlich, daß nach dem Prozeß noch irgendeine Schulbehörde auf meine Dienste als Lehrer Wert legt.

Das ist mir herzlich gleichgültig. Ich glaube, der Skandal wird mir keine schlaflosen Nächte bereiten, und falls mich die Leute schneiden, so komme ich auch ohne sie aus. Den einzigen Menschen, ohne den ich nicht auskomme, werde ich nie wiedersehen, und diese Unerträglichkeit muß ich ertragen. Ich werde sie nie mehr in dem düsteren Wald oder im Halbdunkel des Stammhauses küssen, sie nie mehr in weißem Samt gekleidet sehen oder hören, wie man bewundernd ihren Namen nennt. Sie ist tot, und ihr Tod reißt eine Lücke in mein Leben, die durch nichts zu schließen ist.

Ihr Inspector fragte mich, was ich möchte, und es ist nichts geschehen, was mich zu einer Änderung meiner Antwort veranlassen könnte. Ich möchte sterben.